LES CHAMPS BRISÉS

RUTH GILLIGAN

LES CHAMPS BRISÉS

roman

TRADUIT DE L'ANGLAIS (IRLANDE)
PAR ÉLISABETH RICHARD BERTHAIL

ÉDITIONS DU SEUIL
57, rue Gaston-Tessier, Paris XIXe

Cet ouvrage est publié
avec le soutien de Literature Ireland.

LITERATURE
IRELAND
Promoting and Translating Irish Writing

Titre original : *The Butchers*
Éditeur original : Atlantic Books

ISBN 978-2-02-149949-0

www.seuil.com

Pour mon père,
avec son grand cœur et son grand chapeau.

« Et comme la guerre les lui avait pris tous les huit
Elle décréta que désormais, aucun homme ne pouvait être seul pour abattre le bétail ;
Au lieu de cela, sept autres devaient se tenir à ses côtés
Pour empêcher que le souvenir de son chagrin ne meure aussi. »

La Malédiction de la veuve du fermier

Prologue

New York, janvier 2018

Même aujourd'hui, vingt-deux ans après avoir pris cette photographie, l'absence de sang continue de le stupéfier.

La chambre froide n'est pas bien grande, peut-être vingt mètres carrés à tout casser. Le carrelage mural est criblé de fêlures et de petits points de moisissure verdâtre. En bas, le sol n'est qu'une fine couche de béton sinistre ; en haut, la lumière des ampoules est d'un blanc impitoyable ; entre les deux, les rails métalliques traversent le plafond, avec leurs crochets à viande, vides, bien alignés.

En l'absence de fenêtre, il est impossible de savoir s'il fait jour ou s'il fait nuit à l'extérieur. Les murs sont nus, exception faite d'un portrait de la Vierge Marie accroché là sans plus d'explication. Et mis à part la Sainte Mère, il n'y a dans cette pièce décrépite qu'une seule autre personne.

Il y a un homme, pendu au plafond par les pieds.

Le Boucher a encore tous ses vêtements, sauf ses chaussettes et ses bottes. Sa salopette est attachée. Sa chemise blanche, rentrée à l'intérieur avec soin. Il n'y a que les plaies pour confirmer le pire – qu'il n'est pas juste dans les vapes ; pas juste endormi la tête en bas comme une chauve-souris – rien que les trous sur le dos de ses pieds, là où les crochets rouillés ont été enfoncés dans sa chair, pour maintenir tout le poids de son corps en suspens.

Si l'on met les plaies de côté, il y a dans le balancement de ses membres inertes quelque chose de presque langoureux. Sa peau a été lavée de toute trace de violence. De toute trace de la façon dont il aurait bien pu arriver sur ces crochets. Les yeux du Boucher ne trahissent pas la moindre douleur tandis qu'ils regardent fixement, par-delà la mort, la porte de la chambre froide, où ils tombent sur le flash aveuglant de l'appareil photo.

— Bon sang.

Ronan s'écarte de la photographie et trébuche sur un rouleau de papier bulle à ses pieds. D'habitude, son appartement est impeccable ; aujourd'hui, c'est un véritable chaos de cartons et de morceaux de ruban adhésif. Il jette un coup d'œil à l'horloge murale. Les livreurs devraient arriver d'une minute à l'autre.

Celle-ci, il ne l'emballera qu'au tout dernier moment.

Deux décennies, et *Le Boucher* le frappe encore de sa force indéniable. Il avait commencé à se résigner et à admettre que peut-être il ne prendrait jamais de meilleur cliché ; que peut-être – peu importe les distinctions, les expositions partout dans le monde – son apogée était derrière lui. Qu'elle avait eu lieu au tout début, quand il n'était encore qu'un grand dadais sillonnant la frontière irlandaise, avec un Canon d'occasion et des cachetons plein les poches ; avec l'envie de trouver l'image parfaite, celle qui ferait enfin décoller sa carrière.

Donc il suppose que c'est l'ego, plus que toute autre chose, qui l'a finalement poussé à rendre cette photo publique.

C'est du bon travail – du très bon travail. Qui mérite d'être vu. Jusqu'à présent, il avait toujours fini par conclure, à contrecœur, que ça ne valait pas le coup de l'exposer. Il y avait eu des rumeurs autour du cadavre – les circonstances suspectes et tout le toutim – qui laissaient entendre que la photo relèverait plus de la pièce à conviction que de l'œuvre d'art. Mais les choses se sont tassées depuis longtemps – les gens ne les évoquent même plus, ces hommes qu'autrefois on appelait « les Bouchers » – et encore moins ici, dans un petit musée en bordure de Manhattan, où le moindre conservateur a l'air d'avoir la moitié de son âge, et où chaque œuvre est accompagnée d'une courte notice, qui ne vous dira jamais que le strict minimum :

Le Boucher

Ronan Monks

(Comté de Monaghan, 1996)

L'homme sur la photographie aurait fait partie d'un groupe traditionnel d'abatteurs de bétail, connu sous le nom des « Bouchers ». Composé de huit membres, ce groupe arpentait l'Irlande, perpétuant leurs coutumes. Mais à l'époque où fut prise la photographie, « Les Bouchers » prenaient la décision de dissoudre le groupe, après plusieurs centaines d'années de service. De nos jours, il ne reste que de maigres témoignages de ces vieilles traditions peu orthodoxes.

Un coup de sonnette et Ronan sursaute. Il presse le bouton de l'interphone puis entend les livreurs monter l'escalier, avec leur pas robuste et leur accent traînant. Ils n'en auront pas pour longtemps – le musée n'est qu'à une vingtaine de minutes en voiture, de l'autre côté de la rivière. Il est probable que certains soient exactement comme lui, à moitié irlandais, et que tous s'attendent à recevoir un pourboire. Mais pour l'heure, le seul homme qui importe vraiment est celui qu'il a photographié, son ombre racornie, ses doigts de pieds recroquevillés en dix petits croissants de lune, blancs.

Ronan fait glisser la chaînette et ouvre le verrou. C'est peut-être une erreur, se dit-il, renoncer à un secret profondément enseveli depuis vingt-deux ans.

— Bon sang.

Il tourne la poignée et la lumière entre dans la pièce, éblouissante.

Úna

Comté de Cavan, janvier 1996

Úna ignorait qu'il s'agirait du dernier de leurs repas d'adieu. Et de toute façon, elle était beaucoup trop distraite, ce soir-là, par la présence hypothétique d'une souris.

Dehors, le froid de janvier – le genre de froid qui pénètre dans les os et jusque sous les gencives – avait aplati les champs en friche. Et, bien que l'endroit n'ait pas franchement besoin qu'on en rajoute, une brume glaciale venait répandre sur la région quelque chose de spectral. Sous les hêtres, un troupeau de moutons se pelotonnait pour se réchauffer, la laine se cristallisant un peu plus sur le dos des bêtes à chaque degré perdu, jusqu'à ce que leurs toisons gelées finissent par se fondre en une seule masse grelottante – une créature affolée, qui d'ailleurs pourrait bien ne pas passer la nuit.

À l'intérieur, ce n'était pas beaucoup mieux. Le froid s'infiltrait rapidement par les fentes et les fissures, et plus lentement par le suintement humide du plâtre. Quoique, dans la cuisine, l'air ambiant avait atteint une telle touffeur que le pire du gel ne se ferait pas sentir avant encore une heure ou deux.

Le festin était presque prêt, les casseroles frémissaient et le ventilateur du four aspirait ses propres vapeurs à l'odeur délicieuse. Au centre de la pièce, Úna dressa la table – pas le simple couteau-fourchette habituel, mais l'attirail complet des grandes occasions. Sous-verres et sets de table. Serviettes ressorties de là où elles restaient enfouies pendant le reste de l'année. Avec leur jolie bordure en festons, légèrement froissée et effilochée. Sur l'un des arrondis, Úna aperçut une pustule de moisi. Elle essaya de frotter avec un peu de salive. En vain. Alors elle plia la serviette et la reposa sur la table.

Sur le buffet, le poste de radio oscillait entre friture et dernières mesures d'une rengaine des Simply Red – *Coming Home to You*. Apparemment, Mick Hucknall était littéralement transporté à l'idée de rentrer au bercail.

Et Úna, à deux doigts d'en rire jaune. Puis elle pensa à la masse bêlante gelée dehors, et cette fois éclata de rire pour de bon.

Je rentre à la mêêêêson.

Elle était sur le point de partager la plaisanterie avec sa mère, toute belle derrière son évier, avec ses boucles d'oreilles et ses talons. Apprêtée, même si le but de ce dîner était de célébrer le dernier soir où personne n'irait nulle part.

Sa mère, cependant, semblait beaucoup trop exténuée pour plaisanter, alors Úna rassembla ses cheveux filasse derrière ses oreilles et se concentra sur les dernières vérifications. Ou plutôt les vérifications des dernières vérifications, puisque les trois couverts étaient déjà parfaitement en place. À compter du lendemain, les dîners ne seraient plus servis que pour deux, pour elles, qui papoteraient de concert, se repasseraient en mastiquant les plaisanteries et les anecdotes de la journée, tandis qu'elles penseraient à lui en secret, se demandant ce qu'il aurait réussi à se mettre sous la dent pour son quatre-heures, espérant que lui et les autres Bouchers auraient trouvé un abri où passer la nuit.

Pour le moment, son père était à l'étage et il bouclait son sac. Il prendrait la route le lendemain à l'aube. Si le gel gardait toute sa superbe, les adieux promettaient d'être un peu glissants. Il disait toujours à sa fille que, mis à part les couteaux bien entendu, le plus important était d'avoir une paire de bottes digne de ce nom. Ampoules, oignons, larmes de pus entre les orteils : la route vous anéantissait les pieds. Alors dans l'après-midi, Úna avait proposé à son père de polir les siennes pour lui, jusqu'à ce qu'elles soient d'un marron éclatant ; et même de refaire les lacets, avait-elle ajouté. Mais après l'avoir gentiment remerciée, son père lui avait expliqué qu'une telle tâche relevait de la prérogative des Bouchers. Úna avait ressenti une bouffée de fierté et de jalousie entremêlées.

— Bon. Tu peux l'appeler. Je crois que tout est prêt.

Úna regarda sa mère.

— Tu veux dire que tout est prêêêêêêt ?

Úna crut entrevoir un sourire. Elle se précipita dans le couloir – « Papa ! On mange ! » – et l'écho de sa voix résonna à travers les os de la maison. En regagnant la cuisine, elle regarda tout autour d'elle, avant d'ouvrir le placard de la chaudière en vitesse, juste pour vérifier. La noisette de fromage posée sur le piège à souris avait gelé et était devenue blanche et solide.

*

Une fois attablés, ils fermèrent les yeux et joignirent leurs mains en cercle. Úna sentit la peau calleuse de son père, épaisse et dure comme du cuir. En comparaison, la sienne avait encore la douceur de celle des bébés. D'abord, ils rendirent grâce pour le repas et pour le beau morceau de viande déposé sous leurs yeux. Ensuite, ils remercièrent le Ciel pour ce délicieux mois passé ensemble, tous les trois. Puis ils prièrent en vue du départ du lendemain, mais aussi pour que le père d'Úna revienne sain et sauf ; pour que ces hommes survivent une année de plus, tous les huit. C'étaient les requêtes ordinaires, même si ce soir, remarqua Úna, sa mère les formulait d'une voix un peu plus fluette que d'habitude, s'ébréchant en un très fin murmure sur le mot final – *Amen*.

Le dîner commença. Les plats circulaient. Le vin coulait. Les patates fumaient.

— Tes devoirs de vacances, tu les as tous bien terminés ? lui demanda son père.

Puis :

— Et vous, alors, vos résolutions pour la nouvelle année ? La mienne, c'est abdos tous les matins – histoire de repousser un petit peu le début de la fin !

Comme toujours, il était au sommet de sa forme, tâchait de laisser son empreinte dans l'atmosphère. Comme une compensation, pour s'assurer qu'un peu de sa présence s'attarderait dans la cuisine après son départ – comme si, en quelque sorte, cela pouvait suffire.

Úna s'efforça de manger lentement, de savourer le sel de chaque bouchée. Parce que, en plus de tout le reste, ce soir était le dernier soir avant que les repas de viande ne soient rationnés à un seul par semaine. Dehors, dans le congélateur de la remise, il y avait toute la viande des bœufs abattus dans les règles de l'art, que les Bouchers ramenaient en décembre de chaque année, pour qu'Úna et sa mère puissent tenir, et tenir encore, les onze autres mois durant. Úna fit racler la pointe de son couteau rien que d'y penser – le manque de viande dans son assiette ; l'absence de son père à table. Elle savait que quelqu'un qui vous manque vous creuse l'estomac tout aussi bien que la faim.

*

Après avoir léché, rincé plats et assiettes, Úna courut enfiler son pyjama. En passant devant le placard de la chaudière, elle vérifia encore une fois, puis sortit de sa poche le petit morceau de viande qu'elle y avait glissé en douce. Cette année, pour Noël, elle avait demandé un peu d'argent et, sans rien dire à personne, elle avait acheté un piège à souris à la boutique du village. D'après l'étiquette, c'était un de ces nouveaux modèles, plus « humains », avec un mécanisme centré sur l'équilibre – pas de ressort ni de décapitation métallique ; pas de poison ni de couche de glue épaisse comme de la confiture. Au lieu de cela, le poids de la souris la faisait basculer en avant jusqu'à ce qu'une petite trappe en plastique se referme derrière elle – aucune chance de s'en sortir, mais pas une goutte de sang versée à la fin non plus.

Úna agita la viande dans le creux de sa main pour que les odeurs se répandent plus vite dans le placard. Elle espérait que les souris elles aussi aimaient leur bœuf bien saignant. Elle reviendrait vérifier le lendemain, juste après que son père aura levé sa main de cuir dans le ciel du petit matin et brisé leurs deux cœurs tristes.

*

Elle ne pensait pas réussir à dormir, mais elle avait tout de même dû somnoler un peu puisque, quelques heures plus tard, elle se réveilla en sursaut. Était-ce sa proie qui, en se précipitant sur sa collation de minuit, avait troublé son sommeil ? Elle tendit l'oreille. Ce n'était pas des couinements, mais des objections à voix feutrée.

— Et si je n'arrivais pas à tenir encore une année entière, Cúch ?

Dans la pénombre, la fine brèche dans la voix de sa mère s'était transformée en fissure.

— Tu n'as pas idée à quel point je me sens seule...

— Grá, ne commence pas.

Son père poussa un soupir, lourd comme un courant d'air, qui vint se faufiler jusque sous la porte de la chambre de sa fille. Même si, ensuite, ses mots se firent plus doux.

— Grá, tu connais les règles. Si je n'y vais pas, les autres ne pourront pas y aller non plus, et...

— Et si je n'en avais plus rien à faire, des règles ?

La fissure était devenue gouffre.

Úna ferma les yeux comme si ça pouvait tout arrêter.

D'après une vieille coutume irlandaise, chaque fois que l'on devait abattre du bétail, huit hommes devaient être là ; huit mains distinctes, posées sur la peau de la bête quand elle passait de vie à trépas. Et donc maintenant, il y avait huit Bouchers, qui passaient onze mois sur douze à rendre visite aux dernières familles du pays qui croyaient encore, pour aller tuer leurs bêtes conformément à la tradition et à la malédiction.

Le père d'Úna était Boucher depuis qu'Úna était née. En douze ans et trois mois de vie, elle n'avait jamais entendu sa superbe mère se plaindre une seule fois.

— Et si je rentrais à la maison ?

Elle n'avait jamais entendu une pareille proposition non plus. Elle ouvrit un œil.

— Qu'est-ce que tu veux dire ?

— À mi-parcours. Généralement, on est de retour dans le comté de Monaghan vers le mois de juin.

Son père s'interrompit, laissant l'idée faire son chemin.

— Je pourrais faire un crochet de quelques nuits. Passer un peu de temps avec vous deux.

Il y eut un nouveau silence, plus long que le précédent. Úna ouvrit l'autre œil et imagina les yeux vert émeraude de sa mère transpercer la pénombre pour vérifier si la proposition était bien réelle. Mais Úna dut deviner la réponse toute seule parce qu'ensuite il n'y eut plus de mots. Juste des gloussements, qui finirent par se transformer en gémissements. Ça la faisait frissonner de gêne sous son pyjama, mais c'était agréable, se disait-elle, et naturel. Ça avait même quelque chose d'assez animal.

*

L'aube était à peine là quand arriva l'heure du départ. Son père se rendrait jusqu'à un croisement à environ deux kilomètres de la route principale, où les autres l'attendraient avec chevaux et charrettes. Parfois, sa mère, pour plaisanter, disait que les Bouchers devraient se mettre à conduire, devraient investir dans une camionnette. *On dit que l'Irlande se « modernise » de jour en jour – pourquoi ne pas suivre le mouvement ?* Úna, elle, se gardait bien de rigoler avec ça. Les vieux rituels ne devaient pas changer d'un pouce, point barre.

À présent sa mère l'avait rejointe sur le seuil de l'entrée. Toutes deux se tenaient emmitouflées dans leurs robes de chambre fourrées. Dehors, la température était tombée bien en dessous de zéro, et les adieux sortaient de leurs bouches enveloppés de fumée blanche.

— Tu es une fille épatante, dit son père d'une voix rauque, en se penchant pour l'embrasser. Úna se retint de toutes ses forces pour ne pas le supplier de rester. Mais il ne fallait pas oublier qu'au moins cette année ce ne serait pas si terrible. Puisque cette année il y avait un plan secret, elle le reverrait en juin. D'autant qu'elle avait ses propres plans à elle, pour tout le temps où il serait parti.

En rentrant, elle retournerait vérifier s'il y avait du nouveau avec le piège à souris.

Le Boucher serra une dernière fois son épouse dans ses bras, puis se dirigea lentement vers la clôture. Le moindre mouvement lui donnait l'air si grand – assez grand pour faire de lui une légende. Les champs alentour s'étendaient, bordés de buttes caillouteuses et lunaires. C'était à se demander si quelque chose y repousserait un jour.

Úna était si distraite qu'elle avait failli oublier.

— Ton chausson, ma chérie ?

Mais à peine sa mère avait-elle ouvert la bouche qu'Úna retira et envoya valser sa pantoufle, la regarda voler en cloche, puis atterrir sur le givre chatoyant. Un autre rituel pour souhaiter bonne chance à son père sur la route. Son père ne se retourna pas. Il se contenta de sortir la main de la poche de sa salopette et de la lever bien haut en retour.

Úna resta à le regarder sur le pas de la porte, son pied gauche s'engourdissant lentement, jusqu'à ce qu'elle voie sa silhouette s'assombrir, rétrécir, puis disparaître. La fumée blanche de son souffle finit par s'estomper elle aussi, tandis que la lune se retirait et qu'à la place le soleil froid et radieux se jetait dans le ciel matinal.

*

Elles retournèrent à la chaleur du lit, Úna se blottissant contre sa mère, mais elles ne tardèrent pas à être de nouveau sur le pied de guerre, habillées, à guetter les coups de dix heures, qui annonceraient le début d'une autre étape du rituel. Après les adieux du matin, elles rendaient toujours visite à Mme P. qui, sans enfants et une fois Sol son mari parti, se retrouvait livrée à sa solitude.

Même si elle venait de prendre son petit-déjeuner, Úna savait que la vieille dame aurait préparé quelques friandises pour l'occasion, un peu de sucre pour tenter d'atténuer les chagrins du jour. Évidemment, à peine arrivées, un plateau de biscuits fit son apparition. Un assortiment complet de la marque Jacob, qui avait survécu à la période des fêtes. Úna opta pour un biscuit sandwich, dont elle creusa le glaçage au beurre avec sa langue, et tendit l'oreille alors que les deux femmes se lançaient dans leur bavardage annuel, mot pour mot identique à celui de l'année précédente, si sa mémoire était bonne.

— Ça s'est bien passé ?

— Pas franchement l'extase, avec ce temps.

— Ils seront aux environs de Leitrim ce soir.

En observant les deux femmes, elle fut forcée de reconnaître qu'elles formaient un duo assez improbable. Avec ses cheveux gris et ses cardigans, Mme P. semblait suffisamment âgée pour être la mère de sa mère, ce qui, supposa Úna, faisait d'elle la petite-fille de la lignée. Elle avait déjà posé des questions à propos des autres Bouchers et demandé pourquoi, d'ailleurs, ils n'avaient pas de femmes. Mais apparemment, certains d'entre eux s'étaient mariés – il y avait deux femmes à Clifden et deux autres pas très loin de Donegal. Apparemment, les Bouchers faisaient en sorte de se regrouper par paire, pour la simple et bonne raison que leurs femmes pourraient se tenir compagnie, pendant qu'elles restaient sur le carreau la majeure partie de l'année.

— Je ne sais pas pourquoi, mais ça m'a semblé beaucoup plus dur cette fois.

Cet aveu, cependant, ne faisait pas partie du script habituel. Il y avait dans la voix de sa mère une sorte de lassitude, qu'Úna reconnaissait à peine. Et puis ça n'avait aucun sens, étant donné la promesse faite la veille.

Je pourrais faire un crochet.

Passer un peu de temps avec vous deux.

Rien que d'y penser, c'était du miel sous sa langue.

— Grá, je sais que c'est difficile, lui assura Mme P. Cela fait presque cinquante ans que je dis au revoir à Sol…

Puis elle essaya de remonter la pente en changeant de sujet.

— Vous avez vu tout ce foin à la télévision à propos de l'ESB ? J'imagine que vous êtes au courant des dernières nouvelles – ils disent que ce serait le retour de la maladie de la vache folle.

Úna avala son biscuit en ruminant ces mots étranges. *Maladie de la vache folle*. Elle ne les avait jamais entendus prononcés les uns avec les autres.

Sa mère resta silencieuse.

— Oui, finit-elle par dire, j'ai lu deux ou trois choses. Mais il paraît que ça ne frappe que l'Angleterre. Les vaches irlandaises sont hors de danger – ça n'a rien à voir avec nous.

— Mais si ça se propageait ? insista Mme P. Si nos élevages étaient touchés eux aussi ? Et si...

— Ce n'est pas parce qu'on est d'humeur morose ce matin qu'il faut aller *s'inventer* de nouveaux tracas.

Cette fois, ce fut la pointe, piquante, qu'Úna ne reconnut pas dans la voix de sa mère. Elle vit la vieille dame sursauter, des miettes de biscuit tomber de ses lèvres sur ses genoux. Elles passèrent vite à autre chose, discutant d'une nouvelle recette de pain au bicarbonate ; des diverses superstitions autour de la nouvelle année qui serait bissextile, mais les adieux arrivèrent sensiblement plus tôt qu'à l'accoutumée. Au moment de sortir, Úna glissa deux bonbons à la liqueur dans sa poche. Et réalisa que sa mère n'avait absolument rien mangé.

*

Cette nuit-là, Úna attendit dans sa chambre avant de se faufiler sur le palier. Quand elle arriva devant le lit de ses parents, sa mère était allongée les yeux grands ouverts. La couette se souleva sans l'ombre d'une hésitation ; Úna se glissa contre son corps maigre et nerveux. Avant de sombrer, chacune posa sur la peau de l'autre le bout de huit de ses doigts. Un rituel secret, qu'elles pratiquaient quand l'une d'elles n'avait pas le moral ; une vieille tradition, qui servait à chasser les tourments, les doutes et les pincements au cœur.

*

La semaine suivante, il fut temps de dire aussi adieu aux vacances d'hiver. Ce qui voulait dire qu'Úna était de retour à la case départ. Le monde était encore noir lorsqu'elle prit la route, qui après une nuit de gel était recouverte d'une cire argentée glissante. Elle remarqua de petites empreintes de pattes dans la terre et pensa à la renarde qu'elle apercevait parfois dans le fond du jardin. Y aurait-il une nouvelle portée de renardeaux cette année ? Úna considéra la question tandis qu'elle enfouissait ses mains dans ses poches et accélérait le pas dans l'espoir de semer le froid.

Dans les couloirs du collège, en revanche, on cuisait, au milieu des bruits étranges que faisaient les vieux radiateurs. Même si, très vite, le brouhaha de ses camarades de classe devint si bruyant qu'il en étouffait absolument tout le reste. Le détail des repas de fêtes et des brassées de cadeaux fut ressassé à la cantonade toute la matinée, jusqu'à ce qu'un vainqueur soit officiellement désigné – Peadar Noonan et sa Super Nintendo ! Les plus jeunes se vantaient d'avoir reçu des montagnes de Pogs et de stickers qui brillent de la Ligue des champions, tandis que, chez les plus grands, on rivalisait avec du gloss à lèvres à la fraise et des CD de Michael Jackson.

Úna erra de salle de classe en salle de classe, tirant sur son pull qui ne cessait de remonter sur son ventre. Il lui en faudrait bientôt un nouveau. Bien que ce soit vraiment de l'argent jeté par les fenêtres, puisque l'uniforme ne remplissait même pas sa fonction première – elle détonnait toujours à des kilomètres à la ronde. La fille bizarre. Le monstre de première année.

La fille du Boucher.

Parfois elle ne récoltait que quelques regards moqueurs, quelques chuchotements qui s'élevaient dans la classe comme de mauvaises odeurs. Et d'autres fois, les filles piquaient une crise quand elle les frôlait dans les couloirs, persuadées qu'à voix basse Úna leur avait jeté un mauvais sort. Un jour, les garçons l'avaient encerclée, piétinant l'asphalte de toutes leurs chaussures, leurs doigts dressés comme des cornes au-dessus des oreilles. Mme Donoghue était arrivée juste avant la charge.

Au début, elle n'y comprenait rien – son père ne lui avait-il pas répété combien les Bouchers étaient importants ? Comment ils avaient joué un rôle crucial dans l'histoire irlandaise ? Donc, quand ses parents prirent la décision d'arrêter l'école à domicile pour l'envoyer au collège, elle s'attendait plutôt à ce que tous ses nouveaux camarades meurent d'envie d'être amis avec elle – frétillant d'impatience à l'idée d'être invités pour le thé du dimanche et de pouvoir goûter à la viande et aux histoires familiales. Mais quand la réalité s'imposa, Úna demanda à sa mère pourquoi tout le monde semblait la détester, et sa mère ne réussit à bredouiller qu'une vague excuse, comme quoi elle était « spéciale ».

Et ce qui est « spécial » n'est pas toujours facile à comprendre, ma chérie, alors à la place, beaucoup de gens se contentent d'être dans le rejet.

— Hey ! cria soudain quelqu'un de l'autre bout du couloir. Hey, la cowgirl. Il t'a apporté quoi, le Père Noël ?

— Pff, ça aussi, elle y croit probablement encore.

— Yiii ha !

— Ou peut-être que par chez elle on préfère trancher le cou du pauvre Rudolph le renne ?

Úna tourna le dos aux moqueries – à présent elle avait l'habitude ; ne se laissait plus atteindre. Au lieu de cela, elle essaya de se changer les idées en devinant ce que sa mère lui aurait préparé pour son déjeuner. Espéra que ce serait des sandwichs tomate-moutarde, ses préférés. Parfois, ils piquaient si fort que ça en faisait presque mal, et d'autres fois juste ce qu'il fallait.

*

Mais encore une semaine de plus, et Noël était déjà passé à la trappe et les esprits à tout autre chose, parce qu'il y avait du nouveau en ville. Un McDonald's – le tout premier du comté – et tout le monde semblait transporté par la nouvelle ; avoir une faim de loup, oui, mais aussi être fier comme tout que ce petit coin de campagne plein de boue ait été jugé digne d'une telle considération. Les couloirs du collège bruissaient de papotages variés, à propos de savoureux Big Macs garnis de viande de bœufs américains géants ; à propos de crèmes glacées nappées d'une onctueuse sauce au caramel. Pour seulement quelques livres, vous pouviez acheter une boîte appelée « Happy Meal », même si Úna doutait que le bœuf américain bon marché puisse rendre très heureux qui que ce soit.

Les professeurs essayèrent de rappeler aux élèves qu'ils n'étaient pas véritablement *autorisés* à quitter l'enceinte du collège pour le déjeuner, mais tous les après-midi, la cour se retrouvait soudain jonchée d'emballages estampillés d'un M jaune vif. Un jeudi, alors qu'Úna errait derrière les préfabriqués, elle vit Mme Donoghue et M. Feary, blottis l'un contre l'autre, partager un Royal Cheese et une cigarette.

Bien entendu, Úna n'était pas en mesure de vérifier par elle-même si tout ce cirque en valait la peine. Si vous croyiez aux Bouchers, il était exclu que vous vous retrouviez à manger de la viande dans ce genre d'endroit – rien que de penser à la façon dont ils avaient dû abattre le bétail, ça donnait froid dans le dos. Au lieu de cela, elle s'assit dans un coin de la cour et mordit dans son sandwich. Aujourd'hui, c'était fromage-concombre – pas vraiment sa combinaison favorite, mais déjà mieux que la purée de navets dont sa mère avait parfois l'initiative, quand tout le reste n'était plus de saison.

En déglutissant, elle pensa à son père. Les Bouchers atteindraient Tobercurry dans l'après-midi (elle avait punaisé une vieille carte élimée sur un mur de sa chambre ; appris par cœur le détail du trajet, de l'aller jusqu'au retour). À Tobercurry, ils feraient une halte chez un fermier nommé Francine Duff, qui leur faisait toujours abattre une demi-douzaine de shorthorns, avant de les laisser les dépecer et les saigner avec une demi-douzaine de crochets. Ensuite, Francine Duff répartirait les morceaux pour les distribuer aux familles du coin qui croyaient encore. Parfois il lui arrivait de laisser les Bouchers dormir dans sa grange. D'autres fois, de leur offrir une pinte au pub. Mais curieusement, ces deux dernières années, aucune de ces propositions n'avait été réitérée.

Ils étaient à peu près cinq cents dans tout le pays à continuer de suivre les traditions ; à continuer de respecter la Malédiction de la veuve du fermier. Quant aux autres, apparemment, il leur était plus facile de laisser les choses s'éteindre à petit feu – l'Irlande abandonnait son passé et rattrapait enfin son retard sur le reste du monde. Mais à bien y réfléchir, sans son folklore et ses coutumes, est-ce que l'Irlande serait vraiment l'Irlande ? Elle pourrait tout aussi bien être l'Angleterre, ou la France, ou n'importe quel autre endroit (plus ou moins détrempé par une pluie incessante) ? Donc, tout comme il y avait ceux qui préservaient leur langue maternelle et ceux qui sauvaient les légendes locales de l'oubli, il y avait des hommes qui, comme son père, consacraient leur vie à faire perdurer les vieilles croyances de leur pays.

Úna ferma les yeux et laissa monter en elle une vague de fierté. Puis elle laissa monter la promesse, celle qu'elle avait faite en secret. Parce que, dès qu'elle en aurait terminé avec l'école et qu'elle serait devenue adulte, elle s'était juré qu'elle aussi consacrerait sa vie à ces vieilles croyances.

Elle n'avait parlé à personne – pas même à sa mère – de son projet de devenir Boucher. Elle savait qu'elle était encore trop jeune (même si elle était bientôt une adolescente ; même si elle voyait de nouvelles choses pousser chaque jour). Mais elle savait surtout qu'elle devait attendre d'avoir fait ses preuves et montrer qu'elle était capable de pratiquer un abattage dans les règles de l'art. Et pour ça, il fallait une bête, bien entendu – comment s'entraîner pour de vrai, sinon ? –, pourtant, le piège à souris était vide à chaque fois qu'elle allait vérifier.

La sonnerie tonitruante finit par annoncer le début de l'après-midi. Ensuite, ils avaient éducation civique, ce qui voulait dire discussion à bâtons rompus à propos des Troubles, de l'autre côté de la frontière. D'après Mme Donoghue, les affrontements seraient bientôt terminés. Il y avait un truc pour la paix appelé « rallye » le mois prochain. Úna avala la dernière bouchée de son sandwich, s'essuya la bouche et jeta la boule de papier aluminium dans la poubelle. En passant devant, elle remarqua une boîte de hamburger en carton qui dépassait, avec une auréole de graisse marron. Elle jeta un coup d'œil autour d'elle. Personne ne regardait dans sa direction, tout le monde était trop occupé à se ruer vers les portes, sauf une pie bleu nuit et gourmande, perchée sur la clôture.

Elle déglutit une fois de plus, essayant de peser le pour et le contre. Une simple pie. Une pour la peine, comme on dit[1] ? Mais les Bouchers, est-ce qu'ils avaient le droit de se fier à ce genre de dictons ?

Úna retint son souffle et glissa ses doigts à l'intérieur de la boîte, jusqu'à ce qu'ils tombent sur un bout de frite huileuse. Elle le fourra dans sa poche avant de se précipiter en classe. En passant à toute vitesse devant une immense affiche en irlandais – *Lá Fhéile Bríde* –, elle se demanda, puisqu'il y avait des langues maternelles, si ça voulait dire qu'il y avait aussi des langues paternelles ? Et si oui, qu'est-ce qui serait le plus simple à apprendre, pour une fille presque adolescente ?

*

Quand elle rentra à la maison cet après-midi-là, Úna coinça la frite dans le piège à souris et récita une prière à

1. *One for Sorrow* (1780) est une comptine populaire pour les enfants. Selon une vieille superstition, le nombre de pies aperçues indique si l'on aura de la chance ou de la malchance : « *One for sorrow, Two for joy, Three for a girl, Four for a boy, Five for Silver, Six for gold, Seven for a secret never to be told.* »

la Veuve du fermier. Elle porta ses doigts à son nez, respira le sel et la graisse – rien qu'une fois – avant de se rendre à la salle de bains et de les frotter jusqu'à ce qu'ils soient parfaitement propres.

Elle s'assit sur son lit et commença à faire ses devoirs. Pour le jour de la Sainte-Brigitte, les élèves devaient préparer un exposé sur la sainte patronne. Apparemment, cette dernière avait créé de nombreuses communautés en Irlande, où des femmes pieuses vivaient entre elles, sans les hommes. Úna repensa aux épouses des Bouchers dispersées un peu partout, et se demanda si elles ne devraient pas former leur propre communauté. Quoique, huit personnes, est-ce que c'était assez pour une communauté, ou est-ce que techniquement il fallait être un peu plus nombreux ?

À cinq heures et demie, elle descendit pour aider à laver et à préparer les légumes pour le ragoût du soir. Elle gratifia sa mère de leur petite plaisanterie habituelle – *C'est quoi la surprise spéciale du chef ce soir ?* – et attendit la réponse habituelle :

C'est toi, ma fille ! Une surprise très spéciale !

Mais curieusement, sa mère n'avait pas dû l'entendre.

Úna l'observa pendant tout le dîner et constata qu'elle avait à peine avalé une bouchée. Le mélange n'avait rien de très savoureux, il est vrai – sa mère avait oublié l'assaisonnement –, mais Úna savait que là n'était pas la raison. Sa mère n'avait pas beaucoup d'appétit quand elle était triste. Pour le dîner du lendemain, elle aurait droit à la part de sa mère, intacte, froide, et encore légèrement congelée.

Úna alla se coucher perturbée. Elle resta allongée des heures, sans pouvoir fermer l'œil. Elle essaya de compter les moutons, puis les pies, mais si l'on partait du principe que la première était pour la peine, impossible de se rappeler ce qu'il se passait quand on en voyait huit.

*

Au matin, pourtant, quelque chose avait changé. Úna alla vérifier dans le placard avant de prendre son petit déjeuner et trouva une petite queue rose. Elle ouvrit le piège, la souris poussa un petit cri de salutation et instantanément, en effet, Úna se sentit très spéciale.

Au collège, elle ne put penser à rien d'autre de toute la journée. Les élèves présentèrent leurs exposés ; Car McGrath balança que Brigitte était probablement *lesbienne* et tout le monde se mit à ricaner. Úna avait les yeux rivés sur l'horloge murale, comptant les minutes, à défaut des moutons ou des oiseaux.

La journée finit par passer, péniblement, et Úna fut de retour dans sa chambre, la porte bien fermée derrière elle. Elle analysa la scène, sept bonshommes Lego disposés en cercle autour de la bête. Ça lui avait pris plus d'une heure pour y arriver. De prime abord, n'importe qui aurait pensé qu'elle était en train de jouer au « zoo » – faisant comme si un groupe de visiteurs était venu observer un animal en voie de disparition. Mais il n'y avait pas de zoo, et encore moins de jeu. Non, ce qu'il y avait là, c'était tout autre chose.

La souris poussait des couinements suraigus par le nez. Comme si Úna avait posé un morceau d'adhésif sur sa bouche et sur son corps. Elle était solidement attachée au parquet. Úna espérait juste que la fourrure n'émousse pas la colle. Niveau mise en scène on y était presque. Bien qu'indéniablement les proportions soient un petit peu faussées. Le hic, c'était les figurines Lego. Elles avaient des bras tellement courts qu'il fallait qu'elles se tiennent vraiment très proches de l'action. Parce qu'elles devaient toutes toucher l'animal quand il succomberait – sept petites mains jaunes, et Úna serait la huitième, tremblante d'impatience. C'était la tradition. C'était ce que son père lui avait dit, un point c'est tout.

Elle sortit le couteau qu'elle avait chipé dans le tiroir de la cuisine l'après-midi même. Elle le brandit face à la lumière et, comme le voulait le rituel, elle tourna la lame vers son cœur, trois fois de suite. La souris commença à se débattre. Úna se demanda si ça voulait dire que les animaux savaient ce qu'étaient les couteaux, leurs entailles et leurs coupures, et si oui, que savaient-ils d'autre sur les êtres humains sans que les humains le sachent ? Que son père était membre des Bouchers ? Qu'on était maintenant en février, ce qui voulait dire que lui et les autres marcheraient vers l'ouest ? Qu'il était crucial qu'à présent Úna fasse bien les choses si elle voulait prouver qu'elle était assez spéciale pour rejoindre le groupe elle aussi ?

Les griffes continuaient de chercher à s'accrocher aux lames du parquet. Avec son doigt, Úna vint aplatir l'adhésif et sentit le cœur de la souris battre les nanosecondes. Ensuite, elle approcha la lame du cou. La pointe sépara le duvet pour révéler un triangle de chair rosée, pas si différente de celle d'un être humain, supposa Úna. Elle sentit son propre cœur battre la chamade lui aussi, mais elle devait rester calme, avoir des gestes fluides, faire une entaille, une seule, pour laisser jaillir le sang. Elle ferma les yeux et essaya d'imaginer son père avec le bétail, mais quand elle y arriva enfin, tout ce qu'elle réussit à sentir, c'est le baiser d'adieu, qui commençait déjà à s'estomper ; la douleur qui, elle, ne passait pas, peu importe le nombre de fois qu'elle traçait son chemin sur une carte ; le sentiment que...

— Úna ?

L'adhésif se décolla et ses yeux s'ouvrirent juste à temps pour voir la queue de la souris disparaître sous le lit. Úna se jeta dessus, retombant lourdement, le nez à plat contre le parquet. Elle avait raté le coche.

— Úna ? Une livraison spéciale pour toi ! appela sa mère à travers la porte.

Elle releva la tête et regarda derrière elle, où ses collaborateurs en plastique étaient toujours en position, avec cette expression de joie inamovible sur leur visage.

La porte s'ouvrit.

— Úna, ma chérie, est-ce que tout va bien ?

Le temps qu'elle se retourne, sa mère se tenait au-dessus d'elle, avec une pointe d'inquiétude dans la voix, et derrière son dos une surprise. Úna s'assit, en s'assurant de bien recouvrir le couteau.

— J'étais juste en train de jouer.

Elle regretta immédiatement son ton puéril.

Le sourire de sa mère ne semblait pas convaincu.

— Bien, comme je te disais : une livraison spéciale pour toi. Ce que je veux dire, ma chérie, c'est que je t'ai acheté un cadeau.

Ce fut au tour d'Úna de ne pas avoir l'air convaincue – il restait encore neuf mois avant son treizième anniversaire, et, autant qu'elle se souvienne, les cadeaux n'étaient jamais sortis de nulle part. Elle savait que c'était une question d'argent – ils avaient hérité de leur maison à la mort des parents de son père, et de toutes leurs économies à la mort des parents de sa mère, mais en dehors de ça, il n'y avait jamais eu grand-chose de plus. Úna se demandait toujours comment se débrouillaient les familles quand les parents des parents étaient encore vivants.

Elle se demanda si l'on pouvait parler d'une langue grand-maternelle.

— Et voilà !

Mais le grand moment du déballage balaya momentanément la question. Sur son cintre en plastique, l'uniforme avait quelque chose de presque coquet. L'étiquette du magasin d'occasion indiquait qu'il était taillé spécialement pour les ados.

Sa mère raviva son sourire de son mieux.

— J'ai remarqué que tu étais déjà un peu à l'étroit dans celui que tu portes, donc je suis allée faire des courses en ville aujourd'hui. Je suis désolée d'avoir été aussi longue, mais j'ai juste... Ces derniers temps, je me suis sentie comme...

Son sourire retomba en même temps que sa phrase. Úna aurait voulu que sa mère poursuive ; qu'elle précise comme quoi elle s'était sentie, au juste.

— Je sais qu'on n'a rien de prévu avant des semaines, mais j'ai pensé qu'on pourrait se couper les cheveux ce soir. Tu aimerais ? Pour parfaire ton joli nouveau look ?

Úna sentit la lame froide sous ses cuisses. Derrière elle, les visages Lego avaient maintenant des airs narquois et semblaient rire de cette scène embarrassante.

— Je pense... Le mensonge la fit bredouiller. Que je vais essayer de les laisser pousser, pour changer.

Elle savait que sa mère verrait clair dans son jeu – elle n'avait jamais décliné une séance de coiffure de sa vie. C'était un autre de leurs rituels, les dents pointues du peigne caressant leur cuir chevelu humide ; les mèches lentement coupées, jusqu'à ce que leur tête – leur être en entier – retrouve un peu de légèreté.

Sa mère, cependant, se contenta de soupirer.

— Aucun problème, ma chérie.

Elle fit demi-tour et suspendit l'uniforme au dos de la porte, ce qui lui donna un peu l'air d'un pendu. Úna chercha les plis du regard, puis se sentit coupable et détourna les yeux. C'est donc par hasard qu'elle remarqua le sang. Il n'y en avait pas beaucoup – juste une petite trace sur le sol, qu'elle pouvait éponger avec sa chaussette –, mais elle supposa que c'était au moins un début.

Elle rassembla les bonshommes Lego dans leur boîte, qu'elle flanqua ensuite sous son lit. Elle se jura qu'elle réessaierait sans tarder. Comme ça, quand son père reviendrait en juin, elle aurait de quoi argumenter.

Elle se jura qu'elle trouverait un moyen de réparer le magnifique sourire de sa mère.

Elle se jura qu'elle deviendrait quand même Boucher.

Grá

Comté de Cavan, mars 1996

D'abord elle défit le bouton de sa jupe et roula des hanches pour la faire glisser, puis elle retira sa culotte en coton et la jeta dans le panier à linge. Elle passa sa main sous le robinet pour vérifier la température. Elle avait envie que ce soit un peu plus chaud et un peu plus profond que d'habitude. Un petit plaisir, pour l'occasion.

Grá retint son souffle.

Quarante et un ans aujourd'hui.

Le nombre continuait de paraître irréel.

Elle jeta un coup d'œil dans le miroir en attendant. Elle savait qu'elle avait maigri. Juste après le réveil, l'éclat de ses yeux avait toujours l'air plus vert, même si elle n'avait presque pas dormi de la nuit. Et plus son reflet s'embuait, plus sa mémoire commençait à faire resurgir un autre visage – auquel il ne fallait pas penser, duquel il ne fallait pas parler non plus. Les anniversaires avaient le don de le ramener à la surface. Un autre genre de petit plaisir, supposa Grá, plus cruel.

Une fois le robinet fermé, le silence était trop criant pour s'y faire tout de suite. Elle retint son souffle et s'enfonça dans son bain, observant les reflets de sa pâleur remonter comme du marbre à la surface de l'eau. Elle commença à se savonner, à faire couler la mousse crémeuse le long de sa clavicule. Une bouffée de pétales de rose, sucrée, aux effluves nostalgiques. Sa main descendit le long de ses côtes, en escalier, jusqu'à la naissance de la traînée de poils en aiguilles de pin. Elle savait qu'elle était seule, donc si elle le voulait, elle pouvait descendre encore un peu plus bas. Úna était au collège et son époux... Il... Mais son corps était beaucoup trop tendu. Elle ne ressentait pas même un léger fourmillement. Elle refit mousser le savon et passa directement à ses mollets.

Comme toujours la veille du départ de Cúch, ils avaient fait l'amour, mais cette année ni son esprit ni son corps n'y étaient tout à fait. Elle savait bien que la proposition de Cúch aurait dû lui mettre du baume au cœur.

Je pourrais faire un crochet.

Passer un peu de temps avec vous deux.

Dieu sait qu'elle avait prié des années durant pour qu'une telle chose se produise enfin.

Pourtant, plus elle repensait à ces paroles, plus elle se sentait pathétique – être reconnaissante pour un brin de compagnie conjugale ? C'était vraiment la femme qu'elle était devenue ? Elle avait attendu que Cúch termine, puis s'était rabattue sur son coin du lit.

Et maintenant, elle replongeait ses doigts sous la surface, se rappelant qu'elle n'avait pas besoin de lui – finalement – parce qu'après tout c'était elle qui connaissait le mieux son propre corps. Elle sentit l'eau clapoter contre sa peau comme une langue ; effacer la solitude, la maturité, et ce sentiment de mal-être, qui ne s'arrêtait plus de grandir.

La sonnette de la porte d'entrée la fit sursauter, comme si elle avait été prise en flagrant délit. Grá retira ses doigts et tira la bonde de la baignoire. L'eau fut aspirée comme si quelqu'un la buvait, tandis qu'elle se tenait debout, ses cheveux mouillés sur ses épaules, telle une Vénus sortie d'une coquille à moitié fissurée.

*

— Joyeux anniversaire ! bredouilla Mme P. en voyant Grá enfiler sa robe de chambre. Pardon, s'empressa-t-elle d'ajouter. Je n'avais pas réalisé que vous seriez...

— Y a pas de mal.

— Je vous ai ramené quelques petites douceurs.

— Il ne fallait pas.

Elles s'installèrent dans la cuisine, où Mme P. déposa son chargement – un gros gâteau coiffé d'un généreux glaçage, une enveloppe argentée scellée avec un trait de salive, et l'édition du jour de *L'Anglo-Celt*.

Exactement comme la vieille dame l'avait prédit, l'ESB s'était mise à faire tous les gros titres. Il semblait que ce soit bien réel – les vaches anglaises redevenaient complètement folles. Mais cette fois-ci ce n'était pas tout, parce que désormais il y avait des chances que les Anglais deviennent fous eux aussi. *La maladie de l'homme fou.* Grá frissonna tandis qu'elle remplissait la bouilloire, puis sortit les tasses les moins ébréchées.

— Les scientifiques essayent encore de prouver qu'il existe un lien de transmission.

Mme P. se cala dans le fond de sa chaise en pointant du doigt la première page.

— Si c'est bien le cas, le reste de l'Europe pourrait bien interdire complètement le bœuf britannique. Ça fait un peu peur, quand on y pense. Mais je suppose que ça pourrait aussi être une bonne nouvelle pour les éleveurs du coin. Ils pourraient prendre le relais, si vous voyez ce que je veux dire ?

Avec une petite cuillère, Grá déposa les feuilles de thé dans le fond de la théière. Elle avait l'esprit encore engourdi par la chaleur du bain, ou peut-être était-ce parce qu'elle ne savait plus très bien quand elle avait mangé pour la dernière fois. Elle aurait aimé, aujourd'hui seulement, pouvoir parler d'autre chose que des hommes et de leurs vaches.

— Oh ! Et est-ce que vous avez entendu pour *Fair City* ?

Mme P. avait dû lire dans ses pensées.

— Apparemment, dans l'épisode de lundi, il y a deux types qui vont s'embrasser ! Je sais que techniquement ce n'est plus illégal, mais tout de même – les réclamations sont allées bon train.

Grá ouvrit la porte du frigidaire et laissa la fraîcheur s'échapper.

*

Après qu'elles eurent fait infuser les feuilles de thé deux fois de suite, Mme P. leva le camp et Grá se retrouva de nouveau seule. Elles n'avaient même pas touché au gâteau – quelque part, il semblait bien trop joli pour être mangé. Grá réalisa qu'elle avait également oublié d'ouvrir l'enveloppe.

Joyeux anniversaire, Grá, disait la carte à l'intérieur. *Pour moi, vous serez toujours comme une sorte de sœur.*

Grá essaya d'empêcher sa main de trembler. Elle savait que Mme P. avait écrit ces mots par pure gentillesse ; qu'elle n'avait pas la moindre idée de la corde sensible sur laquelle ils viendraient appuyer. Ni de la femme qui vagabondait dans son esprit depuis le début de la journée. Elle finit par aller ouvrir le tiroir pour se couper une part de gâteau, mais curieusement, impossible de mettre la main sur le bon couteau. Ce n'était pas la première fois ces derniers temps que les choses n'étaient pas à leur place.

*

— Elles sont où les bougies ?

Quand Úna rentra du collège, Grá était encore en train de feuilleter son *Anglo-Celt* de long en large. Le gros des articles parlait des négociations de paix dans le Nord ; des six « principes Mitchell » sur lesquels ils avaient réussi à se mettre d'accord avant d'entamer les pourparlers. Mais l'article sur lequel elle était penchée à présent traitait d'un autre sujet – Eion Goldsmith, ou « Le Taureau », comme l'appelaient les gens. Sur la photo, on le voyait au défilé de la Saint-Patrick du dimanche précédent, un bouquet de trèfles ornant sa boutonnière. Apparemment, Goldsmith dirigeait littéralement toute l'industrie de la viande irlandaise – un petit gars de la province, devenu baron millionnaire de l'agro. Apparemment, il avait un manoir avec une piscine chauffée. Grá imagina ses vaches bien-aimées se joindre à lui pour faire trempette.

— Maman ?

Elle leva les yeux vers sa fille.

— Les bougies d'anniversaire. Elles sont où ?

Ça lui prit quelques instants, mais ensuite tout lui revint d'un seul coup.

Quarante et un ans aujourd'hui.

Elle s'efforça de sourire.

— Il y en aurait beaucoup trop pour un seul gâteau.

Elle reposa son journal.

— Et ta journée, ma chérie, raconte-moi un peu.

— Eh bien, on a eu histoire, commença Úna, évasive. On a enfin eu les résultats des exposés sur sainte Brigitte. Sauf que Car McGrath n'avait rien compris, donc au lieu de parler de la sainte patronne, il a parlé d'une espèce de femme un peu *sorcière* sur les bords, qui s'appelait aussi Brigitte et qui aurait habité dans le coin comme la sainte.

Cette fois, le sourire de Grá vint un peu plus facilement. Elle soupçonnait qu'il s'agisse d'une seule et même femme. Elle savait la façon qu'avaient les traditions et les mythes de toujours finir par se fondre les uns dans les autres.

— Et je t'ai fait ça en cours d'arts plastiques.

Sa fille sortit de son sac une carte en lambeaux, avec trois visages dessinés sur le recto.

Grá remarqua que le crayon le plus vert avait été utilisé pour faire ses yeux. Les ombres étaient étonnamment bien rendues.

— C'est très beau.

Grá posa la carte sur la table, avec celle de Mme P. Elles avaient un petit air misérable, côte à côte. Elle se dit que les cartes d'anniversaire pouvaient dire beaucoup de choses ; combien de personnes comptaient dans une vie.

Juste après qu'ils avaient emménagé, les femmes des environs étaient toutes passées lui rendre visite, certaines apportant même des pâtisseries maison.

Mais oui, j'ai entendu parler des gens comme vous.

J'avais un cousin qui croyait.

Mais dites-moi, c'est vrai que l'une d'entre vous a donné naissance à une créature mi-enfant, mi-vache ?

Ça l'avait fait rire – la façon qu'avaient les mythes d'engendrer d'autres mythes.

Mais au bout d'un moment, les visites se tarirent – quand toutes ces femmes réalisèrent à quel point elle était normale, Grà devint presque une déception –, bien trop étrange pour être des leurs et bien trop insipide pour alimenter les ragots. Dans tous les cas, elle était vouée à rester bien seule.

Grá avala sa salive et reconsidéra sa phrase. *À rester mal seule.*

— J'ai des devoirs à faire.

Comme toujours, cependant, c'est Úna qui la fit remonter à la surface.

— Eh, maman, est-ce qu'on peut conserver un steak pendant quarante et un ans, ou est-ce qu'il va finir par devenir tout ridé comme toi ?

— Toi, tu ferais mieux de déguerpir !

Grá éclata de rire tandis que sa fille montait les escaliers au galop.

Lorsque le silence retomba, Grá ressentit envers sa fille une immense gratitude. Elles formaient une équipe de choc – elles deux face au reste du monde. Les années de scolarisation à domicile avaient été bénéfiques, pour l'une comme pour l'autre, vraiment – elles avaient donné un sens aux journées de Grá, tout comme elles avaient permis à Úna de se connaître un peu plus, avant d'être exposée à l'inévitable cruauté des autres enfants. Bien entendu, Grá savait que l'idéal aurait été d'offrir à Úna la compagnie d'un frère ou d'une sœur – d'un vrai coéquipier de son âge. Bien qu'Úna ait toujours répété qu'elle aimait mieux les choses comme elles étaient.

Maman, je suis fille unique, comme toi !

Dis, est-ce que ça ne me rend pas encore plus spéciale ?

Grá se leva et jeta un coup d'œil à l'horloge comme si elle allait lui donner la réponse. Elle se rappela d'aller vérifier les faux-filets qui décongelaient dans l'évier de la remise, pour le repas d'anniversaire du soir. Et elle se rappela aussi, bien entendu, qu'avoir un frère ou une sœur n'était en rien une garantie.

Pour moi, vous serez toujours comme une sorte de sœur.

Grá n'avait que seize ans lorsque Lena s'est enfuie pour épouser un non-croyant ; seize ans et un seul jour de bonheur. Elles avaient donc partagé un dernier gâteau d'anniversaire, puis, au matin, Lena avait disparu. Sans rien laisser d'autre qu'une simple enveloppe avec le nom de Grá souligné sur le recto. Bien entendu, elle avait parlé à Grá du beau jeune homme de l'Ulster, venu en visite à la ferme de son oncle ; l'avait même invitée à partir avec eux, et ajouté qu'elles avaient des parents « despotiques », qui vivaient « prisonniers du passé ». Mais le choc était pourtant total, lorsque Grá fixait l'enveloppe encore scellée, tandis que sa mère et son père appelaient la police, puis se mettaient à crier à la discrimination en voyant que personne ne semblait vouloir les aider.

Cette nuit-là, Grá avait mis le feu à la lettre avec une allumette et l'avait regretté trop tard. Sa sœur ne lui adressa pas un mot de plus.

À compter de ce jour, le nom de Lena ne dut plus jamais être prononcé à la maison. Ce qui voulait dire qu'en grande partie le passé était banni lui aussi – une frontière en dents de scie, tracée entre « l'avant » et « l'après ». La chambre de Lena fut vidée, vingt et une années de sa présence au sein de la famille, effacées en une seule nuit ; sa collection de films hollywoodiens, jetée à la poubelle ; sa garde-robe, débarrassée intégralement. Jusqu'à la moindre mite. Grá avait supplié ses parents de la laisser garder quelques vêtements – quel gâchis sinon –, elle finirait bien par les porter un jour. Mais peut-être craignaient-ils qu'elle devienne comme sa sœur. Les sacs en plastique noir furent balancés à la décharge, où les corbeaux pouvaient picorer les boutons comme si c'était des yeux.

Trois ans plus tard, leur mère était morte et leur père se lamentait sur son pauvre cœur bafoué. C'était devenu un vieillard chétif. Même s'il avait encore la force de reprocher presque quotidiennement à Grá de ne toujours pas s'être trouvé de petit ami – une fille qui déserte et l'autre qui reste sur le carreau ? De ces deux disgrâces, difficile de dire laquelle était la pire. Mais ce n'était pas comme s'il suffisait à Grá d'aller au bal. De prier pour que le premier garçon qui l'invite à danser soit bien croyant ; de tenter sa chance en rôdant autour des verres de limonade déjà entamés. D'autant que, depuis le départ de Lena, une partie des gens encore fidèles aux Bouchers leur avaient tourné le dos eux aussi – comme si une malédiction toute neuve venait de frapper leur nom de famille. Cet été-là, son père l'avait flanquée avec un type qui l'aidait à nettoyer les champs, Donald Heffeman, dont les grands-parents maternels étaient croyants. Ils marchaient tous les deux vers la foire du village, quand Donald l'avait entraînée derrière les champs de McGinley et avait essayé de lui glisser la main dans la culotte.

— Sois pas si prude, avait-il grogné, avant de s'y remettre. C'est pas comme si t'étais une putain de *catholique*.

Grá l'avait repoussé et s'était enfuie, en pensant à tous ces noms différents que l'on donne aux autres et à soi-même :

Catholique.

Protestant.

Croyant.

Prude.

En rentrant chez elle, elle avait décrété qu'elle ne reverrait plus jamais Donald Heffeman, et son père avait envoyé une droite dans le mur. Avec un poing qui n'avait pas l'air fragile le moins du monde.

Mais pendant la nuit, Grá avait repensé à Lena – probablement en vadrouille dans une grande ville ; probablement devant un classique hollywoodien avec son homme de l'Ulster – et elle n'avait plus ressenti ni colère ni honte. Au lieu de cela, elle était restée allongée les yeux grands ouverts jusqu'à l'aube, pleine d'envie et d'admiration pour cette liberté que sa sœur avait réussi à conquérir.

Il restait encore six mois avant la visite annuelle des Bouchers. Généralement, ils tuaient une demi-douzaine de bêtes, puis débarquaient à l'intérieur pour le thé. Cette fois-ci, alors que son père se pâmait devant eux comme s'ils avaient été des demi-dieux, le plus jeune des Bouchers – recruté il y avait peu, apparemment – avait attiré son attention et lui avait adressé un sourire. Alors Grá s'était demandé pourquoi elle n'y avait pas songé plus tôt – à la façon dont elle pourrait tout arranger – puis dans l'après-midi, elle avait pris sa décision et rendu son sourire au nouveau.

Ils s'étaient écrit pendant une année entière, Grá envoyait toujours ses réponses au bureau de poste du prochain village sur leur trajectoire. Elle avait appris les mots, les plaisanteries que Cúch aimait utiliser le plus. Parfois, elle aimait certaines de ses plaisanteries elle aussi. Elle s'était assurée de ne jamais mentionner sa sœur ni l'humiliation qu'elle avait causée à sa famille. Elle avait essayé de ne pas penser à la lettre qu'elle avait brûlée toutes ces années auparavant.

Curieusement, quand les Bouchers étaient revenus l'année suivante, Cúch semblait nerveux à l'idée de demander sa main à son père. Mais à peine l'avait-il fait que le vieil homme basculait dans un profond silence, comme s'il venait de recevoir l'extrême onction. Il n'avait pas prononcé un mot, mais les larmes venues ramollir les croûtes au coin de ses yeux en disaient déjà long.

Le jour de leur mariage fut réellement le plus heureux de toute son existence, parce qu'elle avait enfin réussi – payé la dette de sa sœur, la seule personne qu'elle ait jamais vraiment aimée. Tandis qu'elle marchait dans l'allée, les fleurs dans ses cheveux avaient déposé un peu de pollen sur la pointe de ses oreilles. Cúch s'était léché le doigt et elle avait ri quand il avait frotté pour retirer la poudre jaune.

Mais son sourire s'éteignit très vite. Cúch avait hérité d'une maison dans le comté de Cavan, un coin complètement désert des régions frontalières. *An Cabhán*. En irlandais, ça voulait dire, grosso modo, « le creux ». Cúch était retourné à ses pérégrinations et Grá avait contemplé le vide, entièrement creux, sans rien d'autre à faire que penser à sa chère Lena et se demander ce qu'il se serait passé si, sous le soleil de l'été, elle avait laissé Donald Heffeman aller plus loin avec elle.

*

— Juste une petite part, *s'il te plaît* ?

Le lendemain matin, ce n'était plus son anniversaire et quelque part, ça rendait les choses de nouveau plus simples. Elle avait oublié de mettre le gâteau au frais. Donc le glaçage avait durci et craquelé pendant la nuit.

— Allez ! Je mange *tout le temps* des sandwichs. Je *meurs* d'envie de changer.

Grá regarda sa fille, qui jouait la comédie dans son uniforme flambant neuf.

— Allez, rien qu'un morceau.

Elle ouvrit le tiroir. Le couteau était là où il avait toujours été.

Une fois Úna partie, Grá alluma la radio sur une chaîne où les gens parlaient d'une voix grave et posée, sans faire de comédie, et commentaient les dernières évolutions de l'ESB qui déferlait sur toute l'Angleterre. Un expert affirmait que, si la maladie était transmissible aux êtres humains, cela pourrait être un désastre absolu. Des dizaines de milliers de morts – un vrai fléau national.

Son estomac se mit à gargouiller, mais ces derniers temps, Grá était passée maître dans l'art de l'ignorer. L'expert énuméra ensuite toutes les mesures de précaution prises par l'Irlande pour tenir l'épidémie à distance. La clef, c'était l'indépendance ; ne pas se retrouver entraînée dans le marasme anglais. Grá écouta le rapport jusqu'au bout, alla chercher son pull et ses gants, puis s'élança dans l'air vivifiant du jardin.

Il avait plu pendant la nuit, mais pour le moment le ciel s'accordait une petite pause, histoire de reprendre son souffle. La pelouse était un vrai bijou de propreté, surtout comparée à toute cette jungle qui s'étendait par-delà la clôture. Mais ce bout de terre était à elle et elle seule, alors elle le maintenait impeccable, manucuré. Le résultat de toute une vie de loyauté, de soins et d'ennui.

Les perce-neige étaient encore en fleur, leur tête blanche perlant au bout de leur cou, fin et délicat. Les campanules tenaient bon apparemment. Grá vérifia qu'il n'y avait pas de pâquerettes ou de pissenlits. Elle versa quelques noix dans la mangeoire, d'ailleurs destinées aux grives plutôt qu'à la renarde, même si Grá avait un faible pour les deux. Elle se mit ensuite à quatre pattes, une truelle à la main, pour travailler le sol toujours aussi dense, aussi noir. Elle avait planté les légumes en rangs soignés, fertilisé et retourné la terre. Par fierté autant que par nécessité pratique – Cúch travaillait dur pour qu'ils aient leur viande du dimanche, mais tous les autres jours de la semaine, c'était le fruit de son labeur à elle qu'elles mangeaient.

Elle avait semé des haricots et des courgettes ; des panais et des tomates. Pour changer, elle avait décidé d'essayer une variété plus sucrée. D'après ce que pouvait sentir le bout de ses doigts, les racines avaient plutôt bien pris.

Des années auparavant, elle avait répondu à une petite annonce collée sur la vitrine du marchand de fruits et légumes, quelqu'un qui cherchait une aide d'une ou deux heures par semaine. Quand elle était entrée dans la boutique pour en savoir plus, la femme lui avait sifflé au visage que la place était déjà prise. Une autre fois encore, Grá avait laissé une petite pancarte sur un lampadaire, proposant ses compétences de jardinière à un prix défiant toute concurrence. Le téléphone était resté silencieux pendant des semaines, jusqu'à ce qu'une nouvelle venue au village, Mme Casey, appelle. Grá n'avait pas travaillé plus de deux fois chez elle, principalement pour tailler les rosiers plantés par l'ancienne propriétaire, mais, en revenant des courses un après-midi, Mme Casey lui avait dit d'un ton froid, détaché : *Vous ne m'aviez pas précisé que vous étiez mariée à un Boucher.* Grá était partie dans une telle précipitation qu'elle en avait oublié son sécateur. Elle n'avait jamais eu le cœur de retourner le réclamer.

Quand elle eut terminé, elle se releva. S'étira en arrière pour soulager la douleur dans le bas de sa colonne vertébrale. Elle se demanda si la veille elle n'était pas devenue une vieille femme après tout. Elle ôta ses gants et ses bottes. Elle rentra à l'intérieur et monta jusqu'à la salle de bains, où elle contempla la baignoire vide, mais curieusement la perspective d'un bain ne semblait pas aussi attrayante que d'habitude. Elle leva les yeux au ciel. Elle se demanda ce qui ne tournait pas rond avec elle en ce moment. Et si tout simplement, elle n'avait plus jamais le cœur à rien ? Mais ensuite, elle repensa au petit numéro matinal d'Úna et réussit à sourire malgré tout.

Je meurs *d'envie de changer.*

Elle attrapa une serviette et descendit les marches de l'escalier deux par deux.

*

L'horizon n'était qu'un camaïeu venteux de gris et de marron, et pendant une seconde, Grá fut tentée de faire demi-tour. Elle s'imaginait quoi, au juste ? Ici, rien ne serait jamais agréable. Mais en y regardant d'un peu plus près, elle aperçut des primevères et des potentilles ; de l'oseille et même des violettes des bois précoces, aux teintes plus pâles que les violettes tardives, qui elles, cependant, étaient toujours beaucoup plus jolies. Des mauvaises herbes techniquement parlant, bien entendu – dans son jardin, elle les aurait arrachées sans merci, et la racine avec –, mais ici, c'était une autre histoire, d'autres règles. Quelque chose dans leur couleur, leur rusticité, résonnait en elle. Bien qu'elle ait conscience que son envie subite de sortir ne la ferait pas renaître comme une fleur non plus.

Elle finit par retrouver le chemin de messe, dont le vieux tracé était à peine visible à travers le gazon, mais à sa connaissance, c'était le chemin le plus rapide vers le lac le plus proche. On disait qu'il y avait trois cent soixante-cinq plans d'eau dans tout le comté – un pour chaque jour de pluie de l'année. Un nombre qui semblait bien trop commode pour être honnête. Elle savait qu'il y avait Lough Sheelin, « la Piscine des Fées », à la frontière du comté de Westmeath ; Lough Gowna, « le Lac des Veaux », quelque part sur la route de Longford. D'après le folklore local, le lac tenait son nom d'une légende – une histoire de vache surnaturelle. Rien que d'y penser, Grá avait envie de rire – elle ne pouvait pas faire un pas sans croiser l'une de ces foutues bestioles. Et pourtant, de nos jours, vous entendiez de moins en moins parler de toutes ces vieilles histoires. On laissait les légendes sur le bas-côté, pour laisser le futur avancer.

L'Irlande moderne.

C'était la seule légende qui intéressait les gens à présent.

Un Cúchulainn[1]*, mais pour quoi faire, quand vous avez le Taureau ?*

1. Cúchulainn est l'un des personnages les plus importants de la mythologie irlandaise, mi-homme, mi-dieu, il est connu pour sa force physique et son courage légendaires.

Grá sentit son estomac se contracter de nouveau. Les ajoncs du champ voisin avaient une douce et surprenante odeur de noix de coco. Elle inspira l'air à pleins poumons. Peut-être qu'elle aurait dû avaler quelque chose pour son petit-déjeuner après tout.

Et peut-être qu'elle aurait dû être un peu moins naïve, mais elle croyait que les ruminations de la veille, celles à propos de sa sœur, auraient disparu dans la nuit – et qu'au matin elle en aurait terminé avec la remémoration annuelle, jusqu'à l'année suivante. Mais même ici, au grand air, alors que le vent lui giflait le visage et que des traînées de boue lui remontaient le long des mollets, elle pouvait encore sentir la présence de Lena à ses côtés.

Grá avait toujours supposé que Lena s'était enfuie dans une de ces grandes villes, Cork ou Dublin, pour y vivre dans un appartement moderne avec vue sur le béton et un flot incessant de lumières clignotantes. Elle avait lu quelque chose à propos du pont qui enjambait la Liffey, sur lequel le gouvernement venait de faire construire la Millennium Clock, aux chiffres lumineux projetés sur l'eau, qui comptaient jusqu'au vingt et unième siècle. Eh oui, elle arrivait, l'Irlande moderne. Et elle serait à l'heure, qui plus est.

Quand Grá atteignit la clairière au bord du lac, elle s'arrêta net devant la vue. Même son estomac ne trouva plus rien à redire. L'eau s'étendait, plate, calme et vaste – la rive opposée, une mince ligne de verdure, semblait très, très lointaine. Il n'y avait que les formes tortueuses des nuages projetées sur la surface. Et entre l'eau et le ciel, tout n'était qu'espace où respirer.

Elle aurait pu croiser un pêcheur ou un autre promeneur, mais les alentours étaient déserts. Même les touristes se fichaient de ce genre d'endroit – tout ce qui les intéressait, c'était l'Irlande aux étendues verdoyantes, parfaitement photogéniques. À sa façon, le vide la fit se sentir un peu trop exposée. Elle se mit à penser à Camera Mountain – la colline, tout au nord du comté d'Armagh, qui au plus fort des Troubles avait été recouverte de miradors. Elle se demanda si l'intimité de la salle de bains aurait été une si mauvaise chose après tout.

Mais penser à la maison ne fit que la ragaillardir. Elle s'accroupit dans une touffe de roseaux et retira une par une les couches de vêtements qui la recouvraient. En plein hiver, en sous-vêtements, elle savait que ce ne serait pas une partie de plaisir. Elle s'approcha du bord du talus et sauta – sans respirer –, plongeant sous la surface de l'eau où le froid blessait comme des millions de petites lames. Mais elle voulait qu'elles s'enfoncent, encore et encore ; fassent des lambeaux de ce brouillard, de ce malaise qui l'avait enveloppée ces derniers temps. Et elle se jura que, quand elle fendrait de nouveau la surface, elle serait une tout autre femme.

*

Ce ne fut qu'après, alors qu'elle se rhabillait, qu'elle l'aperçut sur un rocher. Elle avait d'abord pensé que c'était juste un oiseau qui remuait dans les fourrés – un héron, ou une grue –, même s'il était sans doute encore un petit peu tôt pour eux ? Puis il y eut cet œil immense, qui la déconcerta encore plus. Mais quand il abaissa l'objectif de son appareil photo, son corps prit sens, des pieds à la tête. Elle reboutonna son jean et enfila ses bottes.

Elle n'avait rien fait de mal et pourtant elle se sentait, encore une fois, prise en flagrant délit. Elle se demanda jusqu'où il pouvait zoomer avec son équipement ; s'il pouvait voir ses mamelons ressortir sous sa tenue de jardinage. Mais ensuite, sa surprise se mua en une sorte de rage. Parce qu'il était quoi, au juste, une espèce de pervers ? Tapi ici, au fin fond de nulle part, prêt à fondre sur n'importe quelle pauvre créature qui aurait la malchance de croiser sa route ?

— Excusez-moi ?

Le vent s'était levé à présent. Il soufflait contre elle et formait de petites vrilles dans ses cheveux dégoulinants.

— Excusez-moi. Vous ne pouvez pas photographier les gens comme ça sans leur permission.

Elle n'arrivait à reconnaître ni le son de sa voix ni le formalisme de ses propos.

— Je pourrais vous dénoncer aux *gardaí*[1], vous savez ?

Ce ne fut qu'une fois beaucoup plus proche qu'elle sentit la colère se dissiper. Il avait les cheveux clairs. Un visage juvénile. Et des lunettes de soleil posées sur le haut du crâne, sous un ciel pourtant noir de nuages.

— Je ne voulais pas vous faire peur.

Quand il prit la parole une première fois, elle fronça les sourcils, n'appréciant guère cet air de se défendre d'avoir fait quoi que ce soit de mal.

— Je vous promets que je ne m'intéresse qu'aux paysages.

La deuxième fois, elle trouva qu'il flirtait avec l'impertinence.

— D'une beauté à couper le souffle, n'est-ce pas ?

1. Les *gardaí* – les gardiens de la paix. La *garda* étant les forces de police nationales de la République d'Irlande.

Ensuite, ce fut son accent qui l'interpella – Dublin, s'il fallait deviner –, mais au lieu de demander, elle suivit son regard en direction de la haute tourbière, où l'on voyait se dresser une faction de conifères, dont les racines se nourrissaient de la pourriture et des os de tout ce qui avait bien pu se laisser engloutir par le marais.

— Vous êtes quoi ? Une sorte de *naturiste* ? Elle fit de son mieux pour avoir l'air contrarié. Vous êtes venu chercher le calme de la campagne pour vous en donner à cœur joie ! Ou alors vous...

— Un naturiste ?

Il fit un pas hors de son rocher, un soupçon de sourire narquois sur les lèvres.

— Avec un temps pareil ? Il y aurait de quoi geler sur place ! Non, moi je suis photographe, dit-il. Ronan Monks. Je fais un reportage sur les régions frontalières.

Elle ne releva pas la plaisanterie et se concentra sur son nom, qui lui faisait penser à une armée d'ecclésiastes en habits. Elle se demanda – avant toute chose – si cet inconnu était un homme de foi.

— Du moins, j'essaye.

Mais quand ses yeux revinrent se poser sur son visage, le sourire en coin s'était déjà estompé.

— Je suis dans les parages depuis une semaine, mais je n'ai pris presque que des clichés médiocres. Je n'ose pas imaginer que vous ayez des suggestions ?

Curieusement, la question la fit soudain penser non pas à sa sœur perdue de longue date ni à sa fille bien-aimée, mais à son mari. Cet homme de conviction, tellement absolutiste. Qui de toute sa vie ne lui avait jamais demandé son avis.

— J'ai bien peur, monsieur Monks, de ne pas avoir le temps de jouer les *guides touristiques*.

Elle se hâta de croiser ses bras sur sa poitrine.

— Je vais revenir nager demain, et j'*apprécierais* un peu d'intimité.

À présent le froid faisait palpiter ses tétons.

Mais il semblait au moins que le ciel ait décidé de se rallier à sa colère : sur le chemin du retour, les nuages se fendirent en deux. La pluie picota son visage tandis qu'elle piétinait linaigrettes et orties. En rentrant, elle fit claquer la porte d'entrée et s'y adossa, le temps de sentir qu'elle n'était plus à bout de souffle, et de réaliser aussi, très distinctement, que la faim lui faisait tourner la tête.

Elle attrapa une serviette sur la patère du couloir et se dirigea vers la cuisine, où elle alluma la radio puis la bouilloire, ses deux compagnes de toujours. À peine avait-elle aperçu le gâteau, qu'elle l'attrapa à deux mains. Elle ne s'embêta pas avec des couteaux ou des assiettes. Elle en enfourna de pleines poignées dans sa bouche ; sentit le glaçage s'étaler sur ses lèvres, les miettes s'enfoncer sous la profondeur de ses ongles.

Elle mangea, mangea. Jusqu'à ce qu'elle commence à se sentir malade. Puis elle mangea encore plus. Ensuite, elle se sentit coupable – un sentiment qui l'avait toujours obligée à aller jusqu'au bout ; elle avait tout gâché, alors maintenant il était trop tard pour s'arrêter. Ce ne fut que lorsque la moitié de gâteau eut disparu qu'elle s'arrêta pour reprendre son souffle, et qu'elle entendit les voix du poste de radio. C'était le bulletin de midi – apparemment les scientifiques anglais venaient de se prononcer : les êtres humains pouvaient tout à fait contracter l'ESB. Le bétail britannique était donc maintenant officiellement interdit, même s'il était parfois trop tard – dans certains endroits, la maladie s'était déjà bien implantée. Il y avait déjà huit morts, et on était loin d'en avoir terminé.

Et d'un seul coup, la colère quitta le corps de Grá, qui s'effondra sur le sol de la cuisine. Elle posa la tête contre la porte du placard et ferma les yeux. Elle essaya d'avaler sa salive, mais elle pouvait déjà sentir le malaise revenir à la charge, plus fort que jamais. Il remontait le long de sa gorge avec le glaçage du gâteau, telle une marée trouble et grise.

Fionn

Comté de Monaghan, mars 1996

Il était déjà sacrément en retard, mais il ne pouvait pas partir sans l'avoir vue émerger.

Il avait préparé des œufs à la coque pour le petit-déjeuner, avec un régiment de mouillettes, et englouti le tout d'une seule traite (dans son idée, c'était un régiment de mouillettes anglaises, bien entendu – et il fallait leur arracher leur putain de tête). Puis il s'était enfilé un bol de corn-flakes, par précaution – même s'il n'y allait pas pour affaires, mieux valait ne pas se rendre au marché le ventre vide.

Fionn alluma le brûleur. L'odeur du gaz lui aurait presque rappelé celle de la boisson. Il secoua la tête et posa la bouilloire sur la flamme.

Après tout ce qu'il s'était passé, il avait vendu la quasi-totalité de son terrain et réduit considérablement l'activité de la ferme. Aujourd'hui, il était pour ainsi dire un « petit exploitant ». « En retraite anticipée », préférait-il. Il arrivait encore à produire assez de lait pour atteindre les quotas, *in extremis*. Les subventions agricoles (s'il les manipulait correctement) lui permettaient tout juste de maintenir l'endroit à flot.

Fionn remarqua une coulure de jaune d'œuf en train de durcir sur le plan de travail. Il l'ôta d'une pichenette. La chienne irait renifler ça plus tard, en guise de casse-croûte salé.

Il savait que ce serait un peu étrange de se ramener les mains vides. Mais il savait aussi que c'était la curiosité plus qu'autre chose qui l'envoyait se pointer au marché à bestiaux aujourd'hui. Parce que, depuis l'interdiction du bétail britannique au début du mois, il y avait eu des discussions à bâtons rompus – faisant le tour de toutes les opportunités que cela pourrait représenter à présent pour les éleveurs irlandais. Apparemment, il y avait de nouveaux emplois à l'horizon ; de nouveaux contrats avec l'Europe sur le feu. *Le boom du bœuf celtique*, qu'ils appelaient ça dans les journaux. Fionn se demandait qui avait pu pondre un truc pareil. Mais en toute sincérité, si les rumeurs disaient vrai, ce serait peut-être pour l'Irlande l'occasion de s'épanouir ; de s'éloigner enfin de l'Angleterre et de prospérer par elle-même.

Les cliquetis de la bouilloire se fondaient avec son enthousiasme. Fionn versa l'eau bouillante et la laissa infuser pendant qu'il allait chercher le lait dans le réfrigérateur.

Mais en plus de satisfaire sa curiosité sur le boom, il y avait à l'escapade d'aujourd'hui une autre finalité ; un visage parmi la foule qu'il devait trouver, et une question qu'il devait poser. Fionn était parfaitement conscient que c'était la raison pour laquelle il était un peu sur les nerfs ce matin, et qu'il était parti traire les filles encore plus tôt que d'habitude. Il ne s'était pas lavé les mains après – une vieille coutume censée vous porter chance.

Ses bottes se précipitèrent dans les escaliers, faisant trembler toute la maison, puis enjambèrent les quatre dernières marches, qui grinçaient toujours plus fort que les autres. Une fois arrivé tout en haut, il commença à se détendre, comme s'il avait vu filtrer son aura par-dessous la porte.

— Eileen ?

Il toqua doucement puis entra ; inhala l'air légèrement vicié. Il laisserait un mot à Davey pour lui dire de changer les draps quand il rentrerait du lycée.

— Bonjour mon amour.

Il s'approcha sur la pointe des pieds, avec toute la maladresse du monde. Pourtant la couette ne bougea pas d'un pouce quand il déposa la tasse à côté de la Bible, qu'il avait laissée ouverte sur la table de nuit.

En s'approchant, il vit que ses yeux étaient clos et de nouvelles mèches de cheveux emmêlées sur l'oreiller, mais c'était suffisant. Il expira bruyamment. Sa nervosité venait de s'envoler.

— Bon, mon amour, je vais au marché. D'après les rumeurs, ces histoires de vache folle en Angleterre seraient plutôt de bon augure pour les gars du coin – les prix sont en train de monter en flèche !

Mais il en resta là. Quelque part, l'optimisme avait quelque chose de cruel. Il se demanda si aujourd'hui serait un de ses bons ou un de ses mauvais jours.

Presque neuf mois s'étaient écoulés depuis la dernière phase du traitement sur sa grosseur au cerveau. L'opération avait permis d'extraire l'essentiel de la tumeur (Fionn avait imaginé une petite pelleteuse JCB), puis la chimio s'était chargée d'éliminer le reste. Eileen reprenait des forces, mais les médecins lui avaient prescrit davantage de médocs, en cas d'attaque ou de crise d'épilepsie. Et ça l'assommait ; lui infligeait des migraines abominables. Certains jours, elle quittait à peine son lit.

Fionn s'attarda encore un peu, dans l'espoir d'apercevoir l'éclat vert émeraude des yeux de sa femme. Elle lui disait toujours que les yeux verts étaient de famille, bien qu'il n'ait jamais rencontré le reste des siens pour pouvoir le constater. Comme ses paupières restaient closes, il poussa un soupir et se mit en route. Il se dit qu'elle se sentirait mieux à son retour du marché, d'autant plus s'il rentrait avec de bonnes nouvelles.

*

Le long du trajet, c'était une véritable jungle – Mère Nature dans toute sa démence –, un horizon vidé de toutes ces foutaises que l'on voit habituellement sur les cartes postales ; tout n'était que ronces et prunelliers, fougères et genêts, bruyères et épinettes entremêlés, qui se faisaient au passage une joie de vous écorcher jusqu'au sang. Les aubépines avaient retrouvé leur feuillage, étoffant un peu les bordures, tandis qu'ailleurs les champs étaient séparés par des murets en pierres sèches ou des clôtures de barbelés – autant de démarcations qui délimitaient le coin de fumier d'un homme de celui d'un autre homme.

Dans son 4 × 4, Fionn donna un petit coup d'accélérateur, pour laisser opérer la magie si familière du paysage. Il était né et avait grandi dans cette ferme où, tous les jours, il s'était plié en quatre. Bien qu'il lui reste malgré tout aussi une poignée de souvenirs pas trop désagréables – son père qui l'emmenait en virée sur cette même route, l'obscurité enveloppante de la nuit et de la petite délinquance les rapprochant l'un de l'autre.

Fionn avait fait ses premiers pas dans la contrebande de bétail alors qu'il avait à peine quatorze ans.

— C'est pas comme si tu servais à grand-chose, baragouinait son père en picolant, alors contente-toi de la fermer et d'ouvrir l'œil.

Ce soir-là, il y avait Big Bill Tierney, les frères Horgan blottis l'un contre l'autre dans la cabine du pick-up, et un relent acide de pets et de chips à la crevette. Ils avaient roulé pendant une heure avant d'atteindre un chemin de traverse, de franchir la frontière et de rejoindre les deux fils Proddy, au Nord, un peu après deux heures du matin.

La peau des vaches brillait d'une lueur phosphorescente sous la lune, mais ils étaient sûrs de leur coup – leur contact leur avait réclamé une petite fortune pour s'assurer qu'il n'y aurait pas de patrouille nocturne.

Il leur avait fallu des lustres pour charger la dernière vache du troupeau dans le conteneur crasseux. Quand tout avait enfin été terminé, le père de Fionn avait empoché l'argent. Puis il avait gratifié son fils de l'un de ses rares sourires – avec un regard qui aurait presque pu ressembler à de l'amour. À croire que dans ce no man's land, les normes habituelles ne s'appliquaient pas.

Fionn rêvait de ce genre d'escapades depuis tout gosse. À l'école, il avait lu *Táin Bó Cúlainge,* « La Rafle des Vaches ». L'histoire s'ouvrait sur la prise d'assaut de l'Ulster par la Reine de Connacht, qui essayait de mettre le grappin sur le beau taureau de Dáire mac Fiachna. Un échec cuisant, alors les combats commençaient – des milliers d'hommes envoyés à l'abattoir. C'est dire l'importance d'un seul et unique spécimen animal.

Pendant longtemps, Fionn s'était imaginé transmettre la légende à un fils, se projetant dans les virées clandestines et les belles années à venir. Seulement, peu après son mariage, la contrebande de bétail avait pris un tour beaucoup plus délicat. Les conflits faisaient rage. Avec ou sans contact, la frontière était devenue impraticable. Puis en 1974, les attentats de Dublin et Monaghan tuèrent trente-trois personnes – hommes, femmes et enfants –, en conséquence, les patrouilles devinrent encore plus régulières qu'avant. Eileen restait assise, les yeux englués dans la violence à la télévision, le suppliant de renoncer à ses excursions, tandis que Fionn essayait de se justifier :

— Ça n'a rien à voir avec la politique, mon amour – c'est rien que du bétail, rien qu'une petite fraude sur les frais de douane pour quelques livres supplémentaires.

Jusqu'à ce qu'une nuit Big Tally Tierney se fasse tuer en pleine action, d'une balle dans la tête alors qu'il transportait des Dexter pour essayer de les revendre en douce. Eileen avait apaisé le gros du chagrin de Fionn, puis lui avait rappelé ce qu'il savait déjà :

— Dans ce pays, mon amour, le bétail, *c'est* politique.

En conduisant, Fionn eut une pensée pour son vieil ami, mais aussi pour ce que tout cela aurait pu devenir – un rite de passage avec son fils unique –, la chose qui aurait pu les rapprocher enfin. En fait, Davey n'avait jamais manifesté le moindre intérêt pour le bétail ou l'agriculture. Il n'y en avait que pour la poésie et les vieux bouquins – Fionn se demandait d'où il pouvait bien tenir ça. Même s'il se rappelait, tout bien considéré, qu'entre eux deux les choses auraient pu être bien pires – comparés aux bleus et aux roustes de son père, Davey et lui, c'était le paradis. Fionn s'était juré de ne jamais commettre les mêmes erreurs, de ne jamais lever la main sur sa propre famille.

Une promesse qu'il n'avait brisée qu'une seule fois, et Dieu sait qu'il ne le ferait jamais plus.

*

Quand il sortit de son 4 × 4, l'odeur des hommes et des bêtes empesait l'atmosphère et Fionn fut immédiatement grisé. Il s'imprégna, à pleins poumons, du bourdonnement sourd des barytons. Il y avait les tracteurs en marche arrière et les mugissements du bétail, Northern Sound à plein volume sur les autoradios, les informations routières et les bulletins météo, et la liste de tous ceux qui étaient décédés dernièrement. Les hommes essayaient d'arrondir les angles en sirotant des Thermos remplis de thé, ou de boissons plus corsées. Fionn se figea un instant. Dieu en est témoin, il aurait pu s'en coller une belle, vraiment. Mais au lieu de cela, il rentra son tee-shirt dans son pantalon, prit une autre grande inspiration et pointa ses bottes en caoutchouc dans la direction du hangar.

Plus il se rapprochait, plus il réalisait à quel point ça semblait s'affairer là-dedans. Tous les enclos étaient pleins à craquer et la moindre file d'attente s'étirait sur des kilomètres à l'extérieur. Il y avait dans l'air un petit quelque chose du carnaval – comme lorsque les saltimbanques débarquent en ville avec leurs violons –, sur tous les visages mal rasés, une même lueur d'anticipation.

Le boom du bœuf celtique.

Des opportunités.

Il semblait que les rumeurs soient bien fondées.

Quelques hommes finirent par remarquer son arrivée. Fionn se méfiait un peu de leurs réactions. Il savait qu'il n'avait jamais eu très bonne réputation – ils le prenaient un peu pour un pauvre type, un sale ivrogne, comme son père avant lui. *Sans parler de son excentrique de fils !* Fionn se mit à penser à chez lui. Il espérait que Davey était allé voir sa mère avant de partir au lycée. Il espérait qu'elle s'était réveillée à temps pour boire son thé pendant qu'il était encore chaud.

— J'croyais que tu nous avais oubliés, dans ta petite ferme de retraité.

Le premier à l'aborder fut Derek O'Brian, « DOB », comme l'appelaient les gens – un surnom aux sonorités presque aussi lourdaudes que lui ne l'était en vrai. Mais dans le fond, Fionn lui était reconnaissant ; il avait brisé la glace et donc maintenant les autres allaient suivre.

— J'ai entendu dire qu'on roulait sur l'or par ici, alors je me suis dit qu'il fallait que je voie ça de plus près.

— Tu parles, dit DOB, complice. Maintenant que les rosbifs sont définitivement hors jeu, on va pouvoir se permettre d'acheter n'importe quoi et de le revendre deux fois plus cher. C'est pas la belle vie, c'est carrément la vie de Reilly[1] !

Derrière DOB, à présent, on pouvait voir Mossy McGrath ; Briain Ní Ghríofa et les jumeaux Sullivan. L'heure était tellement à la fête qu'apparemment n'importe quel imbécile était le bienvenu – peu importe sa réputation, ou celle de son père avant lui –, alors Fionn se laissa emporter par les poignées de main et l'euphorie générale, rendant les sourires et les hochements de tête.

Et pourtant.

1. L'expression « Having the life of Reilly » (aussi orthographié « Riley »), qui date du début du XXe siècle, signifie avoir de la chance, vivre une vie douce, tout en faisant bonne fortune.

Ses yeux restaient rivés sur Martin Fahey. Un petit mot discret glissé à son oreille. Une question qui lui était destinée à lui et lui seul.

— Allez.

DOB lui donna une petite tape dans le dos.

— On y va, j'ai une génisse sur le feu.

Il n'attendit pas l'approbation de Fionn pour le conduire à l'intérieur, où l'atmosphère était beaucoup plus tendue, tant d'hommes entassés sous un même toit qu'on aurait dit que les murs allaient s'effondrer.

Les éleveurs étaient assis dans les gradins autour de l'arène, penchés en avant, se léchant les babines comme si les créatures en exposition n'étaient pas destinées à être ramenées à la maison pour être engraissées, mais à être mangées sur place.

Un tableau digital indiquait le poids et la race de chaque lot, tandis que les lumières des dernières publicités de la Banque d'Irlande scintillaient pour leur souhaiter bonne chance depuis tout là-haut. Il y avait des types qui remuaient les mains dans les poches – c'en était presque louche, mais Fionn savait que c'était juste histoire d'égrener leur rosaire en cachette. Comme si la Sainte Vierge allait consacrer ne serait-ce qu'une minute de sa routine divine à un peu de marchandage agricole.

La génisse de DOB était escortée par un gars avec des oreilles en feuilles de chou qui frappait le sol avec son bâton. Elle avait un beau museau bien large et un dos assez droit. Fionn pensa à Glassy, sa fille préférée, avec son bon caractère et son pas clopinant. Il l'avait achetée ici-même, guidé en secret par une superstition qui dit que les vaches boiteuses donnent un lait plus sucré. Et il s'était avéré, en effet, que le dicton l'avait très bien lotie.

Un coup de sonnette et le commissaire des ventes attrapa son micro pour lancer les enchères, hurlant des chiffres en guettant les mimiques des hommes à deux doigts d'augmenter la mise. Il parlait à cent à l'heure, avec un débit presque inintelligible. Ça allait tellement vite que les oreilles de Fionn n'arrivaient pas à suivre, et même quand elles parvenaient à saisir quelques bribes, ça n'avait toujours aucun sens, parce qu'il fallait voir un peu, c'était pas n'importe quoi, les chiffres qu'il balançait – quatre, ou peut-être cinq fois ce que Fionn avait l'habitude d'empocher pour une vente. Il décida qu'il devait y avoir une erreur quelque part sur le tableau ; y avoir tout un lot de génisses planqué derrière et que celle-ci n'était qu'un échantillon. DOB remarqua son air sidéré et lui adressa un petit sourire satisfait.

— Il y a un autre contrat qui vient de tomber. Avec la France. Par un heureux malheur, un fermier anglais a été obligé de le laisser filer, alors on a tout récupéré. Toutes nos condoléances, Votre Majesté la Reine. Pas vrai ?

La génisse avait commencé à perdre patience, ses sabots dansaient nerveusement dans la poussière. Mais même quand les enchères augmentèrent, les yeux des hommes ne clignèrent pas d'un cil, ce qui permit à Fionn de comprendre que DOB disait vrai – en un claquement de doigts, on pouvait se faire un fric monstre sur le dos des bêtes. Et aller boire des pintes à la ronde au O'Connell's ce soir, à la santé des Français désespérés, des mauvais jours des Anglais, et en chantant à tue-tête *Que Dieu bénisse le bétail banni* !

Ce serait sans compter sur Fionn. Il sentait déjà l'excitation redescendre – ce monde-là lui sembla soudain très lointain. Tandis que lui restait sur le carreau avec sa retraite anticipée, son fils complètement bizarre et sa bien-aimée, toute recroquevillée sur elle-même.

Ce qui lui rappela.

Martin Fahey !

Adjugé !

Le marteau du commissaire des ventes conclut l'affaire d'un claquement sec et Fionn s'éclipsa tandis que DOB sifflotait l'air d'une chanson rebelle[1].

Quelques années auparavant, on avait diagnostiqué à la femme de Martin Flahey une forme rare et incurable de cancer. Certains avaient suggéré de l'emmener chez la vieille femme, à Carrickmacross, celle dont tout le monde disait qu'elle avait « le Don » – celui des vieux guérisseurs d'autrefois. Mais Fionn avait appris qu'à la place Martin l'avait emmenée dans une clinique à Dublin où l'on pratiquait des traitements « expérimentaux ». Il n'en savait pas plus – il soupçonnait que ce serait bien au-dessus de ce que sa retraite anticipée pouvait lui permettre –, mais ça ne coûtait rien de demander, c'était même la moindre des choses qu'il puisse faire.

Fionn finit par repérer une polaire bleue au milieu de la foule, avec une fermeture Éclair remontée jusqu'à la gorge.

— Martin ! Espèce d'enfoiré !

Sa tignasse rousse avait un peu trop poussé, même si elle semblait ne rien vouloir céder au gris.

Martin prenait son temps, l'air de flâner. Au loin, un autre coup de sonnette se fit entendre, comme pour annoncer le début d'un match de boxe. Martin arriva enfin devant lui.

1. En Irlande, une chanson rebelle est une chanson folklorique dont les paroles font référence à la lutte contre l'occupation britannique.

— La forme, monsieur McCready ?

— On fait ce qu'on peut.

— C'est quelque chose, cet endroit, hein ?

— Pas mal, j'dois dire. Pas mal du tout.

Les deux hommes se regardèrent. Aucun doute que Martin aurait entendu parler de la santé d'Eileen, la politesse voulait donc ensuite qu'il prenne de ses nouvelles. Mais il referma les lèvres et détourna le regard, comme s'il s'ennuyait déjà. Fionn fit rouler ses épaules. *Tous des mariolles, de toute façon.*

Mais s'il fallait renoncer à sa dignité, Fionn était prêt à y renoncer tout de suite.

— Martin, je voulais te demander. Cet endroit à Dublin, celui où tu as amené ta chérie.

Fionn sentait bien que ce n'était pas très habile, mais il continua quand même.

— J'imagine que ça coûte bonbon mais... Même s'ils ont retiré la tumeur, les médecins ont dit qu'elle risquait de revenir, alors je voulais juste...

— Pa ! Je te cherchais partout !

Quand le cadet de Martin déboula à ses côtés, on aurait dit le fils de son père, dans toute sa rousseur. Il ne s'encombra pas de la présence de Fionn, qu'il ne se donna d'ailleurs même pas la peine de saluer.

— Tu as entendu la rumeur ?

Il était à bout de souffle.

— Apparemment, le Taureau vient de conclure un accord du feu de Dieu avec Dubaï. Apparemment, son pote le Taoiseach[1] a réussi à tirer pour lui toutes les bonnes ficelles.

1. *Taoiseach* – l'équivalent du Premier ministre en Irlande.

Le garçon balança la nouvelle avant d'être pris d'une quinte de toux. Fionn pouvait entendre la brûlure de l'asthme dans ses poumons. Il se demanda ce que la vieille de Carrickmacross pourrait bien faire d'un cas comme celui-là. Il y avait des jours où l'Irlande semblait respirer la modernité, et d'autres où elle s'étranglait avec ses propres miasmes.

Martin ne prêta pas tout de suite attention à son fils, il était encore en train d'essayer de reconstituer le sens de la requête informe de Fionn. Le nom de la clinique suffirait ; un montant approximatif, pour voir si c'était ne serait-ce qu'envisageable. Peu importe sa mauvaise réputation, ou sa mauvaise passe avec la boisson – d'ailleurs, il n'avait rien bu depuis plusieurs années – et s'il y avait une femme malade, n'était-ce pas tout ce qui comptait ? N'était-ce pas évident que Fionn était en train d'essayer de tourner complètement la page ?

— Pa, tu te magnes ?

Martin sourit alors de toutes ses dents, moins une incisive à la place de laquelle on ne voyait plus qu'un trou.

— J'arrive, Domhnall.

Il posa sa main sur l'épaule de son fils, les yeux emplis d'une fierté orgueilleuse. Il se pencha à l'oreille de Fionn et murmura le montant une fois, une seule, puis il ajouta, assez fort pour que tout le monde l'entende :

— Je parie que tu regrettes d'avoir pris ta retraite anticipée. Pas vrai ?

*

Fionn traversa le parking en serrant les poings. Il ne pourrait jamais se permettre une somme comme celle que Martin

Fahey lui avait susurrée à l'oreille avec délice ; il pouvait à peine résister à la tentation de lui casser une autre de ses dents. Mais même dans sa fureur, Fionn savait que le jeu n'en valait pas la chandelle – mieux valait ne pas leur faire ce plaisir.

Sinon il passerait de l'impopularité à l'exclusion pure et simple.

Il repéra son 4 × 4 à un kilomètre, la peinture rayée et maculée de boue, au milieu des rangées de voitures d'une propreté éclatante – des nouveaux modèles, avec des noms dont il n'avait jamais entendu parler, toutes immatriculées dans l'année.

— Fionn ?

Son propre nom lui glaça les sangs, bien qu'en réalité son pouls se soit mis à palpiter plus vite. Son premier réflexe fut de penser qu'on venait lui dire de se faire plus discret, lui faire comprendre qu'il n'était pas le bienvenu ici.

On te l'a déjà dit, on ne fait pas affaire avec le clan McCready.

On pensait que tu avais pris ta retraite, espèce de connard galeux ?

C'était probablement la seule et unique chose dont il lui était redevable – mais grâce à son père, il avait toujours su sentir la violence arriver. Il s'efforça de se retourner. Ils étaient trois au total, les mains dans les poches, à faire comme si de rien.

Mossy McGrath et Briain Ní Ghríofa se tenaient côte à côte ; Fionn ne reconnut pas le troisième type, il remarqua seulement une grosse mèche blanche qui traversait ses cheveux, comme le pelage d'un blaireau.

L'inconnu s'approcha.

— Fergus Hynes, le cousin germain de Mossy. Je me demandais si on pouvait échanger un mot.

Fionn sentit sa sueur tremper sa chemise et couler jusque dans son slip. Ses muscles se contractaient déjà. Il ne se laisserait pas faire si facilement. Du moins, il s'en fit la promesse.

— Dis-moi, Fionn.

Fergus portait une ceinture sur son jean, avec une boucle atrocement brillante.

— Je suppose que tu as entendu parler d'un type appelé Eion Goldsmith ?

Fionn fit oui de la tête. Il était encore une fois pris au dépourvu, par la simplicité de la question ce coup-ci. Il essaya de comprendre ce qui se tramait, de tracer toutes sortes de liens possibles.

Parce qu'il n'y avait pas un homme dans ce pays qui ignorait qui était le Taureau et l'empire qu'il avait bâti. Le Taureau, c'était le cerveau de l'industrie de la viande – des usines de transformation aux plans de développement ; des abats et des équipements techniques à ce que l'on donnait à manger aux bestiaux. Il avait créé des emplois, propulsé l'Irlande sur la scène internationale – l'histoire de sa réussite serait contée sur des générations et des générations. Une poignée de journalistes avait, au passage, essayé de lui porter préjudice, de révéler des informations compromettantes. Mais le gros de ces histoires avait été vite oublié – ce n'était rien que des rumeurs stupides, rien que des jaloux qui essayaient de ruer dans les brancards du grand Taureau.

— Vois-tu, continua Fergus, le Taureau m'a confié une petite mission, et peut-être bien que tu pourrais être utile. On a besoin d'un gars avec une *expertise* comme la tienne.

Ce ne fut qu'à ce moment-là que Fionn commença à réaliser que ce que ces hommes cherchaient, ce n'était peut-être pas la bagarre. Il sentit la peur s'évaporer comme un fantôme. Ils avaient besoin d'autre chose – de quelque chose en rapport avec la frontière, d'une « opération commerciale ». Du bœuf du Nord, qui à cause du ban ne pouvait plus être acheté par quiconque. Rien de douteux, lui assurèrent-ils, mais ce serait pratique d'avoir sous la main quelqu'un qui savait *comment* s'y prendre, s'ils envisageaient de faire transiter la marchandise vers le sud.

— Ah, mais la contrebande de bétail, c'est de l'histoire ancienne, leur rappela Fionn, autant par modestie que par précaution. Je ne suis pas retourné là-haut depuis des lustres.

Mais ça ne les fit ravaler ni leur convoitise ni leur nonchalance. Ce ne serait que l'affaire de quelques jours – en fait à peine de quoi fouetter un chat, si Fionn y réfléchissait bien.

— Bien entendu, Goldsmith saura se montrer généreux en retour.

Ce fut Mossy qui lui donna le coup de grâce.

— Une belle petite somme, rien que pour toi. Il pourrait même t'avancer la moitié, si besoin ?

Fionn s'attarda sur le son du mot « besoin ». Ils avaient dû l'entendre parler avec Martin Flahey, et avaient compris combien la clinique dublinoise était exorbitante.

Mais ils partirent sans rien ajouter de plus – pas un détail supplémentaire ; pas la moindre indication de lieu ni de date. Et pas un mot non plus sur son impopularité notoire – sa réputation de pingre, et ses années de déboires avec la gnôle. Des hommes et du bœuf, point barre – il semblait que ce soit aussi simple que ça.

C'était une simple question de ligne à franchir.

*

De retour chez lui, Fionn déroula la corde du portail et coupa le moteur de son 4 × 4. Il décida de s'attarder un peu avant d'entrer dans la maison. Il jeta un coup d'œil à la Ford Fiesta d'Eileen. Son permis lui avait été retiré à cause du risque de crise d'épilepsie.

De tous les effets secondaires, il savait que c'était celui qui l'affligeait le plus.

Une fois sa décision prise, Fionn ouvrit la porte et Blackfoot sortit en jappant. Il avait choisi ce nom dans un moment d'égarement. En référence à une vieille croyance qui disait que vos vaches seraient à l'abri de la maladie si votre chien s'appelait comme ça. Fionn lui gratta l'arrière de l'oreille en guise de salutation. D'abord il irait donner aux filles leur dose quotidienne de vermifuge, puis il filerait à l'étage changer les draps d'Eileen. Et il lui promettrait que tout irait bien.

*

Le coup de téléphone arriva une semaine plus tard, alors qu'Eileen et lui étaient devant un de ces vieux films en noir et blanc qu'elle aimait regarder avant d'aller dormir. *Certains l'aiment chaud*. C'était son préféré – elle connaissait toutes les répliques par cœur et gratifiait l'accent américain d'un bon petit coup de fouet.

— Sans doute Faela qui veut parler à Davey, lança-t-elle d'une voix nasillarde quand le téléphone se mit à sonner.

Mais quand Fionn se rendit à la cuisine pour décrocher le combiné, ce n'était pas du tout la petite copine de son fils à l'autre bout du fil. À la place, c'était une voix masculine, qu'il ne reconnaissait pas du tout. Elle ne lui dit rien d'autre que l'heure et le lieu où il allait devoir attendre. Et ajouta qu'il connaîtrait la date le matin même, le jour où la première moitié de son paiement arriverait dans sa boîte aux lettres.

Fionn avait commencé à demander comment ils avaient eu son adresse, mais on avait déjà raccroché. Il regarda fixement le téléphone, puis leva les yeux sur son fils, debout dans l'encadrement de la porte.

— Bon sang, tu m'as fait une de ces peurs, mon petit gars !

Davey hésita quelques instants avant de faire demi-tour. Fionn se demanda ce qu'il avait bien pu entendre. Il sentit monter la panique, puis il eut une idée. Il pourrait inviter Davey à l'accompagner, trouver une sorte d'arrangement avec Fergus Hynes. Parce que ça pourrait, si ça se trouve, être l'occasion d'arranger les choses entre eux deux – si ça avait fonctionné pour son père et lui, Dieu sait que ça pourrait fonctionner pour eux aussi. Fionn se précipita dans le couloir et jeta un coup d'œil en haut des escaliers. Davey s'apprêtait à rentrer dans sa chambre.

— Je peux te parler, mon garçon ?

La porte se referma instantanément. Fionn attendit un peu, tendant l'oreille, au cas où elle s'ouvrirait de nouveau. Mais bien entendu, malgré les excuses et la sobriété, il savait que Davey ne lui avait toujours pas pardonné les horribles choses qu'il avait faites. Fionn poussa un soupir. Il entendit Marilyn Monroe, puis il entendit le rire de sa femme. Il retourna dans le salon.

— J'ai beau regarder de près, lui dit-elle quand il apparut, bien qu'elle n'ait pas quitté l'écran des yeux, je n'arrive toujours pas à me dire qu'elle est enceinte. Tu savais qu'elle avait fait une fausse couche ? Après six semaines de grossesse. Et elle a retenté de se suicider. Trois fois qu'Arthur Miller a dû lui sauver la vie.

Fionn s'effondra dans son fauteuil. Il connaissait l'heure et le lieu. Maintenant, il n'avait plus qu'à rester assis et à attendre.

*

Trois nuits plus tard, même à l'intérieur de la camionnette, l'air froid glissait comme des couteaux le long de leur nuque. Fergus Hynes était assis en silence derrière le volant gelé, à grignoter des petites peaux autour de ses ongles. Lui et Fionn guettaient l'horizon. Mossy et Briain étaient garés à côté dans leur épave défraîchie et, mis à part ça, le monde n'était qu'ombre.

Autant que Fionn se souvienne, c'était l'une des routes qui avaient été condamnées au plus fort des Troubles, avec des barrières et des piquets en travers pour empêcher quiconque de la traverser. Jusqu'à l'année précédente, où les tractopelles JCB de la police des frontières avaient commencé à tout retirer – le gouvernement avait également condamné les postes de contrôle –, cédant la place aux voitures, cédant la place, semblait-il, à la paix.

Fionn regarda sa montre – une bricole en plastique bon marché, avec un écran qui s'allume quand on appuie sur un bouton sur le côté. Un modèle destiné aux enfants plutôt qu'aux petits paysans blasés qui enfreignent la loi dans les profondeurs du no man's land. Mais elle lui avait rendu bien des services à l'époque, lors des opérations de contrebande

– encore un de ces détails qui, ce soir, lui emplissaient l'esprit de vieux souvenirs de la frontière. Et pourtant, techniquement, c'était le processus inverse – autrefois, il s'agissait d'infiltrer le bétail au Nord pour le revendre plus cher. Alors que là, ils ramenaient le bœuf vers le sud ; récoltaient tous les jolis petits steaks qu'un embargo à l'autre bout du monde avait rayés de la liste.

Comme promis, le matin, il avait trouvé sur son paillasson une enveloppe brune avec une grosse somme d'argent à l'intérieur. Il avait compté deux fois. Ce n'était que la partie immergée de l'iceberg, mais c'était déjà un début.

— Bon. Toi, tu restes ici.

La voix rauque de Fergus fit sursauter Fionn. Il plissa les yeux à travers la fenêtre, où il aperçut soudain, noir sur noir, la silhouette d'un rôdeur. À sa gauche, les autres lui adressèrent un signe de tête furtif ; un scintillement de nervosité lunaire. Fionn se signa. Fergus Hynes s'approcha à pied du camion et le conducteur descendit, vêtu d'une veste en cuir et d'une paire de mocassins, comme s'ils allaient au pub, et non pas dans un froid glacial déplacer des palettes de viande au noir. Ils parlementèrent jusqu'à ce que Fergus donne le signal. Fionn se glissa dans le siège conducteur. Ses mains tremblèrent lorsqu'il alluma le contact, mais le moteur revint rapidement à la vie en toussant.

Les deux camionnettes firent marche arrière jusqu'au dos du camion frigorifique, dont les portes attendaient grandes ouvertes. En sautant du véhicule, Fionn vit les palettes empilées. Ce ne serait pas une mince affaire de se trimballer tout ça. Mais Briain était clairement venu pour se faire les muscles. Il ne lui fallut pas une minute pour se jeter sur la première palette et la faire basculer sur le rebord.

— Fionn, toi tu attrapes, ordonna-t-il, et Mossy peut tamponner et s'occuper du chargement. Allez, on se magne.

Il joignit immédiatement l'acte à la parole en lui lançant la palette.

Fionn la rattrapa *in extremis*, récoltant un petit bleu au passage, puis s'immobilisa un instant pour en inspecter le contenu. Chaque pièce de viande était sous cellophane, une simple étiquette collée sur l'emballage indiquant le poids et la date.

Fionn regarda le bœuf ; le bœuf nord-irlandais. Le bœuf britannique qui avait été officiellement interdit. Il le passa, un peu maladroitement, à Mossy qui sortit de son sac Umbro un tampon en caoutchouc. Ensuite, Mossy plongea le tampon dans l'encre et l'apposa sur chacune des étiquettes, en quatrième vitesse, comme s'il avait fait ça toute sa vie. Fionn observait les taches d'encre qui commençaient à s'accumuler sur le bout de ses doigts, tout ce fichu bleu autour des ongles qu'il allait se casser le cul à retirer. Et pour la première fois de la nuit, Fionn sourit, tandis que la palette suivante atterrissait dans ses bras, prête à changer de provenance.

100 %, disait l'étiquette. Pas l'ombre d'un doute ; de la marchandise qui avait cheminé, sans la moindre question ni la moindre inquiétude, vers les entrepôts du Sud et les étalages des supermarchés étrangers.

Bœuf 100 % irlandais, point barre.

Le bœuf du boom celtique !

Fionn décida qu'elle commençait à lui plaire, cette expression, en fin de compte.

*

Pendant le retour, Fionn s'était légèrement assoupi. Il avait supposé qu'ils stockeraient leur cargaison dans l'une des infrastructures de luxe du Taureau, mais quand il ouvrit les yeux, il vit qu'ils tournaient dans une ruelle étroite, puis qu'ils se garaient devant un hangar délabré.

À l'intérieur de la vieille chambre froide, le carrelage mural était couvert de fissures. La moitié des crochets au plafond, émoussés par la rouille. Fionn fut surpris par la température.

— C'est moi, ou il fait plus chaud ici que dehors ?

Puis par le portrait accroché au mur de gauche. La Sainte Mère, drapée dans son bleu perpétuel. Mais cette fois, il n'eut pas besoin de dire quoi que ce soit.

— Fais pas cette tête.

Fergus lui adressa un clin d'œil.

— Le Taureau est un homme très pieux.

Peu après qu'ils eurent verrouillé la porte de l'entrepôt, leur camionnette passa devant le O'Connell's, où Fergus avait dit qu'ils iraient fêter ça plus tard, lui et sa bande.

— Tu devrais venir, dit-il. Pour porter un toast à notre dur labeur. Je suis sûr que les autres n'y verront pas d'inconvénient.

Fionn fut touché par l'invitation, même s'il allait devoir refuser. Il n'avait pas mis les pieds dans un pub depuis trois ans. Sa logique étant que, tant qu'il restait sobre, il ne risquait pas de commettre deux fois la même erreur.

Une fois chez lui, il retira ses bottes en caoutchouc. Même Blackfoot dormait à poings fermés. Il monta les escaliers, passa devant la porte de la chambre de Davey, puis prit une inspiration en arrivant devant celle d'à côté, et il entra. Le corps d'Eileen était si menu sous la couette qu'il aurait pu la confondre avec les plumes. Ils avaient toujours élevé des poules – tous les matins, elle ramassait les œufs encore chauds et les rapportait à la maison comme des sacrements. En la regardant, il sentit l'épuisement au plus profond de ses os – la lourdeur du travail de cette nuit, mais aussi celle du souvenir de tout ce qu'il avait pu faire d'autre. Même trois douloureuses années plus tard, il n'arrivait toujours pas à supporter le poids de sa faute. Non pas qu'il puisse se souvenir de l'incident en détail – oh non, les litres d'alcool s'étaient bien chargés du contraire. Mais il pouvait se souvenir du lendemain matin – de la lèvre de travers et de la mâchoire gonflée de sa femme ; de ses yeux injectés de sang, effrayés, où il y avait eu de l'amour mais où, à présent, il n'y en aurait certainement jamais plus. À ce jour, Fionn ne comprenait toujours pas comment il avait pu aller aussi loin ; à quel moment il était devenu ce père qu'il avait tant méprisé.

Avec précaution, il s'assit sur le bord du lit. Les plis de son visage s'affaissèrent quand il se baissa pour retirer ses chaussettes. Dehors, les premières lueurs de l'aube caressaient le grand hêtre, à l'une des branches duquel pendait un mètre de corde. Fionn fit glisser ses yeux sur toute la longueur, jusqu'au bout, où l'on aurait pu trouver un pneu, ou peut-être une balançoire. Il repensa à son enfance ; ne se souvenait pas qu'il y ait jamais eu quoi que ce soit d'accroché au bout de cette corde.

Malgré la honte, la fatigue, il savait qu'à partir de ce matin il faudrait regarder droit devant et non pas derrière. Et si c'était enfin l'occasion de se racheter ? D'éliminer pour de bon cette misérable tumeur ? Très lentement, il souleva la couette et se faufila en dessous. Il se rapprocha de sa femme endormie, de quelques centimètres à peine. Il sentit son parfum, la chaleur de son dos. Il avait envie de la toucher, mais ne s'en sentait pas tout à fait capable.

*

Quand il ouvrit les yeux, il roula sur son côté gauche. Tout ça pour découvrir qu'il avait les épaules nouées, et qu'Eileen était partie. Il avala sa salive. Le fond de sa gorge était en feu à cause de la fraîcheur de la nuit dernière. Il lui faudrait beaucoup de miel pour éviter le pire.

Il se demanda quelle heure il pouvait être, puis entendit les pas d'Eileen dans le couloir et la vit apparaître, entièrement habillée.

— Un vrai régal pour les yeux, dis-moi !

Elle serrait une pile de linge frais contre les os de sa poitrine.

— « Les sépulcres s'ouvrirent, et plusieurs corps des saints qui étaient morts ressuscitèrent. »

— Eileen, tu ne devrais pas...

Fionn toussa avant de poursuivre.

— Laisse ça, tu veux ? Davey peut...

— Davey a assez à faire en ce moment.

Eileen ouvrit le tiroir puis le referma un peu trop sèchement.

— Je vais bien.

Il déglutit encore une fois et tenta une autre approche.

— Comment as-tu dormi ?

Elle tira sur les rideaux.

— Pas trop mal.

Mais ensuite elle pila net, comme si quelque chose au loin avait attiré son attention.

— Même si j'ai encore fait ce rêve étrange – je te l'ai raconté, tu te rappelles ? Celui sur les Bouchers ?

Fionn ferma les yeux. Bon sang, ses épaules étaient vraiment en vrac.

Eileen avait raison – ce n'était pas la première fois au cours des dernières semaines qu'elle lui parlait de son rêve étrange. Pour Fionn, sa récurrence – l'existence même de ce rêve – était la preuve la plus patente que le cerveau de sa femme ne tournait pas tout à fait rond. Il avait envisagé d'en parler aux médecins, mais s'était ravisé au dernier moment. Ça aurait nécessité beaucoup trop d'explications.

Parce que, avant qu'elle ne tombe malade, ces mots n'avaient pas été prononcés entre eux depuis presque vingt-cinq ans. *Les Bouchers*. Pas depuis le jour où ils s'étaient mariés, et où elle avait laissé son ancienne vie derrière elle ; pas depuis le jour où elle avait décrété qu'elle ne voulait plus être appelée Lena.

À présent Fionn la dévisageait, son corps frêle penché pour absorber la lumière du matin. Ses omoplates ressortaient même à travers son gilet.

Il pensa à une génisse vidée de tout son lait qu'on amenait à l'abattoir.

— Maman ! Le petit-déjeuner est servi !

Une fois Eileen partie, Fionn enfouit sa tête dans la douceur de l'oreiller. Il dormirait une heure de plus, se lèverait et irait traire les filles. Puis il appellerait cette clinique à Dublin pour prendre rendez-vous. Pour ses péchés, il était prêt à payer le prix le plus fort.

Davey

Comté de Monaghan, avril 1996

Davey tenait son visage à quelques centimètres du livre, comme s'il faisait sécher l'encre avec son souffle. Ou comme si, en regardant d'assez près, il pouvait apercevoir un peu de la bête que les mots étaient en train de décrire.

Le Minotaure. « Mi-homme, mi-taureau », disait Ovide, bien que le poète n'ait jamais été explicite quant à la proportion exacte de chacune des deux parties.

Davey pensa aux vaches dans l'étable. À l'homme bourru qui trayait leur lait.

C'est le roi Minos, qui avait engagé Dédale pour construire un labyrinthe pour le Minotaure. Un labyrinthe aux méandres si complexes que la créature ne parviendrait jamais à s'en échapper. Dans la marge, Davey remarqua qu'il avait un jour griffonné un croquis – un tourbillon entouré d'un cercle. Au milieu, il y avait un point, avec une minuscule paire de cornes.

Mais même captif, le féroce Minotaure continuait de se nourrir du sang des Athéniens. Tous les sept ans, un tirage au sort désignait sept hommes et sept femmes, que l'on envoyait dans le labyrinthe pour nourrir la bête. Ces chiffres lui disaient quelque chose, même s'il voyait bien que l'un des sept avait été souligné. Dans certaines versions, avait expliqué M. Fitz, c'était plutôt tous les *neuf* ans. Davey s'arrêta un instant pour mémoriser les faits. C'était typiquement le genre de chose qui pouvait tomber le jour de l'examen.

Jusqu'à ce qu'un jour le puissant Thésée déclare qu'il pénétrerait seul dans le labyrinthe et qu'il tuerait le Minotaure. Tout le monde l'avait pris pour un fou – personne n'avait jamais survécu après être entré là-dedans –, mais Ariane, la fille de Minos, lui avait donné une bobine de fil à dérouler pendant qu'il chercherait la bête. Et après avoir massacré la chose dans un généreux bain de sang et de tripes, Thésée avait rembobiné le fil, jusqu'à la lumière, jusqu'à la liberté.

Thésée, contre toute attente, avait réussi à s'échapper.

En atteignant l'apogée du récit, Davey ressentit le traditionnel élan de la victoire. Il s'écarta du livre et se redressa, titillé par une douleur lancinante dans le bas du dos. Derrière la fenêtre, le ciel de fin d'après-midi avait commencé à se teinter de rose. Il tendit l'oreille. Il n'y avait pas le moindre petit bruissement de vie dans la chambre de sa mère.

Tout autour de lui, sur le bureau, les livres étaient empilés en colonnes parfaites, bien que, de toute la journée, il n'en ait ouvert qu'un seul. Il lui restait huit semaines avant de passer son examen d'entrée à l'université – six épreuves qui décideraient pour lui de son avenir. Il aurait pu passer les lettres classiques le matin même, les doigts dans le nez. M. Fitz avait nourri son amour improbable pour les auteurs antiques à coup de livres et d'excellents résultats. Il avait même proposé à Davey de lire certaines de ses productions (si Davey souhaitait les partager). Le reste des professeurs, cependant, n'approuvait pas vraiment.

Pourquoi diable liriez-vous tout cela ?

Bien entendu, des légendes, nous en avons plein.

Oubliez un peu votre Œdipe – que diriez-vous plutôt de Tàin Bó Cúlainge ?

Quant à ses camarades, ils n'y voyaient qu'une raison supplémentaire de se foutre de lui. Déjà qu'ils le trouvaient bizarre, avec ses carnets de notes et ses commentaires pompeux.

Poète que tu veux devenir, c'est bien ça ?

Tiens, j'ai un poème pour toi – qu'est-ce qui rime avec « grosse chatte » ?

Mais malgré toutes leurs railleries, Davey était incapable de renier sa passion. C'était peut-être les images, ou peut-être juste leur étrangeté radicale. Mais quelque chose, dans ces récits venus d'ailleurs, le touchait comme rien dans cet endroit n'avait jamais pu le faire.

Il jeta un autre coup d'œil par la fenêtre. Le rose était déjà plus profond, laissant autour des arbres noirs de la colline des auréoles rouge sang.

Après sa victoire sur le Minotaure, l'histoire de la bravoure de Thésée s'était répandue dans le monde entier. Les Calydoniens durent faire appel à lui – un sanglier sauvage massacrait bétail et enfants, alors il fallait qu'un héros vienne à la rescousse pour sauver la mise. Certaines légendes disaient que le sanglier était habité par l'esprit de Diane, la déesse de la lune, alors que d'autres disaient...

— Ah, l'antre du poète. Je savais bien que je te trouverais là !

L'esprit de Davey retomba à plat sur la page. Le claquement de la porte de sa chambre fit trembler les murs. Si sa mère était en train de dormir, ce n'était certainement plus le cas maintenant.

Il lui fallut quelques instants pour refaire surface, puis il se redressa juste à temps pour que Faela lui tombe dessus. Elle embrassa son cou, lui pressa les épaules. Les nœuds de ses muscles étaient toujours aussi serrés.

— Je commençais à m'inquiéter.

Sa petite amie se hissa sur le bureau dans sa mini-jupe et ses Nike défraîchies.

— Tu n'es même pas venu à la messe, hier ?

Davey se demanda si le bois allait tenir.

— En effet.

— Sale hérétique ! s'écria-t-elle. Et le Vendredi saint et tout le toutim ? Le père Devlin va être furieux. Tu ferais mieux de jeûner et de faire abstinence, maintenant.

Elle s'interrompit, le regard pétillant.

— Je suppose que c'est pour ça que tu m'évites. L'abstinence, hein ? *Ne me soumets pas à la...*

— Je révisais.

— Mes fesses.

Faela chassa ses paroles comme des mouches.

— Tu n'as pas entendu la nouvelle : plus besoin d'aller à la fac. Grâce au Taureau et à ces abrutis d'Anglais, on va bientôt *rouler* sur l'or.

Son rire était aussi éclatant que sa chevelure rousse. Elle sortit le journal du jour et le posa sur le bureau. Sur ses ongles, on pouvait lire : « J-É-S-U-S », écrit au Tipp-Ex. La seule expression de vanité que les nonnes étaient prêtes à ignorer.

— Tu veux aller au cinéma ce soir ?

Le journal était plié en quatre, mais on voyait encore la moitié de la photo de couverture.

— Il y a ce film, *Trainspotting*, qui est censé être mortel apparemment. Je crois bien que ces Écossais sont encore plus déglingués que nous.

Même sous cet angle, Davey pouvait reconnaître le Taureau, tiré à quatre épingles dans son costume trois pièces. À ses côtés, le ministre de l'Agriculture. Ils souriaient tous les deux comme si, en effet, ils avaient passé un très bon vendredi.

Faela suivit son regard.

— Ah, *celui-là* ? Il paraît qu'il a toutes sortes de petites combines sournoises pour gagner de l'argent. En parlant de ça, tu as remarqué que ton vieux agissait de façon vraiment *étrange* ?

Davey ne répondit rien. Il n'avait pas envie de parler de son père – d'ailleurs il n'en avait jamais envie. À la place, il déplia le journal et parcourut les gros titres.

McDonald's ne veut plus du bœuf britannique !

Les fermiers irlandais mettent à mort le veau gras !

La tête du Taureau avait un air de pure malice. Dans ses cheveux bruns, il y avait la trace caractéristique du passage d'un peigne. Et cette fois, ce n'était pas une vieille histoire que Davey avait sur le bout de la langue, mais un très vieux mot. *Hubris*. L'arrogance de l'invincible, l'assurance que rien ne pourrait jamais mal tourner. Il repensa à Dédale, qui avait façonné une paire d'ailes pour que son fils, Icare, puisse s'envoler de sa prison. Tout ça pour que le gamin devienne trop impétueux et finisse par planer trop près du soleil.

Davey ferma les yeux. *La Chute d'Icare*. Un mythe qu'il avait toujours aimé un peu moins que les autres.

— Donc c'est là-dedans que la magie opère, hein ?

Quand il rouvrit les yeux, il vit que Faela avait mis la main sur son carnet en cuir noir. Il était entouré d'un élastique, comme pour empêcher les poèmes de glisser.

— Donne-moi ça.

Il tendit la main dans sa direction, mais elle était plus vive qu'elle en avait l'air, et se laissa glisser du bureau en faisant tomber une feuille de papier avec elle – une plume blanche, qui flotta lentement jusqu'au sol.

Faela balança le carnet sur le lit et ramassa la feuille à la place.

— C'est quoi ça ?

Elle la tenait aussi près de son visage que lui se collait à ses bouquins – c'était l'un de leurs rares points communs. Une des rares choses qui lui manqueraient, Davey le savait déjà.

Elle répondit à sa propre question tandis qu'elle commençait à lire.

— Ton BCC.

Son formulaire du Bureau central des candidatures ; ses vœux d'universités, classés par ordre de préférence, prêts à être soumis.

— Dublin en premier et deuxième choix ?

Au lieu de répondre, Davey retourna se poster près de la fenêtre. Le hêtre se tenait bien droit, avec son mètre de corde qui pendait dans le vide. Davey ne pouvait pas le regarder sans penser à un nœud coulant. Derrière lui, le rose s'était déjà retiré, comme le niveau de la mer à marée basse. Ça démangeait Davey d'aller chercher son carnet sur le lit – ce serait plutôt un bon début pour un poème.

— En effet.

La réponse la fit bondir immédiatement.

— Mais, je croyais qu'on en avait discuté...

— Oui.

— Et alors quoi, tu m'as *menti* ? Davey, on avait un plan. Toi et moi au Tech. Ensemble.

Finalement, il n'eut plus d'autre choix que de la regarder. Sa colère s'enflammait encore plus fort que ses cheveux. Mais Davey la vit vite s'estomper, ses sourcils retomber et ses traits s'adoucir sous l'effet de la compréhension.

— Davey, je sais que tu veux partir d'ici, mais je te l'ai déjà dit – tu ne seras plus obligé de le voir tous les jours. On pourra vivre en résidence universitaire. Et j'ai entendu dire qu'il y avait des chambres doubles, donc on...

— C'est pas seulement lui.

Les traits de Faela se durcirent de nouveau. Elle tenait encore le formulaire. Comme toujours, le Tipp-Ex était plus écaillé sur les ongles de sa main droite que sur ceux de sa main gauche.

— C'est un ensemble.

Il fit de son mieux pour rester vague – il ne pensait pas avoir cette conversation si tôt, même s'il savait qu'elle finirait bien par avoir lieu un jour. Et donc maintenant, il fallait trouver un moyen d'expliquer ce qui se tramait depuis des mois, voire des années ; le traduire en mots qu'ils pourraient comprendre tous les deux.

— Je n'ai pas ma place ici.

Les sourcils de Faela se raidirent, balayant toute forme de pitié.

— Et ta *place* auprès de moi, alors ?

Davey essaya – vraiment, il aurait pu le jurer – de soutenir son regard. Mais bientôt, il regardait les livres à la place, la fenêtre, la corde, le journal replié sur lui-même. Il n'avait jamais vraiment remarqué cette forme en ciseaux qu'avait la mâchoire du Taureau.

Quand la porte de la chambre claqua une seconde fois, un courant d'air vint soulever la première page de son carnet. Les pas de Faela dévalèrent l'escalier, puis traversèrent la cour avant de s'évanouir. Regret et soulagement l'envahirent au même instant. Derrière elle, elle n'avait pas déroulé de fil pour que Davey puisse retrouver son chemin.

*

Durant la demi-heure qui suivit, il essaya de continuer à lire, mais sa concentration était rompue. Il referma le livre et le posa sur l'une des piles. Il avait besoin de prendre l'air. Il fut obligé de tirer très fort sur la porte pour la décoincer après le départ spectaculaire de Faela. Il se dirigea vers les escaliers, puis fit une halte devant la chambre de sa mère. Elle était restée debout toute la matinée, mais s'était recouchée au moment du déjeuner, le visage gris cendré. Tout doucement, il entrouvrit la porte.

Sa silhouette était à peine un écho d'elle-même, sous les piles de plaids à carreaux. On aurait dit qu'ils avaient peur qu'elle prenne froid – ces choses que l'on aimerait pouvoir contrôler ; ne serait-ce qu'un tout petit peu. Davey remarqua les tasses éparses et les flacons de médicaments vides éparpillés sur la table de nuit. Il rangerait tout ça quand elle se réveillerait ; enlèverait une ou deux couvertures pour qu'elle puisse respirer.

Difficile de croire qu'à peine deux ans plus tôt elle cavalait partout dans la ferme. Davey adorait la regarder nourrir les veaux dans des baignoires géantes avec des mamelles en plastique. Il savait que, sans elle, son père aurait dû littéralement renoncer au vêlage cette année. Que, sans elle, son père avait du mal à s'en sortir.

La bonne nouvelle, c'était que le traitement était enfin terminé – tous ces séjours à l'hôpital, qui la faisaient vomir pendant des jours. À chaque fois, Davey lui avait proposé de l'y conduire, puisqu'elle n'avait plus le droit de prendre le volant. Mais elle avait toujours refusé, insistant sur le fait qu'il ne pouvait pas se permettre de manquer les cours. Surtout dans un moment pareil. C'était donc, supposait-il, le moins que son père puisse faire.

— J'ai l'impression que c'est terminé avec Faela Quin ?

Ses mots parurent sortir de la pile de couvertures, bien que son corps restât parfaitement immobile. Davey fut surpris par ce qu'elle semblait avoir deviné.

Il fit le tour du lit pour voir son visage. Bien entendu, ses yeux étaient d'un vert pur et clair.

— C'est bien ça.

— Je parierais que tu ne vas pas tarder à t'en remettre.

Davey esquissa un sourire.

— Je parierais que tu as sans doute raison.

Il sentit les nœuds en lui se desserrer un peu, coupable de toujours imaginer le pire. Le corps de sa mère était malade, mais ça ne voulait pas dire que son esprit n'avait pas son emprise habituelle sur les choses. Mais soudain Davey se crispa de nouveau : est-ce qu'elle était également au courant pour son BCC ? Sur son plan d'évasion, qui ne lui laissait plus que quatre mois avant de décoller ?

— Depuis combien de temps es-tu... ? Je croyais que tu dormais.

Avec seulement un soupçon de grimace, elle se redressa. Sa poitrine était un xylophone d'os.

— Ah, ça oui, je dormais, dit-elle avant de s'interrompre.

Un froncement de sourcils traversa son visage comme un nuage.

— Mais je continue de faire ce rêve invraisemblable, qui me réveille à chaque fois. Je t'en ai déjà parlé – celui sur les Bouchers ?

Davey sentit le nuage le traverser lui aussi.

Sa mère lui avait parlé des Bouchers pour la première fois quand il n'était qu'un petit garçon, lui expliquant la malédiction mythique ; les huit mains des huit hommes qui rendaient visite à ses parents une fois par an. Mais elle lui avait aussi dit que ses parents étaient morts à présent, et qu'elle était devenue catholique, comme son père, donc mieux valait ne plus jamais parler de tout ça.

Depuis, la seule fois où Davey entendit parler des Bouchers, c'était quand les garçons du lycée répandaient de vilaines rumeurs, généralement à l'approche du mois de juin, quand le groupe venait rendre visite à une poignée de croyants qui, apparemment, vivaient encore dans les environs.

J'ai entendu dire qu'ils montaient les vaches avant de les tuer.

J'ai entendu dire qu'ils suçaient le sang.

Mon vieux m'a dit qu'ils abattaient aussi un être humain tous les cinq ans.

Mais en dépit de toutes ces interprétations sordides, il y avait là quelque chose qui avait toujours un peu attiré Davey – quelque chose de plus proche d'Ovide ou de Sophocle que tout ce que ce pays avait à lui offrir. Il pensa au Minotaure, « mi-homme, mi-taureau ». À Zeus transformant Io en vache.

Quand il serait à Dublin, peut-être qu'il écrirait un recueil de poésie qui ferait le lien entre toutes ces choses.

— Et ce n'est pas seulement un rêve.

La voix de sa mère le ramena ici-bas.

— Les Bouchers m'ont beaucoup trotté dans la tête ces derniers temps. Tu vas me traiter d'idiote, mais j'ai cette envie étrange de les revoir une dernière fois...

Davey la coupa net :

— Ta famille a toujours été croyante ?

Il connaissait la réponse, bien entendu, mais l'entendre dire « une dernière fois », c'était au-dessus de ses forces. Tout sauf ça.

— Mes deux parents ont été élevés dans une ferveur absolue, alors il en a été de même pour nous. Non pas que – ça reste entre nous – j'y aie jamais cru un jour : mais mon père prétendait pouvoir remonter le fil de ses ancêtres jusqu'à la veuve qui avait lancé la malédiction.

Elle sourit et leva les yeux au ciel.

— Crois-moi, si tu avais connu mon père, ça ne t'aurait pas tant étonné que ça.

Elle avait raconté toutes ces choses à Davey à de nombreuses reprises au fil des ans, mais c'était toujours plaisant de les entendre de nouveau – comment ses parents comptaient les jours avant la visite annuelle ; comment sa sœur et elle se mettaient sur leur trente-et-un.

— Ensuite tu es partie ?

Davey regarda sa mère. Les mèches de cheveux qui venaient tout juste de repousser étaient agglutinées par une fine couche de sueur. Il lui ferait couler un bain ce soir. Elle adorait prendre des bains.

Mais lorsqu'elle poussa un profond soupir, elle n'eut soudain plus l'air d'adorer quoi que ce soit.

— Je pensais qu'en quittant ma famille je serais libre. Que ce serait l'opportunité de me *trouver* vraiment, tu comprends ?

Puis elle marqua un silence.

— Mais regarde-moi maintenant.

Elle baissa les yeux, comme si elle suivait ses propres instructions.

Davey se leva. Il irait remplir la baignoire avec de la mousse et tout le tralala.

*

Dans l'obscurité, la silhouette des arbres se dessinait de chaque côté de la route. La plupart étaient couverts jusqu'au cou par l'étreinte du lierre, qui préservait leur pudeur. Davey s'immobilisa un instant, sentit les coins de son carnet s'enfoncer dans sa poche. À vrai dire, il n'avait pas écrit depuis des semaines.

Il se remit en chemin, en pensant à Faela et à sa fureur intraitable de l'après-midi. Malgré tout, il savait qu'elle lui manquerait. Il y avait quelque chose de si apaisant dans son agitation constante, quand lui pouvait rester assis des heures et passer totalement inaperçu. Il s'était déjà joint à elle et à ses amies certains week-ends, pour aller boire dans les recoins les plus éloignés des champs de Hogan. Mais la plupart du temps, les filles se contentaient de se saouler au cidre et de hurler des choses comme, *Putain, mais il est tellement coincé !* d'une voix stridente. Il imagina Faela là-haut, avec elles, en train de cracher du venin entre deux gorgées sucrées. *Et dire que je m'apprêtais même à lui grimper dessus. Non pas qu'il l'ait réclamé, d'ailleurs…*

Davey allait se promener le long des routes presque tous les soirs, arpentant la terre à défaut d'écrire. C'était le seul moment où il autorisait son esprit à se déployer pleinement. Ici, il n'y avait aucun risque de croiser quelqu'un du lycée ; aucun risque que les gens lisent des bouts de papier qu'ils n'étaient pas censés lire.

Il marchait parfois pendant des heures, sans autre compagnie que le regard élégant des chevaux. Ou les pleins phares d'une lointaine voiture roulant à quatre-vingt-dix, pilotée par des petits mecs gonflés à bloc qui faisaient hurler « Born Slippy » dans leurs amplis flambant neufs. Mais mis à part les hennissements et les *blip* techno, il n'y avait dans sa tête que l'écho des vieux mythes. Parfois c'était ceux d'Euripide. D'autre fois ceux d'Eschyle. Comme celui où le prince Thyeste couchait avec la femme de son frère, alors, en retour, son frère lui préparait un festin gargantuesque. Et ce n'est qu'après avoir tout englouti que Thyeste découvrait que la chair qu'il avait avalée était celle de ses fils. C'était plus le cannibalisme que le chagrin qui l'avait rendu fou, en fin de compte.

Davey pensa à son père en train d'engloutir son dîner à la maison.

Il avait entendu ses pas au petit matin, l'autre nuit. Entre ça et le coup de fil étrange de la semaine précédente, il savait que Fionn préparait quelque chose de louche. Comment Faela l'avait formulé déjà ? Des *petites combines sournoises pour gagner de l'argent*. Davey leva les yeux au ciel. C'était tout à fait typique. Parce que peu importe que les agriculteurs aient eu ce coup de chance qui était sur le point de leur remplir les poches jusqu'au cou – le *boom du bœuf celtique*, comme disaient les journaux, avec cette ringardise attendrissante dont seule l'Irlande était capable – certains d'entre eux se sentaient tout de même d'en faire plus ; d'y aller encore plus fort dans l'enfumage de gueule ; d'enfreindre les règles et de passer sous le comptoir. Parce que c'était leur heure de gloire. Donc autant en profiter au maximum.

Quoi que son père soit en train de manigancer, Davey devait rester concentré, parce que lui aussi il avait un plan sur le feu – un plan pour réussir ses examens, puis attraper son certificat et réserver son billet de train pour lever le camp – un aller sans retour ! Après ça, il flânerait tous les jours dans les rues de Dublin, loin des routes délabrées de la campagne ; intégrerait quelques cercles mondains, se ferait quelques copains, verrait les filles de Dublin. Les garçons de Dublin. Il perfectionnerait son latin et son grec ancien, et finirait par trouver une langue qui corresponde à ses pensées et transforme ses idées en une belle poésie.

Mais, même s'il l'appelait de tous ses vœux, le rêve ne prenait pas. Parce que, de qui se moquait-il, là ? Il n'était rien qu'un abruti avec un carnet vide et des milliers de pensées, mais pas la moindre idée de comment les concrétiser. Du haut d'une branche sombre, un hibou l'interpella. Davey pensa aux anciens augures qui pouvaient lire des signes dans les entrailles des animaux. Voir comment la forme d'un foie, ou d'un rein, pouvait prédire l'amour ou annoncer la mort.

En plus d'être un abruti, Davey savait qu'il était un traître – sa pauvre mère encore convalescente, tandis que son propre fils complotait pour l'abandonner –, ce même fils qui l'avait déjà laissée tomber alors que son ivrogne de mari se montrait capable du pire. Davey courba ses frêles épaules ; la honte le rendait toujours plus petit. Il entendit un bruit dans le sous-bois, à sa droite. Sans doute un renard ou un blaireau – la terre cachait toutes sortes de choses sous ses jupes.

Il entendit ce que sa mère lui disait tout à l'heure.

Les Bouchers m'ont beaucoup trotté dans la tête ces derniers temps.

J'ai cette envie étrange de les revoir une dernière fois.

Il ne prêta attention à la nouvelle idée qui commençait à germer dans son esprit qu'après avoir atteint le sommet de la colline. Il posa ses mains sur ses hanches pour reprendre son souffle et plissa les yeux en direction de ce qu'il pensait être le Nord. Quelque part au loin, c'était la fin de la République d'Irlande et le début du Royaume-Uni – une ligne invisible, pour laquelle ils pensaient tous qu'il valait la peine de se battre.

Et quelle chose – ou qui – en valait la peine à ses yeux ?

Alors même que l'idée prenait de l'ampleur, Davey essaya d'y mettre un terme – ce serait un cauchemar, rien qu'au plan logistique. Les rumeurs disaient que le groupe passait dans le coin au mois de juin, mais quand exactement ? Et comment s'y prendrait-il, au juste, pour les contacter ? Mais Davey se rappela qu'il devait se concentrer, il s'était promis de réaliser ses idées. Ce serait bien de faire quelque chose de spécial pour sa mère, avant qu'elle ne disparaisse. C'était le moins qu'il puisse faire.

Il aspira l'air de la nuit et bloqua sa respiration. Il sentit la phrase se reformer toute seule.

Ce serait bien de faire quelque chose de spécial pour sa mère, avant qu'elle ne disparaisse.

Il jeta un dernier coup d'œil en direction de la frontière, et entama sa descente.

Interlude

New York, janvier 2018

Cinq jours après le vernissage, il n'a pas d'autre choix que de retourner au musée. Jusqu'à présent, il n'avait jamais su ce que voulait dire « l'angoisse de la séparation ». Il imaginait des amoureux à distance, se languissant l'un de l'autre. Des veuves esseulées après la mort de leur mari.

La neige est tombée en continu aujourd'hui, assourdissant Manhattan d'un blanc sinistre. Mais il semblerait que le ciel ait enfin terminé de tout expectorer. Ronan noue son écharpe un peu plus haut sur son cou, et se laisse glisser le long de Central Park, par-delà les eaux solides et brillantes du lac.

Les affiches de l'exposition sont visibles depuis l'autre bout de l'avenue. Le département marketing a opté pour la photo des gars de l'IRA qui tirent la gueule. Et puis le titre en dessous, en gras :

RONAN MONKS : IRLANDAIS BORDERLINE

Il sait qu'il y a toutes sortes de jeux de mots à faire.

Mais il sait aussi qu'il ne peut pas se plaindre. Parce que, grâce aux négociations du Brexit et à l'anniversaire de l'Accord du Vendredi saint, la frontière irlandaise est soudain redevenue « à la mode ». Ce qui veut dire que ses premiers travaux sont soudain très demandés. Ce qui lui donne juste assez de crédit pour imposer un cliché dont personne n'a jamais entendu parler – pas tout à fait lié à la frontière, bien qu'il n'ait pas été pris à des kilomètres non plus.

Derrière le guichet, les deux cols roulés ne se donnent même pas la peine de lever les yeux de la lueur neigeuse de leur écran Apple. Ronan essaye de se souvenir s'il les a vus au vernissage. Il y avait une foule à peu près honorable, il suppose. Comme d'habitude, il a passé la majeure partie de la soirée à noyer ses nerfs dans l'alcool pendant que les autres commentaient ses images – les contrebandiers de diesel de l'Armagh du Sud, la maison Murray à cheval sur la frontière.

J'ai entendu dire qu'ils avaient un facteur côté Nord et un facteur côté Sud.

Je trouve que c'est une métaphore poignante.

Mais au milieu de toutes ces affirmations pompeuses, il n'a pas entendu un seul mot sur *Le Boucher*. Bien entendu, une partie de lui était soulagée – trop de questions auraient pu le conduire là où il ne voulait pas aller. Une autre, cependant, ne pouvait nier sa déception – pas même un mot ou deux d'éloge :

La lumière dans ses yeux lui donne à peine l'air mort.

Monsieur Monk, vous avez un sens du morbide absolument frappant, vous savez ?

Ce qu'il *sait*, c'est qu'il ne peut pas s'empêcher de penser à lui – vingt-deux ans qu'ils cohabitent –, alors cet après-midi, il a décidé de braver le grand air à s'en geler les couilles, rien que pour de petites retrouvailles.

*

Quand il tombe sur la fille, elle est assise en tailleur sur le sol du musée et lève la tête pour regarder la photographie. Le cœur de Ronan s'emballe instantanément. Il ne sait pas si c'est de l'anxiété ou du plaisir, ou les deux. Il tente de l'examiner de dos. Elle est beaucoup plus jeune que lui, avec une chevelure que l'on pourrait probablement qualifier de filasse. Mais même assise, il est clair qu'elle est grande et robuste. Comme un animal très singulier.

Il fait un pas de plus. Elle ne fait pas attention. Il trace une ligne qui va de ses yeux jusqu'à la chambre froide abandonnée et de la chambre froide abandonnée jusqu'à ses yeux, pour essayer de voir ce qu'elle voit. Jusqu'à finir par oser :

— Stupéfiant, n'est-ce pas ?

Elle ne se retourne pas.

— Je n'arrive pas à m'en remettre.

— Je pense, s'aventure-t-il un peu plus, que c'est peut-être son meilleur cliché.

Quand elle se retourne, la première chose qu'il remarque, c'est le vert étourdissant de ses iris. Il voit qu'ils sont un peu étourdis eux aussi.

— Ronan, dit-elle, c'est vous ?

Cette fois, son cœur s'emballe tellement vite que ç'en est douloureux. Il a été découvert – elle va le prendre pour un sacré branleur ! Ça a toujours été comme ça, toute sa vie. Il donne l'impression d'être arrogant, alors que, secrètement, il est aussi peu sûr de lui qu'il est possible de l'être.

L'inconnue, cependant, n'a pas l'air de s'en formaliser. Elle se redresse.

— Je n'avais pas réalisé que vous seriez ici.

Ensuite, il remarque son accent, et se demande si elle est de passage, ou si c'est une expat – une exilée ? Une immigrante ? – exactement comme lui.

— C'est ma dernière soirée à New York et j'ai entendu parler de l'expo, alors je...

Elle se lève et lisse le tissu de son pantalon.

— Ronan Monks. Je n'arrive pas à y croire.

Elle s'approche jusqu'à ce qu'il puisse voir ses taches de rousseur, essaimées partout sur ses joues. Ce qui semble un peu étrange, à cette période de l'année. Il avait raison, elle est grande – presque la même taille que lui.

Ses cheveux auraient besoin d'être brossés. Mais plus il l'observe, plus il a cette sensation – celle que les choses sont en train de remonter à la surface. Ou du moins, celle d'avoir déjà vu ce visage quelque part. Dans d'autres galeries ? Parmi les admirateurs de son travail ? Ça fait presque vingt ans qu'il nage dans ce brouillard. Peut-être à Dublin ou à Londres ? Ou même à Berlin, Paris, Tel Aviv ?

— Un café ? dit-elle.

Il est un peu décontenancé – d'habitude, elles ne vont pas aussi vite.

— J'aimerais vous poser quelques questions.

Elle se retourne vers la photographie.

— À propos de ça, je veux dire. Je n'arrive pas à croire que... En fait, ça change tout.

Et il y a quelque chose dans sa manière de le dire qui, juste une seconde, le fait hésiter ; quelque chose qui lui dit que, peut-être, ce n'est pas une si bonne idée que ça en a l'air.

Son ego lui dit le contraire : *C'est quoi le problème ? Elle aime ta photo.*

Alors qu'une autre partie de lui insiste : *Tu connais ce visage, c'est certain.*

— Je connais un bon restaurant sur la 6e.

Elle coince une mèche de cheveux derrière son oreille. Elle a le lobe percé, mais il est vide. Ça pourrait même juste être une autre tache de rousseur.

— On y va ?

Úna

Comté de Cavan, avril 1996

Enfin le printemps était là, ce qui voulait dire de nouveaux parfums dans l'air – le relent aigre de l'ensilage et la douceur subtile des fougères. Des brassées de digitales précoces le long des routes, et des perles de sueur à la naissance de leurs cheveux, après leur promenade habituelle jusque chez Mme P. Une fois arrivées, Mme P. les accueillit avec bien plus que de simples biscuits et leur tendit des bols de pudding maison, dont la mélasse leur laissait sur la langue de grosses cloques brûlantes. Úna se demandait parfois ce que la solitude de Mme P. ajoutait à ses mélanges de farine et d'œufs – un ingrédient secret, qui rendait la texture extra ferme ?

Tandis qu'elle mangeait, Úna écoutait d'une oreille les deux femmes se lancer dans leur habituel bavardage de reprise de contact. Le gros de leur discussion concernait toujours le drame de l'ESB, qui suivait son cours en Angleterre. Exactement comme les experts l'avaient prédit, la maladie s'était mise à revendiquer davantage de vies humaines. Hier encore, on annonçait le décès d'une jeune fille de quinze ans, à Manchester.

— Les médecins disent que c'est parce qu'elle a mangé des hamburgers, rapporta Mme P. en baissant les yeux. N'est-ce pas choquant ? Grâce à Dieu, ici, nous sommes sains et saufs.

La mère d'Úna acquiesça d'un hochement de tête, bien qu'en vérité elle n'ait pas l'air particulièrement choquée – ses yeux étaient trop brillants, et tout son visage, empreint de cette lueur qu'Úna ne cessait de remarquer ces derniers temps. C'était peut-être la météo la responsable – le peu de soleil avait fini par faire fondre le glacier de tristesse qui s'était formé en elle –, mais Úna aurait juré qu'il y avait autre chose derrière l'humeur radieuse de sa mère.

Il se trouve qu'Úna avait elle-même d'excellentes raisons d'avoir bonne mine. Parce que, depuis mardi soir, son œuvre était enfin terminée. Moutarde et sauce tomate avaient fait l'affaire (avec quelques taches au passage). Ce qui voulait dire qu'une fois son compte réglé la souris avait la fourrure tellement barbouillée de jaune qu'elle ressemblait plus à un poussin fraîchement éclos.

Úna l'avait emmenée au fond du jardin, avec le couteau et les sept bonshommes Lego ; trouvé une dalle derrière le cabanon, à laquelle elle pouvait la scotcher fermement. Elle avait regardé la lune dans le ciel du soir, dirigé la lame vers son cœur, trois fois de suite, puis – enfin – elle s'était lancée.

Une fois le rongeur saigné et dépecé (à cet effet, elle avait utilisé une lame de rasoir trouvée sur l'étagère de son père dans l'armoire de la salle de bains), elle l'avait suspendu par les pattes à un clou rouillé. Elle avait nettoyé le désordre avec du papier absorbant ; pris ses bonshommes à part pour essuyer le sang entre leurs fentes en plastique. Quand tout avait été enfin terminé, Úna avait fermé les yeux et pensé à la Veuve du fermier et à son affreux chagrin. Elle avait pensé à son père et à combien il serait fier quand elle lui raconterait tout ce qu'elle avait accompli. Puis curieusement, elle avait pensé aux Anglais et à leurs bêtes mourantes ; au fléau mortel qui se répandait lentement à travers leurs champs.

Elle était rentrée à l'intérieur et avait gratté les entrailles de la souris coincées sous ses ongles.

Pourtant, malgré la tentation – malgré le sentiment de triomphe dont elle rayonna les jours suivants –, Úna n'avait toujours rien dit à sa mère. Un meurtre, c'était bien, mais c'était une preuve encore à peine suffisante pour montrer qu'elle avait l'étoffe d'un vrai Boucher. Elle devrait attendre son heure et essayer de trouver un autre animal à abattre – peut-être plus gros (elle repensa à la renarde du jardin) – puis quand son père reviendrait en juin, là, elle pourrait faire part à ses parents de son intention de rejoindre la troupe.

Úna prit une autre bouchée de son pudding. La mélasse avait refroidi, lourde et poisseuse comme de la colle. Elle se demanda si elle pouvait en ramener un peu avec elle pour l'utiliser comme appât.

*

— Alors, qui peut me dire qui est cette personne ?

Le lundi suivant, ils étaient assis en classe d'éducation civique et jouaient à l'habituel jeu du « nommez le crétin sur la photo ». Mme Donoghue leur montrait un portrait de Gerry Adams, le chef barbu de l'IRA. À peu près tout le monde dans la salle leva le bras, y compris Úna, bien que le sien ne fût pas pris en considération. Elle se dit que ce serait pour la prochaine fois. Elle s'efforça de croire à ce mensonge.

— Et là ?

Devant la deuxième photo, la moisson de bras se réduisit à peau de chagrin. Apparemment, la présidente (*ah bon ? Mais c'est une femme ?*) était une référence beaucoup plus rare dans le répertoire des élèves.

— Et cet homme-là, pour terminer ?

Devant la troisième, en revanche, la classe entière tendit le bras vers le ciel, s'étirant encore et encore, comme si avoir l'air plus grand pouvait donner l'air plus intelligent.

L'enseignante prit son temps, savourant son pouvoir.

— Siobhán ?

Les bras s'effondrèrent, frappés par l'injustice.

— C'est le Taureau, mademoiselle.

Siobhán Maguire prit son ton monocorde habituel.

— Mon père...

— Ah oui, le Taureau, très bien. Mais, Siobhán, est-ce que tu peux nous donner son vrai nom, s'il te plaît ?

Úna flaira l'hésitation, le rouge qui montait aux joues, tandis que les bras flairèrent une dernière chance ; une lueur d'espoir que tout ne soit pas perdu.

Moi moi moi !

Car McGrath fut sélectionné :

— Eion Goldsmith, mademoiselle.

L'enseignante ne pouvant résister à l'idée que, pour une fois, le mauvais garçon de la classe avait réponse à quelque chose.

— Et dis-moi, Car, qui est M. Goldsmith ?

— C'est le chef des magnats du bœuf irlandais, mademoiselle. Surtout en ce moment, mon père dit que, grâce à lui, on va rompre avec les Anglais et être *blindés* de pognon !

Alors tout le monde fit oui de la tête, les lèvres murmurant diverses versions de la même histoire de boom. Leurs pères se sentaient en pleine forme – Máire Casey avait déjà exhibé la nouvelle paire de Skechers qu'on lui avait achetée pour Pâques ; Siobhán Maguire, raconté qu'on lui avait promis un poney. Alors Mme Donoghue sauta sur l'occasion :

— Vous savez, le Taureau n'a pas toujours été un homme riche. En fait, il a grandi dans une petite ferme, comme beaucoup d'entre vous. Mais il a travaillé très dur et fini par se faire un peu d'argent. Après ça, son empire s'est mis à grandir, grandir, encore et encore. Alors n'oubliez pas, les garçons et les filles, si vous voulez quelque chose, il faut juste y mettre du vôtre. Si vous croyez en quelque chose, ne laissez personne…

La sonnerie retentit, comme toujours, au pire moment possible. Les pieds de chaises s'envolèrent. Un troupeau de sauvages retournant à la vie primitive. Pourtant, tandis qu'elle rangeait ses affaires, Úna s'accrochait au poids des mots.

C'était comme s'ils avaient été prononcés pour elle et elle seule.

Elle se demanda si son père avait déjà croisé le Taureau sur sa route.

Et si un poney pouvait aussi contracter l'ESB.

— Merci, mademoiselle.

Elle se le demandait encore, quand elle mit un pied dans le couloir, et qu'elle se fit agripper et plaquer contre le mur. Puis quelque chose vint s'enfoncer contre son visage, quelque chose de rond et humide, qui s'écrasait sur sa peau. Úna essaya de se débattre, mais des mains décidées la maintenaient fermement en place, et ce ne fut qu'à ce moment-là qu'elle put le sentir.

Elle fut submergée par la panique. C'était la pire chose qui soit.

C'était de la viande.

— Yi haaa !

Une main invisible écrasa le hamburger un peu plus encore et un liquide salé coula le long de son menton. Sa respiration s'emballait, s'emballait de plus en plus – sans aucune échappatoire possible. Elle crut qu'elle allait s'évanouir, pensa à cette pauvre fille de Manchester qui était décédée.

N'est-ce pas choquant ?

Grâce à Dieu, ici, nous sommes sains et saufs.

Elle entendit le cri avant de réaliser que c'était le sien. Mortifiée, elle se tut immédiatement. Mais au moins ça avait suffi à les faire déguerpir. Elle essuya le jus de ses yeux et vit le groupe disposé en demi-cercle, qui s'esclaffait comme si elle venait de dire la chose la plus stupide du monde. Car McGrath était au milieu, le Big Mac dans sa paume, en morceaux, mais peu importe, il continuait de l'agiter dans sa direction.

De nouveau, son sang ne fit qu'un tour. Elle regarda Car, ses cheveux blonds, son large rictus. Elle savait qu'il avait redoublé une classe, et qu'il était donc plus costaud et plus âgé que les autres. Elle savait ce qu'il allait dire avant même qu'il ne le fasse.

— Mange.

Elle voulut reculer, mais elle était coincée.

— Rien qu'une bouchée, cowgirl.

Quand Car lui tendit le hamburger, sa gorge se mit à gonfler.

— C'est de la bonne nourriture, bien fraîche.

Úna se bâillonna la bouche avec les mains.

— J'ai dit mange, le monstre !

Cette fois, la colère de Car éclata avec férocité, un jet de salive en guise de ponctuation.

— Tu sais que tu en meurs d'envie.

Puis sa voix devint faussement pleurnicharde.

— Que tu es curieuse. Que tu en as marre d'être la seule de tout le collège à ne pas pouvoir...

Le vomi d'Úna jaillit de sa bouche en un arc jaune parfait. Car fit un bond en arrière, mais trop tard pour échapper à l'éclaboussure, qui vint toucher le bout de ses baskets Kappa. Les rires se transformèrent en cris de dégoût.

— Je parie que c'est du poison !

— Car, tu es maudit !

— Tu ne seras plus jamais propre !

Úna s'essuya la bouche avec sa manche, les yeux rivés sur le sol souillé – ses entrailles, étalées à la vue de chacun. Elle avait si chaud qu'elle n'arrivait pas à bouger, ni même à lever les yeux. Elle ne croisa donc pas le regard de Car quand il prononça la sentence finale et fit le signe de croix.

— Je vous avais bien dit qu'elle était *malade*, putain.

Úna sentit son regard se brouiller avec quelque chose qui n'était pas de la graisse.

*

Sur le chemin du retour cet après-midi-là, elle disséqua sa honte, comme un corbeau s'attaquant à un animal crevé au milieu de la route. Tout autour d'elle, les champs étaient vides – ni fermiers ni animaux. Seulement quelques rangées de-ci de-là de bottes de foin enveloppées dans du plastique noir qui ressemblaient à des guimauves géantes, carbonisées. La semaine suivante, cependant, ce serait Bealtaine – le premier jour de mai –, ce qui voulait dire que les vaches seraient enfin remises au pâturage. Úna se demandait si elles s'en rendaient compte ; si elles comptaient les jours. Et si elles ne devenaient pas un peu folles à force d'être enfermées.

Elle savait que sa honte tenait surtout au fait que tant de gens l'aient vue en position de faiblesse. Mais elle avait aussi honte de s'en soucier autant. Parce que ne *voulait*-elle pas être considérée différemment ? Est-ce que ça ne faisait pas *partie* du fait d'être « spéciale » ? Alors, pourquoi est-ce que ça la dérangeait tant ? Ce n'était pas comme si elle avait besoin d'être amie avec ses camarades de classe ; tout ce dont elle avait besoin, c'était de sa foi, de sa famille et de son dévouement à la cause.

Elle sentit soudain l'odeur du vomi sur son pull. Et elle réalisa, avec un petit sourire, que ce dont elle avait vraiment besoin, c'était d'un bain.

Le temps de rentrer chez elle, elle s'était déjà un peu calmée. Car McGrath – le roi des abrutis. Tout fier d'avoir répondu correctement à une seule question dans sa vie.

Mon père dit que, grâce à lui, on va rompre avec les Anglais et être blindés de pognon !

Donc n'oubliez pas, les garçons et les filles, si vous voulez quelque chose, il faut juste y mettre du vôtre. Si vous croyez en quelque chose, ne laissez personne…

Les voix étaient si fraîches dans sa tête que celles dans la cuisine mirent un peu plus de temps à se fixer. Quand elle entra, ils se levèrent.

Sa mère portait un T-shirt violet et rayonnait. Mais ce n'est pas elle qui interpella le plus Úna. C'est la silhouette masculine qui se tenait à côté d'elle, sa main anguleuse, tendue avec empressement.

— Je te présente Ronan, lui dit sa mère. Un ami que j'ai rencontré il y a une semaine. J'ai décidé de l'inviter à passer prendre le thé.

Úna regarda les tasses, ne sachant pas trop ce qu'elles prouvaient.

Tout ce dont elle avait besoin, c'était de sa foi, de sa famille et de son dévouement à la cause.

— Enchanté de faire ta connaissance.

Quand l'inconnu prit la parole, sa voix était étrange en effet, ses voyelles plates et basses.

— J'ai entendu parler de toi. Ta mère...

— Il vient de Dublin, le coupa-t-elle, lisant dans les pensées de sa fille. Il est photographe. N'est-ce pas amusant ? Je lui ai fait quelques suggestions pour l'aider dans son projet de reportage.

Ce ne fut qu'à ce moment-là qu'Úna vit l'appareil, volumineux, posé sur le bord de la table, la lanière en cuir noir pendant négligemment dans le vide. L'inconnu portait un jean et une chemise à carreaux. Il était très grand, comme les hommes sur les photos en cours d'éducation civique.

— J'étais justement en train d'expliquer, enchaîna-t-il, que j'avais photographié des garçons de l'IRA hier. Ils m'ont raconté qu'ils avaient l'habitude d'organiser des combats de coqs le long de la frontière. C'est juste hilarant – ils me disaient qu'ils commençaient au Sud, jusqu'à ce que les *gardaí* se pointent. Puis qu'ensuite ils migraient vers le nord, jusqu'à ce que la RUC[1] débarque. Et quand les deux rappliquaient, les types avaient un radeau au milieu de la rivière et faisaient grimper les coqs dessus pour qu'ils ne puissent pas…

— J'ai des devoirs à faire.

D'habitude, Úna prenait un goûter en rentrant du collège, mais pour l'heure, elle avait plutôt faim de silence ; d'un bain rempli à ras bord et d'un pain de savon à la rose, pour se laver de la crasse de la journée. Elle souhaita à l'homme de Dublin bonne chance pour ses photos, et bonne chance aux coqs sur leur radeau. Elle se demanda si les hommes gardaient les volatiles en cage juste pour les rendre fous et faire en sorte qu'ils soient meilleurs, plus hargneux au combat.

*

Un peu plus tard, elle entendit la porte d'entrée se refermer, puis un *toc-toc* martelé sur celle de la salle de bains. Elle plongea la tête sous l'eau et entendit le *poum-poum* assourdissant de son pouls. Elle posa par superstition ses huit doigts contre sa peau mais ne se sentit pas mieux.

En toute franchise, elle ne sentait pas grand-chose.

*

Elle ne revit pas Ronan le photographe avant un petit moment, bien que sa mère en parlât à plusieurs reprises. Apparemment, il se constituait un portfolio. Sur les conseils

1. *Royal Ulster Constabulary* – la Police royale de l'Ulster, soit les services de police d'Irlande du Nord.

de sa mère, il avait photographié la fameuse maison Murray, celle à cheval sur la frontière. On disait qu'ils avaient deux adresses différentes et deux facteurs différents pour leur distribuer le courrier. Úna pensa à combien ça devait être déroutant. Non pas qu'elle ait jamais reçu de lettre de sa vie. Restait que l'humeur de sa mère s'était éclaircie, et Úna se souvint que ce n'était pas nécessairement une bonne chose. Même si, curieusement, elle ne pouvait s'empêcher de se demander si Mme P. savait ou non pour Ronan.

Curieusement, elle savait d'instinct qu'il ne fallait pas en parler devant elle.

Au collège, elle fit de son mieux pour éviter Car McGrath et sa bande. Elle prenait son déjeuner en bas, derrière les préfabriqués, ou perchée sur le siège des toilettes, comme un roi sur son trône. Mais elle n'avait pas à s'inquiéter, parce que, bientôt, ses camarades de classe seraient tous accaparés par autre chose. Bealtaine approchait et amènerait avec elle une effervescence d'un tout autre style.

Le 1er mai était toujours synonyme de réjouissances – des banderoles, des gâteaux et beaucoup de musique ; des fusées et des chandelles passées en contrebande vers le sud, pour les célébrations qui annonçaient officiellement le début de l'été. Apparemment, les festivités les plus importantes se déroulaient dans le comté de Westmeath, sur une hauteur que les gens appelaient la colline d'Uisneach, où ils installaient des torches, des guirlandes et toutes sortes de trucs païens. Ils couvraient les vaches de fleurs d'aubépine et les promenaient autour des feux de joie pour convoquer la chance. Puis ils sautaient au-dessus des flammes pour chasser les démons et s'attirer de bons présages pour l'année à venir. Bien entendu, Úna n'avait jamais elle-même assisté aux festivités – ces traditions-là, les Bouchers ne les avaient pas conservées. D'ailleurs, maintenant qu'elle y pensait, les catholiques eux aussi n'étaient-ils pas censés avoir arrêté de croire à tout ça ?

Elle poussa un soupir. Elle se demanda si les haut-parleurs et les feux d'artifices en roues de Catherine étaient autorisés d'un côté de la maison Murray, mais interdits de l'autre côté.

Le jour J, les garçons étaient restés chez eux pour aider leurs pères à conduire le bétail aux champs, alors la classe était uniquement remplie de filles. Toutes rassemblées sur les deux premiers rangs. Elles s'amusaient à essayer de prédire le nom de leur futur mari. Un grand classique. Siobhán Maguire prédit qu'elle épouserait l'un des frères Gallagher d'Oasis ; Máire Casey, qu'elle n'aurait qu'à lever le petit doigt pour que Car McGrath et sa bande soient à ses pieds. Un autre jeu typique de Bealtaine, c'était les devinettes – les filles insistèrent sur le fait qu'elles savaient que c'était des foutaises. Ce qui ne les empêcha pas d'y jouer toute la matinée. Mme Donoghue s'installa à son bureau et s'attaqua à une pile de cahiers avec la pointe de son stylo rouge. Au dernier rang, Úna se demandait si l'enseignante avait un mari à elle.

Mais, la plupart du temps, elle pensait surtout à son père. Cette semaine, les Bouchers feraient une boucle par Longford et desserreraient les triples nœuds de leurs bottes pour l'arrivée des beaux jours.

Elle se demanda si c'était mal de tuer une vache qui avait des fleurs dans la crinière.

Et, pour la millième fois, qui pouvait décider qu'une tradition était bonne et qu'une autre était mauvaise.

Les cours se terminèrent à midi, pour son plus grand plaisir. À son retour, Ronan et son appareil photo étaient installés dans la cuisine. Au milieu de la table, un pot de confiture avait été rempli de petites fleurs. Elles ne venaient pas du jardin, Úna les aurait reconnues.

— Joyeux 1er mai, ma chérie, lui lança sa mère. Tu as faim ?

Úna laissa tomber son cartable vide sur le sol.

— J'ai pensé que tu aurais peut-être faim.

Sa mère lui embrassa le haut du crâne, bien qu'Úna n'ait pas dit un mot.

— Je fais juste réchauffer la soupe, et ce sera prêt en un rien de temps. Au fait, j'ai aussi acheté un peu de fromage de brebis, donc ce sera vraiment *prêêêêêt* !

Úna se mit à rougir, gênée à l'idée que leurs plaisanteries puissent être dévoilées devant un inconnu.

Sa mère retourna à sa plaque de cuisson. Úna ne s'était toujours pas assise. Elle regarda Ronan, affalé si confortablement sur sa chaise en bois, jusqu'à ce qu'il se penche en avant.

— Úna, dis-moi, je voudrais en savoir plus sur les Bouchers. Et ta mère dit que tu es une grande spécialiste.

Úna supposa immédiatement qu'il s'agissait d'une sorte de piège. Même si elle ne pouvait pas s'empêcher d'aimer ce mot. *Spécialiste.* Elle jeta un coup d'œil à sa mère mais sa mère lui tournait le dos, fredonnant quelque chose entre ses dents.

— Qu'est-ce… qu'est-ce que tu veux savoir ? murmura-t-elle du bout des lèvres, mais tout de même assez fort pour faire sourire Ronan.

— Tout, répondit-il. Je n'avais jamais entendu parler de ces hommes avant de venir ici. Ça a commencé par une malédiction, n'est-ce pas ?

Úna agrippa le dos d'une chaise de la cuisine et hocha la tête.

Puis elle ajouta un « oui », pour être encore plus claire.

— Une vieille veuve, dit-il pour l'amadouer. Qui avait perdu ses enfants, alors...

— Elle avait perdu son mari aussi, pas étonnant qu'elle soit en colère !

Elle y avait mis plus de fougue qu'elle ne l'avait envisagé. Elle vit sa mère se raidir, mais sans se retourner pour autant. Plus gênée qu'autre chose, Úna finit par s'asseoir.

La soupe mettait du temps à bouillir. Úna prit le sien pour répondre aux questions de Ronan, des fois qu'il s'agirait bien d'un habile tour de passe-passe. Elle lui expliqua comment, lors d'une guerre il y a bien longtemps, une femme de fermier avait perdu toute sa famille. Et comment, dans sa détresse, elle avait lancé une malédiction, qui imposait soudain des règles précises pour mettre à mort les bêtes.

Désormais, aucun homme ne pouvait être seul
pour abattre le bétail ;
Au lieu de cela, sept autres devaient se tenir à ses côtés...

Et depuis ce jour, avertit Úna, tout le monde devait respecter ces règles. Sinon le chagrin de la Veuve tomberait dans l'oubli, et toute l'Irlande tomberait malade. Elle s'arrêta là pour capter le rire de Ronan, mais son visage resta complètement figé. Sa mère sortit le pain du four, avec une odeur de croûte chaude et de levure.

Donc Úna poursuivit, expliquant que les Bouchers se rendaient une fois par an dans les fermes des croyants, où quelques vaches étaient mises de côté pour l'occasion ;

comment, en fonction de la position de la lune, ils brûlaient certaines herbes et décidaient duquel d'entre eux se tiendrait à l'avant pour égorger la bête. Et ensuite, comment le reste du groupe – très délicatement – touchait la peau de la bête quand elle était mise à mort, en pensant au chagrin et à tous les êtres chers qu'ils avaient perdus à jamais.

Úna entendit une fissure dans sa voix. Elle toussa pour la recouvrir et regarda derrière elle. Sa mère commençait à verser la soupe dans les bols.

— Ils suspendent chaque animal par les pattes, le saignent puis le dépècent, vérifient les entrailles. Ensuite ils le nettoient et le transforment – ce qui veut dire qu'ils le découpent en morceaux. Puis, le dernier jour de leur périple, ils font un rituel spécial pour la dernière vache. Ils se partagent la chair en huit pour la ramener chez nous, dans leurs familles.

Les bols arrivèrent devant eux, fumants. Úna saisit sa cuillère.

— Et ça a beaucoup plus de goût que toutes ces saletés qu'on trouve chez McDonald's !

La soupe était brûlante et sucrée, avec de petites herbes vertes parsemées sur le dessus. Úna réalisa qu'elle n'avait pas vu sa mère manger avec autant d'appétit depuis des semaines. Drôle de retournement de situation, parce que maintenant, c'était Úna qui n'était plus intéressée par la nourriture, mais seulement par les réponses qu'elle apportait aux questions qui s'enchaînaient, les unes après les autres.

— Combien de croyants il y avait à l'époque ?

— Combien il en reste maintenant ?

— Et les couteaux ? Trois fois dans quelle direction ?

Ronan paraissait sincèrement fasciné par tout ce qu'elle avait à dire.

Úna répondait du mieux possible – rien de tout cela n'avait jamais été mis par écrit, la transmission se faisait uniquement à l'oral, d'une génération à la suivante – mais grâce à son père, elle avait pris soin d'emmagasiner, au fil des ans, autant d'informations que possible. Et plus elle parlait, plus elle sentait qu'elle s'en fichait de Car McGrath, ou des festivités de Bealtaine, ou des humeurs changeantes de sa mère – tout ce qui comptait, c'était la fierté qu'elle ressentait en racontant cette glorieuse histoire, un mot après l'autre. Sans parler de ce glorieux avenir :

— J'ai décidé que quand je serai grande, je deviendrais Boucher moi aussi.

La confession sortit avant qu'elle n'ait eu le temps de réaliser pleinement ce qu'elle était en train de dire. Mais peu importe – pourquoi devrait-elle dissimuler plus longtemps ses intentions ? Elle savait que ça n'arriverait pas avant des années, mais pourquoi ne pourrait-elle pas en parler à sa mère et à son nouvel ami ?

Et pourquoi – pourquoi sa mère riait-elle ?

Úna se retourna vers elle, vers son magnifique visage déformé par une plaisanterie qui n'en était absolument pas une.

— Qu'est-ce qu'il y a de si drôle ?

Elle essaya de garder son calme, mais elle entendait déjà la fissure revenir dans sa voix.

— Oh, ma chérie, tu ne peux pas être Boucher.

Úna n'avait pas cessé de tripoter sa tranche de pain, mais maintenant sa main était devenue toute molle.

— Pourquoi ça ?

— Tu es une fille.

Úna se tourna immédiatement vers Ronan.

— Et alors ?

— Et alors aucune fille n'est jamais devenue Boucher. Non, toi, tu seras celle qui restera à se tourner les pouces et à faire de la soupe, onze mois sur douze.

Puis, comme pour tempérer l'amertume qui s'était insinuée dans sa voix, sa mère attrapa sa main et la serra très fort.

Dans le silence, Úna sentit que ses yeux devenaient humides. C'était peut-être les vapeurs de la soupe. C'était peut-être un autre symptôme de l'arrivée du printemps – le rhume des foins, qui commençait à pointer le bout de son nez. Mais quoi qu'il en soit, elle ne pouvait rien y faire ; et par-dessus tout, elle ne pouvait pas supporter le poids du regard de Ronan.

Quand elle s'écarta de la table, une partie de sa soupe déborda du bol. Úna la vit s'infiltrer dans le bois.

Elle contint sa rage en traversant le jardin jusqu'à ce qu'elle soit en sécurité, à l'intérieur du cabanon. Puis elle donna un coup de pied rageur, envoyant valser toute sa colère contre la porte du congélateur, qui s'ouvrit brusquement, comme s'il était en train d'exploser lui aussi. À travers ses larmes, elle vit les morceaux de viande à l'intérieur, d'un rouge devenu presque violet, les marbrures de graisse blanche pressées contre le plastique. Ils avaient été empilés de façon à pouvoir en stocker le maximum. Une année entière de bœuf – abattu dans les règles de l'art. Une récompense hebdomadaire pour celles qui restaient sur le carreau.

Úna stabilisa son souffle et voulut refermer la porte du réfrigérateur, mais au lieu de cela, elle plongea ses mains dedans. D'abord elle sortit un jarret, incroyablement gros et emballé dans de la cellophane. Elles le gardaient pour une occasion spéciale – un anniversaire, ou une visite impromptue, dans le courant du mois de juin.

Quand il heurta le mur, toute la remise trembla. Les outils tintèrent comme des cloches sur leurs étagères. Úna replongea son bras. C'était une paire d'aloyaux cette fois-ci. Qu'elle envoya droit dans les bocaux de clous et de vis, qui se déversèrent comme une pluie de douilles de balles ; comme si les Troubles dont ils parlaient sans cesse toucheraient bientôt à leur fin. Elle remit ça avec des filets, des croupes, un gros bifteck qui vint briser le carreau de la fenêtre, mais la lumière du soleil qui entra ne fit pas le poids à travers les volutes de résidus et de poussière. Úna jeta un morceau congelé, puis l'autre, jusqu'à ce que le tiroir du bas soit presque vide – jusqu'aux abats, ce qui voulait dire qu'on arrivait à la toute fin du stock. Elle se demanda lequel était le cœur, pour pouvoir le jeter violemment, le briser en deux ou peut-être même en trois, parce qu'en fin de compte c'était ça, la famille – trois morceaux distincts qui ne se comprendraient jamais les uns les autres. Peu importe le nombre de questions que vous posiez ; peu importe le nombre de rituels secrets que vous aviez ; peu importe la force avec laquelle vous ignoriez les petites frappes du collège et les inconnus avachis à la table de votre cuisine.

— Qu'est-ce qui se passe ?

À travers la poussière, Úna vit sa mère poser ses yeux verts sur le carnage depuis la pelouse. Úna pensa, entre toutes choses, à la renarde. Cela faisait un moment qu'elle ne l'avait ni vue ni entendue.

— Úna, qu'est-ce que...

— Je te déteste.

Elle ne pouvait nier avoir ressenti une étincelle de plaisir en voyant sa mère se crisper. Mais elle savait aussi que la déclaration ne sonnait pas tout à fait juste. Alors au lieu de la retirer, elle essaya de la reformuler.

— Je déteste les Bouchers.

Évidemment, ça sembla blesser sa mère encore plus.

— Tu ne penses pas ce que tu dis, ma chérie, répondit-elle. Je suis désolée d'avoir rigolé, d'avoir...

— J'espère qu'il leur arrivera quelque chose de mal.

De tous les mots qui avaient été prononcés cet après-midi-là – ce bel après-midi du 1er mai –, elles savaient toutes deux que c'était de loin les pires. Elles se regardèrent, une mère et sa fille, entourées d'un tas de muscles et de chair ; une mère et sa fille qui se sentaient parfois si seules qu'elles dormaient dans le même lit. Un spasme parcourut les os d'Úna, un frisson qui s'attarda longtemps après que sa mère l'eut serrée contre elle, murmurant dans ses cheveux, tandis qu'Úna sanglotait dans sa poitrine, et que le fusible du congélateur explosa en mille morceaux.

Grá

Comté de Cavan, mai 1996

Elle pouvait encore entendre la baignoire se vider avec un bruit étranglé, confus et humide. Elle déroula la serviette et regarda fixement son reflet dans la glace. Pour le meilleur ou pour le pire, elle avait repris un peu de poids.

Elle ouvrit son tiroir pour attraper une culotte et un soutien-gorge, et fit en sorte de ne pas se regarder les choisir. Sur le côté, la radio jacassait à propos du concours de l'Eurovision qui aurait lieu en Norvège la semaine suivante. L'Irlande tenterait de remporter sa septième victoire consécutive – une véritable consécration ! – avec une chanson intitulée « The Voice ». Grá éteignit la radio et le silence la fit immédiatement regretter son geste.

Un peu plus tôt, elle avait préparé à sa fille son plat préféré et attendu qu'elle prononce ces mots si importants : *C'est quoi la surprise spéciale du chef ce soir ?* Depuis la semaine précédente, sa fille n'avait pas posé la question une seule fois. Après le dîner, elles avaient préparé le sac d'Úna, puis marché face à un coucher de soleil, jusqu'à chez Mme P. La vieille femme était ravie d'accueillir son hôte, bien qu'un peu trop curieuse des raisons de son séjour.

— Un club de lecture, vous dites ?

— J'ai vu l'annonce dans *L'Anglo-Celt.*

— Vous ne l'aviez pas précisé.

— J'ai pensé que ce serait bien de faire quelque chose pour moi, pour une fois.

— Ça finit tard, non ?

L'air entre elles deux s'était raidi, Mme P. plissant les yeux comme si elle pouvait soudain tout lire. Mais ensuite elle s'était radoucie.

— Mon Sol prend toujours quelques livres avec lui pour la route. Je lui demande à chaque fois s'il peut me glisser dans son sac à la place, et il me promet qu'il le fera, un jour.

Dans sa chambre, Grà regardait la robe bleue qui pendait sans vie sur le cintre en aluminium. Les manches étaient longues, mais le décolleté plongeant. Elle pensait à des boucles d'oreilles, mais elle ne voulait pas en faire trop. Ses cheveux étaient chargés d'électricité statique à cause de la condensation du bain – elle les brosserait et les vaporiserait avec de la laque, si elle en avait le temps. Cúch les préférait toujours relevés, mais elle, que préférait-elle ?

— Et comment elle *va* ?

Mme P. avait ensuite changé de tactique, baissant la voix et jetant un coup d'œil vers la porte de la cuisine, où son hôte s'était déjà précipitée pour découvrir l'éventail des délicieuses friandises qui avaient été préparées.

Grá avait à peine expliqué la moitié de ce qu'il s'était passé dans le jardin la semaine précédente, si ce n'est qu'Úna avait eu un petit *épisode*. Elle n'avait pas mentionné la viande sur la pelouse, ni les mots qui avaient été prononcés – des paroles vraies, ridicules, dévastatrices.

Elle n'avait pas mentionné, pour diverses raisons, Ronan.

Il avait quitté la maison sur-le-champ, pour que Grá puisse prendre soin de sa fille en pleine crise d'hyperventilation. Elle avait pressé le bout de huit de ses doigts contre la peau trempée de sueur d'Úna, jusqu'à ce qu'elle retrouve son souffle. Ensemble, elles avaient réussi à remplacer le fusible du congélateur et à sauver le gros de la viande, mais les mots, elles savaient toutes les deux que les mots, non, les mots ne pouvaient pas être sauvés.

J'espère qu'il leur arrivera quelque chose de mal.

Grá voyait bien qu'Úna essayait de comprendre ce qui faisait qu'une malédiction était une malédiction.

Mais ce n'était pas la superstition qui l'avait tenue éveillée cette nuit-là, tandis qu'elle enlaçait sa fille chérie ; pas même la tristesse ou la peur de ce que tout cela pourrait bien vouloir dire. C'était plutôt de la rage – une rage pure, dirigée à travers l'obscurité, par-dessus les champs endormis, jusqu'à l'endroit où un groupe de huit hommes avait installé son campement sur le bord de la route. Parce que le prix de l'absence de son mari, elle arrivait à peu près à le payer (même si, ces derniers temps, elle avait de plus en plus de mal à le supporter), mais à un moment donné, elle avait manifestement perdu de vue combien il faisait mal à leur fille. Grá avait passé la nuit à se retourner dans son lit, la colère faisant ruisseler la sueur sur sa peau.

Au matin, la sueur avait séché, mais dans son sillage, un nouvel instinct était né. Et si elle lui faisait mal à son tour ?

Le klaxon du taxi retentit juste au moment où elle appliquait le parfum sur son cou et sur l'intérieur de ses poignets. Elle courut à la cuisine et glissa le livre broché dans son sac à main. Il pesait une tonne. Elle avait décidé que, si elle emportait son alibi avec elle, elle ne se ferait pas pincer

– un autre instinct étrange auquel, curieusement, elle savait qu'elle pouvait se fier.

— Bonsoir, ma jolie.

Dans le rétroviseur, les yeux du chauffeur étaient grands ouverts d'avidité en la voyant.

Elle ne donna qu'une adresse approximative.

— On a un rencard en ville ?

Elle l'ignora et regarda par la fenêtre. Elle réalisa qu'elle avait oublié de rincer la trace de son dernier bain contre les parois de la baignoire.

La nuit s'étendait partout, drapant la terre d'un noir dense et funèbre. Même si, en réalité, Grá savait que c'était la saison des naissances. Les champs palpitaient de nuées de vies encore toutes neuves. Elle apercevait parfois l'éclat luisant des morceaux de placenta violets éparpillés dans l'herbe, avant qu'ils ne disparaissent sous un vol d'oiseaux affamés.

Il leur avait fallu des années pour qu'elle soit enceinte. Ils avaient tout essayé – ils passaient un mois entier au lit, quand Cúch rentrait à la maison ; avaient même envisagé qu'elle le rejoigne à mi-parcours afin de s'y remettre. Ce n'est qu'à vingt-sept ans que quelque chose avait fait *tilt*, et que son ventre avait enfin commencé à gonfler. Tous les jours, elle marchait jusqu'au village, ignorant autant qu'elle s'en délectait les remarques persiflantes que les autres femmes lançaient sur son passage.

— J'ai entendu dire qu'elle était stérile.

— Elle doit porter un veau là-dedans.

— J'ai entendu dire qu'ils mangeaient parfois leurs propres enfants – encore une de leurs *traditions*, vous ne le saviez pas ?

Mais après la naissance, elle ne s'était plus souciée de ce que les gens disaient ; elle avait enfin compris le sens du véritable amour. Elle avait pensé à sa sœur ; voulu donner à Úna son prénom (mais cela aurait signifié tout révéler à Cúch). Quant à lui, elle avait supposé qu'à partir de ce moment-là il passerait plus de temps à la maison. Elles étaient maintenant deux et, face à elles, il était seul – c'était des mathématiques de base, familiales. Mais il était vite devenu évident que rien ne changerait. Au contraire, le fait d'être père semblait le figer encore plus dans ses habitudes. Parce que c'était la tradition ; le confort des vieilles certitudes ; la raison pour laquelle elle l'aimait.

N'est-ce pas ?

Les feux de détresse clignotèrent devant ses yeux.

— On y est.

Son cœur fit un bond quand elle attrapa la note. Elle essaya de se souvenir de la dernière fois qu'elle avait dépensé autant d'argent pour un seul voyage.

— Je reviens te chercher pour le prix d'un baiser ?

Elle ouvrit la portière et sentit le poids du livre dans son sac. Elle imagina la douleur vive qu'il pourrait causer si elle le fracassait suffisamment fort contre le visage du chauffeur.

*

Le restaurant était un de ces endroits glamours, un ancien pub maladroitement restauré. Il y avait une foule plutôt honorable pour un mercredi soir, et George Michael qui l'accompagnait sur la stéréo, en vantant en musique les vertus de *la foi, la foi, la foi.*

Elle vit d'abord son dos, la courbe de son cou, délicate, puis l'éclat de ses cheveux dorés. Elle avait mis les boucles d'oreilles finalement, même si elle continuait de craindre que ce ne soit trop.

— Je sais, je suis en retard.

Ses mots sonnèrent plus froid qu'elle ne l'avait envisagé.

— Aucun problème, répondit-il. Je viens juste...

— Je sais, répéta-t-elle en s'asseyant.

Il y avait un verre d'eau posé sur la table, qu'elle vida d'une seule traite. Elle était toujours déshydratée après son bain.

Quand elle réussit enfin à se concentrer, elle vit qu'il portait une chemise blanche et une cravate bleu pâle. Elle se demanda s'il avait glissé cette tenue habillée dans sa valise avant de partir, ou s'il avait dû l'acheter spécialement pour ce soir. Dans tous les cas, il avait l'air différent – elle s'était habituée à le voir avec des jeans usés et des chaussures de randonnée, une paire de lunettes de soleil, un appareil photo autour du cou et un doigt toujours prêt à appuyer, tout doucement, sur le bouton.

Après cette première rencontre au bord du lac, elle l'avait aperçu le lendemain après-midi, quand elle était revenue se baigner. Elle avait senti ses yeux suivre chacun de ses mouvements ; senti un frisson d'une vigueur inexplicable. Quand elle avait été enfin sèche, il s'était approché, réitérant sa demande de suggestions. Elle avait réalisé qu'elle avait dû préparer sa réponse pendant la nuit. Elle s'était tournée vers le nord, dans la direction opposée de la maison.

— Suivez-moi.

Quand il s'était exécuté, ça l'avait fait frissonner de partout, encore une fois.

Les semaines suivantes, ils avaient passé la plupart de leurs après-midi à s'aventurer de plus en plus près de la frontière.

Grá savait que, là-haut, il n'y avait pas de loi qui tienne ; que, là-haut, les règles étaient différentes. C'était lui qui parlait le plus, de son travail surtout, de ses ambitions et de ses rêves – comment ses œuvres seraient exposées dans les musées de Londres et de New York ; comment ses photos allaient l'emmener très loin de chez lui. En l'écoutant, Grá avait l'impression d'être transportée elle aussi. Elle se surprenait de plus en plus à penser à sa sœur. Et le lendemain de leurs promenades, elle avait le corps raide, douloureux, comme jamais depuis des années.

— Tu es resplendissante.

Ce soir, pourtant, leurs corps n'étaient plus côte à côte. Ils étaient installés face à face, à une table éclairée par des bougies. Grá se sentit soudain rougir et, pour le cacher, elle attrapa la bouteille de vin rouge sur la table, ouverte, aérée, n'attendant que d'être bue.

— Je suis sérieux, je te reconnaîtrais à peine.

Elle prit son verre et il en fit de même. Elle buvait très rarement de l'alcool. Elle se demanda s'il se doutait que c'était la meilleure de toutes les choses qu'il aurait pu dire.

Ils se tournèrent vers le menu et, cette fois-ci, Grá se sentit rougir en regardant les prix, même s'il avait insisté pour l'inviter. C'était le but de ce dîner quand il l'avait suggéré pour la première fois – un « merci » pour l'aide qu'elle lui avait apportée. Il allait rentrer à Dublin sous peu, alors c'était le moins qu'il puisse faire.

C'était, Grá le savait, peut-être la dernière de leurs aventures frontalières.

Elle n'avait pas accepté tout de suite, mais la semaine précédente, après l'incident avec Úna, sa colère l'avait poussée à lui dire que « oui », elle viendrait au restaurant. Ronan était accroupi derrière un monticule de laîches et prenait en photo un héron qui venait, à l'instant même, de prendre son envol. À présent Grá repensait à cet oiseau, à sa sœur. Elle se demandait si Lena la reconnaîtrait après tant d'années de séparation. Elle se demandait si finalement, au cours des dernières semaines, elles ne s'étaient pas mises à se ressembler de plus en plus.

— Bon, alors, vous avez choisi ?

Grá leva les yeux. Elle pouvait prendre la question de la serveuse comme une attaque, ou bien se laisser aller à sourire et commander le poisson. Une fois les menus retirés, le premier obstacle semblait, quelque part, avoir été éliminé. Ils reprenaient bientôt leur rythme de croisière – lui, parlant de son projet, de ses toutes dernières idées et de leurs dernières évolutions.

Une corbeille à pain fit son apparition, ce qui donna à Grà une occupation à sa bouche.

— J'ai suivi ton conseil à propos de ce type, Eion Goldsmith.

Tandis qu'il parlait, Ronan arrachait les croûtes comme un gamin.

— Je me suis baladé dans tout le comté et j'ai fait quelques recherches. Et tu as mis dans le mille – il semblerait que le Taureau soit bien au cœur de ce boom. Mais tu as entendu parler du cas suspect à Cork, celui qu'ils ont signalé cet après-midi ? Si l'ESB est arrivée jusque là-bas, c'est peut-être râpé pour le boom après tout.

Grá acquiesça tout du long, même si, pour être tout à fait honnête, elle avait perdu tout intérêt pour ces pauvres vaches folles. Elle avait eu bien assez de choses à penser (et à faire) pour se tenir occupée. Elle essaya de se souvenir de la dernière fois qu'elle était allée ne serait-ce qu'au restaurant – probablement pour le déjeuner des soixante ans de Mme P., il y a quelques années. La vieille femme s'était mise à chanceler après deux verres de vin mousseux, puis avait déploré l'absence de Sol pendant tout le trajet de retour en bus.

— Bref, j'ai décidé qu'un portrait du Taureau, ce serait peut-être cette dernière photo dont j'ai besoin. Il me manque encore un cliché du tonnerre pour relier l'ensemble. Et si je n'y arrive pas…

— Tu veux dire que tu es parti te promener sans moi ?

Elle le taquinait, mais ça la grisait de le voir tressaillir de la sorte. Elle décida que sa chemise et sa cravate lui donnaient l'air plus jeune, mais elle n'arrivait pas à décider si c'était une bonne chose ou pas.

— Grá.

Sa voix sembla soudain affectée.

— Tu m'as dit que tu ne pouvais pas… Que ça t'avait pris toute la journée pour te préparer.

Et puis :

— Ça valait le coup – tu es magnifique.

— Tu l'as déjà dit.

Un éclair traversa ses yeux, écarquillés de frayeur. Mais quand elle lui adressa un sourire, il poussa un soupir et les leva dans sa direction, avec un petit air penaud.

— Oui, c'est vrai.

Jusqu'à ce qu'il retrouve son assurance, son regard descendant le long de sa gorge. Jusqu'à la fine frontière entre la peau et la robe. Elle tendit le bras pour attraper le vin, d'un geste qui allongea son décolleté, laissant entrevoir les ombres à travers la bouteille. Tandis qu'elle remplissait son verre, elle essaya d'empêcher sa main de trembler.

*

Elle vit le saumon et, en un coup d'œil, elle sut qu'elle devrait chercher des arêtes invisibles avec sa langue. La première bouteille avait disparu, curieusement, alors ils en commandèrent une autre. Il avait demandé son faux-filet bien cuit.

— Tu as peur que ça te fasse perdre la tête ?

Elle envoya sa main à travers l'espace qui les séparait pour attraper une frite.

— Ah, bien sûr. D'ailleurs je pense que je suis déjà un peu fêlé.

Elle savait qu'il plaisantait, même s'il avait déjà mentionné ses humeurs plus d'une fois auparavant. Quelque chose en lien avec la dépression ; un cocktail de pilules qu'il avalait pour se maintenir en forme ou pour se calmer les nerfs. C'était de notoriété publique qu'il avait eu une enfance difficile – un père qui l'avait abandonné petit et qui était rentré en Angleterre. Grá avait écouté, bien qu'elle ne se soit pas souciée des détails, sauf pour se demander si chaque famille avait son propre fugitif.

Elle se demandait aussi s'il y avait de la place pour plus d'un.

— Et tu as entendu pour les *gardaí* ?

Elle l'observait. Toujours en mouvement, constamment tourmenté, jouant furieusement du coude pour enfoncer la lame dans le morceau de viande carbonisé.

— Ils viennent de lancer une nouvelle opération pour barricader la frontière. Le gouvernement en a pour une petite fortune.

Il porta sa fourchette à ses lèvres. Elle fit en sorte de ne pas trop prêter attention à l'odeur.

— Apparemment, des contrebandiers ont commencé à infiltrer en douce du bétail contaminé en provenance du Nord, alors les douaniers veulent attraper ces fumiers et les jeter en taule.

Il prit une bouchée et se mit à mastiquer ; l'avala si vite que ça dut lui faire mal.

— Et toute cette petite initiative a été baptisée avec un nom bien *particulier*.

Mais sur ce il prit son temps, savourant la chute avant de cracher le morceau. Il sourit. Il était vraiment beau.

— *Opération Matador*.

Elle prit son temps elle aussi ; sentit l'espièglerie monter en elle.

— Matador ?

— C'est ça.

Elle se pencha au-dessus de la table.

— Alors le voilà, dit-elle, ton cliché du tonnerre.

Tandis qu'elle se l'imaginait, son sourire commença à s'élargir.

— Les *gardaí* en rang d'oignons, le long de la frontière. Tous affublés de leur cape rouge vif.

Leurs rires ne firent qu'un et cela eut quelque chose de divin.

Le temps qu'ils redescendent tous les deux, elle avait baissé les yeux et vu que son assiette était vide. Elle n'arrivait pas à se souvenir de la dernière fois qu'elle avait terminé un repas.

— Ça t'a plu.

Elle le regarda.

— Oui, j'ai bien aimé.

— Un dessert ?

Elle fit non de la tête.

— Je ne pourrais pas.

— Je crois que tu pourrais peut-être.

Ses lèvres étaient devenues bleues à cause du vin, ce qui voulait dire que les siennes l'étaient probablement aussi, et que donc, maintenant, la transformation était terminée. Elle était une autre créature, entièrement méconnaissable.

*

À l'arrière du taxi, l'étui de l'appareil photo était posé entre eux deux – il l'avait caché sous la table depuis le début du dîner. Elle l'avait taquiné – « là où il y a de la gêne, il n'y a pas de plaisir » – et il lui avait répondu de ne pas s'inquiéter : il était plus qu'enclin à laisser le plaisir prendre les devants. Comme s'ils avaient eu envie de se prouver quelque chose, ils avaient vidé la deuxième bouteille, avant de se jeter sur des cafés irlandais. Le mordant du whisky leur avait fait tourner les mots et la tête en direction de la sortie, puis les avait conduits jusque sur cette banquette arrière en faux cuir poisseux.

Elle se demanda soudain si ce qu'elle désirait plus que tout, c'était qu'il la prenne en photo, qu'il l'immortalise, comme si elle comptait.

Pour l'heure, l'appareil restait entre eux, statique, comme une frontière, une barricade, une nouvelle opération – *Matador !* –, tu parles d'un nom !

Et par-delà l'appareil, il y avait son corps, tout aussi statique, bien qu'elle puisse sentir d'ici sa chaleur, un drapeau rouge vif pour un taureau en feu. Elle essaya de se distraire en chantant dans sa tête, mais les mots n'arrêtaient pas de lui échapper. Ils avaient dit au chauffeur de s'arrêter chez elle d'abord. Si autre chose avait été décidé, ça n'avait pas été fait à voix haute.

Elle voulut baisser la fenêtre. Elle avait besoin d'air, d'eau. Ou peut-être de quelque chose d'entièrement différent. Elle vit que des nuages commençaient à se former, à se dresser comme des hommes aux larges épaules – il allait pleuvoir dans l'heure. Elle se rappela que ce serait bénéfique pour le jardin, même si, à vrai dire, elle ne s'en était pas occupée dernièrement. En quelques semaines à peine, elle le savait, il avait commencé à retourner à l'état sauvage.

— Voilà. On y est.

Elle leva les yeux. Oui, tout à coup, ils y étaient – deux inconnus à l'arrière d'un taxi. Rien d'autre entre eux qu'un étui noir pour appareil photo, et trois semaines de désir. Les feux de détresse essayaient tant bien que mal de les avertir. Elle regarda son visage et sut que c'était la dernière fois qu'elle le verrait. Elle pouvait sentir le fruit noir de la deuxième bouteille sur ses lèvres, ce qui la fit penser aux gens du coin, qui croyaient encore que manger des baies de sorbier vous empêchait de vous faire enlever par des fées. Oh non, certaines croyances ne mourraient jamais. *La foi, la foi, la foi.*

— Il peut rentrer à pied à partir d'ici, dit-elle au chauffeur en se jetant hors de la voiture, laissant Ronan le payer. Elle se demanda, et pas pour la première fois, comment il subvenait à ses besoins quand il travaillait sur son projet de reportage. Et aussi s'il y avait d'autres femmes avec qui il partait se promener.

Dehors, l'air de la nuit était aussi humide qu'elle l'avait pressenti. Il y avait le crissement de ses pas sur le gravier. Il y avait aussi un son plus étrange. Elle s'arrêta pour écouter – les jappements de la renarde. Ils se rapprochaient de plus en plus. Ensuite elle entendit ses pas à lui et le bruit des pneus s'éloigner. Elle tituba jusqu'à la porte d'entrée avant de se retourner. Il la rejoignit. Leurs corps étaient à quelques centimètres l'un de l'autre, même s'ils ne s'étaient pas encore touchés. Et soudain, elle se souvint.

— J'ai quelque chose pour toi.

Elle fouilla dans son sac, tandis qu'il restait là, confus, les yeux de nouveau écarquillés de stupeur. C'était comme s'il avait peur qu'elle le dévore tout cru. C'était ce qu'elle voulait le plus au monde. Elle sentit les premières gouttes de pluie sur sa peau – de fines piqûres de plaisir – en lui tendant le livre. *Le garçon boucher.* Son rire à lui ressemblait à un soupir de soulagement et le sien, plutôt à un hurlement – à un son animal.

Quand leurs rires cessèrent, il n'y eut plus que le bruit des gouttes, plus rapide maintenant, et le silence de tous les jours à venir, où il n'y aurait plus de promenades, plus de rêves. Seulement l'absence de son mari et le désespoir de sa fille ; seulement la solitude de son amie et le courage de sa sœur disparue depuis tellement longtemps. Il n'y aurait plus que des heures noyées dans le bain à essayer de se caresser, à essayer de s'agripper à quelque chose – n'importe quoi – de plus.

Elle attrapa l'arrière de sa tête et sa langue chercha son fruit noir.

Les cieux s'ouvrirent enfin en grand.

*

Quand elle se réveilla, elle était seule dans son lit, un battement régulier vibrant entre les murs de son crâne. Elle s'appuya sur ses coudes pour se redresser. C'était à peine l'aube, donc avant d'arriver dans la pièce, la lumière avait encore du chemin à faire. Elle pensa à la chambre noire que Ronan lui avait décrite un jour. Le processus semblait avoir quelque chose de magique. Elle avait retiré ses boucles d'oreilles et la chair de ses lobes vibrait à un rythme régulier elle aussi.

— Avant de partir, je peux te demander quelque chose ?

Ce ne fut que lorsque ses yeux convergèrent vers lui et sa chemise boutonnée qu'elle prit vraiment conscience de sa nudité. Son corps était froid, ses membres un peu raides, et il leur faudrait des heures – ou peut-être des jours, voire des semaines – avant qu'ils n'absorbent entièrement la nuit.

— Tu n'es pas obligée de répondre si tu ne le souhaites pas, mais je me demandais... Est-ce que tu saurais, à tout hasard, vers quel comté les Bouchers se dirigeront dans les prochains jours ?

Ronan s'interrompit pour lécher ses lèvres sèches.

— Tu penses qu'ils pourraient poser pour moi ? Au diable le Taureau, je viens de réaliser que c'était *ça*, le cliché du tonnerre dont j'avais besoin.

Alors qu'elle l'écoutait, le drap glissa sous ses seins, mais elle ne se baissa pas pour le ramasser. Elle commença d'abord à s'énerver tout bas, en prenant soin de ne pas trop aller provoquer la douleur lancinante dans sa tête.

— C'est donc de ça qu'il s'agissait ? finit-elle par rugir. Ta grande stratégie artistique – utiliser les femmes pour atteindre les hommes ? Ceux dont la vie vaut vraiment *la peine* d'être photographiée ?

Mais à peine entamée, sa tirade avait déjà pris fin. Autour d'eux, il y avait déjà un peu plus de lumière. Et à leur grande surprise, ses vociférations avaient suffi à remplir tout l'espace entre les quatre murs.

— Monaghan, soupira-t-elle en se retournant. Ils seront là-bas d'ici deux jours.

Parce qu'elle savait que parfois les femmes se servaient aussi des hommes ; qu'en fin de compte c'était à cela que servaient véritablement les corps.

*

À midi, Grá ne pouvait plus retarder le moment d'aller chercher sa fille unique chez Mme P. Elle s'était fait couler un bain, même si elle savait déjà qu'elle s'en ferait couler un autre, encore plus chaud, le soir. La radio sur le buffet émit une petite note sombre. Le cas suspect mentionné par Ronan, à Cork, venait tout juste d'être confirmé. Ce qui voulait dire que c'était officiel – l'ESB avait réussi à se frayer un chemin jusqu'en Irlande.

J'espère qu'il leur arrivera quelque chose de mal.

Grá pensa aux mots proférés par sa fille, et puis au chauffeur de taxi qui les avait déposés tous les deux. Elle pensa à comment, au restaurant, elle s'était retrouvée à deux doigts de commander un steak, puis ne l'avait finalement pas fait – à croire que, malgré tout, certaines allégeances avaient la peau un peu plus dure que d'autres. Quand elle prit son manteau et ouvrit la porte d'entrée, elle crut que, si la renarde tirait la langue, c'était juste parce qu'elle avait soif – parce qu'elle avait besoin que Grá retourne à l'intérieur lui chercher un bol d'eau – mais ses contorsions sur le seuil disaient vraiment tout autre chose.

La pluie torrentielle de cette nuit avait fini par se tarir. La brise traçait de doux sillons dans la queue de la renarde. De près, l'animal n'était ni orange ni brun. Et il ne respirait plus. *Madra rua*, on l'appelait en irlandais. « Chien rouge ».

Ni orange ni brun – rouge.

Grá balaya des yeux les champs détrempés, par-delà la route, à la recherche d'un prédateur tapi quelque part. Il n'y avait que la terre, et puis il n'y avait rien ; juste l'infini et l'éternel rien. Peut-être que le taxi avait heurté la pauvre créature avec son pare-chocs. Ou peut-être avait-elle mangé une dose de mort-aux-rats oubliée par un fermier. Ou peut-être avait-elle été infectée par la malédiction d'une veuve, ou par une maladie anglaise qui, malgré tous leurs efforts, avait traversé la mer d'Irlande. Mais quand elle entendit le cri des renardeaux qui, quelque part dans les parages, suppliaient leur mère – allez maman, s'il te plaît – de rentrer à la maison, Grá réalisa que l'explication n'avait aucune importance.

Fionn

Comté de Monaghan, juin 1996

Depuis l'opération frontalière, Fionn n'était toujours pas redescendu de son euphorie. Il pouvait encore sentir l'adrénaline de la contrebande se précipiter joyeusement dans son sang ; savourer l'anxiété de l'attente, suivie de l'exultation libératrice, lorsque le camion frigorifique était enfin arrivé. Et, plus que tout, il pouvait goûter au réconfort de l'argent, bien caché dans sa cagnotte. Il aurait conduit Eileen dans cette clinique dublinoise avant qu'elle ait eu le temps de s'en rendre compte.

Donc quand Fergus Hynes appela pour proposer une deuxième expédition, Fionn n'eut même pas à réfléchir avant de répondre. Il eut juste à aider Eileen à se mettre au lit après la seconde partie de *Casablanca*, puis à se glisser dehors sous la pluie. Il roula jusqu'au O'Connell's, où Fergus lui avait dit d'attendre. Il gara sa voiture et sortit dans la brume, en fredonnant l'air du générique de fin avec son haleine encore chargée de l'ail du dîner.

Fionn pouvait entendre rire les hommes à gorge déployée à l'intérieur du pub ; imaginer le goût crémeux de leurs pintes. Il glissa les mains dans ses poches et fredonna de plus belle. Le dimanche précédent, après la messe, il était tombé sur DOB, qui lui avait dit qu'il avait entendu que Fionn était impliqué dans l'une des « opérations secrètes » du Taureau.

Fionn avait commencé à paniquer, jusqu'à ce que DOB le rassure :

— Mais c'est pas un peu ce qu'on fait tous ? Profiter du boom tant qu'il dure ?

Mais ensuite, DOB avait pris un ton un peu plus solennel.

— Fais attention, c'est tout. On dit que ces enfoirés de Matadors surveillent absolument tout sur tout. Dieu sait que le Taureau se ferait une joie de te suspendre à un crochet si tu te faisais pincer.

— Bien reçu, espèce d'abruti, va !

Fionn levait à présent les yeux vers Fergus Hynes et sa mèche blanche, qui venaient de faire leur apparition sur le parking du O'Connell's.

— Allez, on donne le coup d'envoi. Bon sang, je vais te dire : cette nouvelle série à la télévision, *Ballykissangel*, une sacrée perte de temps.

Fionn hocha la tête et s'efforça de sourire ; essaya de se rappeler l'air joyeux et entraînant du générique.

— Cette saleté de BBC donne l'impression que la campagne irlandaise est d'un ennui mortel.

*

Une heure plus tard, ils étaient arrivés à la frontière. Mossy et Briain se garèrent à côté d'eux avec une remorque. Fionn se demanda à qui reviendrait le tampon en caoutchouc ; qui aurait les contours de ses ongles marqués à l'encre bleu vif. Puis, quand les contrebandiers arrivèrent

– leur véhicule était si grand qu'il était clair que la cargaison de ce soir serait au moins deux fois plus importante que la précédente –, Fionn se demanda s'il allait être payé au moins deux fois plus.

Il se demanda si DOB avait besoin d'une paire de bras supplémentaire pour ses propres petites « opérations secrètes ».

Et, d'on ne sait où, si le Taureau connaissait ne serait-ce que son nom.

Ce qu'il ne savait pas avant de se retrouver dehors, dans l'air détrempé, et que les portes du véhicule aient été démontées, c'était que le butin de ce soir était d'un tout autre style. Fionn poussa un soupir, puis tenta de le ravaler et inspira une bouffée chargée de bruine, pour la peine.

— Quelque chose ne va pas ? demanda Fergus Hynes, d'un ton neutre, comme si le changement de programme avait été mentionné depuis le début.

Fionn savait bien qu'il valait mieux se garder de répondre, se contenter de rester tranquille et de hocher la tête encore une fois. Tandis que Fergus se contentait d'ajouter ces quatre mots supplémentaires – « c'était l'idée de Goldsmith » –, une déclaration qui, quelque part, valait aussi pour avertissement. C'était la première fois que Fionn ressentait autre chose que de la mansuétude envers le baron du bœuf et ses opérations secrètes.

Parce que ce n'était pas du bœuf du tout – non, c'était des bêtes et elles étaient bien vivantes. Leur souffle fumant comme des bouilloires, leurs sabots battant la chamade comme des danseurs de claquettes, leurs basses vibrant à l'unisson dans une profonde panique. Fionn se tourna vers Mossy, espérant au moins trouver un allié dans la confusion, ou la consternation, mais Mossy était déjà en train de s'équiper – non pas d'un bloc d'encre et d'un tampon, mais d'un lot d'étiquettes et d'un crochet en plastique.

Fionn peinait à assembler toutes les pièces. De ce qu'il avait compris, le nouveau plan d'attaque consistait à retirer l'étiquette de l'oreille de chaque vache, puis à en fixer une autre, flambant neuve, avant de charger la bête et de l'emmener vers le sud. Ainsi, elle serait marquée comme une vache irlandaise – *non infectée* –, un point c'est tout. Un faux passeport tout frais pendant à son cartilage.

Fionn avait vu beaucoup de choses dans sa vie – des litres de whisky passés en contrebande à l'intérieur d'une carcasse de vache ; d'énormes côtes de bœuf enveloppées dans des bottes de foin, promenées juste sous le nez d'un garde-frontière – mais, même à l'époque, il n'avait jamais vu un truc pareil. Il aurait cru que le coup des fausses étiquettes, c'était bien trop vicieux pour passer inaperçu. Il poussa un autre soupir, et cette fois ne se donna même pas la peine de le ravaler.

Briain amena la première vache et fit passer son cou à travers le bazar qui leur servait de porte de contention, puis il accrocha l'arracheur et tira, trop fort, déchirant la chair de l'oreille. Fionn tressaillit quand la bête envoya un coup de pied de protestation dans le vide. Il n'y avait pas besoin d'être aussi brutal. Les pinces fixèrent le nouvel identifiant à travers la plaie ouverte.

Mais Fionn devait mettre son malaise de côté parce qu'il y avait du boulot. Même si, techniquement, ce n'était pas celui pour lequel il avait été recruté. Il essaya de calmer les bêtes du mieux possible tandis qu'il les faisait avancer sur la rampe de la bétaillère vide. Il essaya de garder un œil sur l'horizon, au cas où quelqu'un serait en train de regarder.

*

Le temps qu'il rentre chez lui, la pluie s'était enfin arrêtée. Même si, après avoir verrouillé son 4 × 4 et s'être dirigé vers l'étable, il avait entendu s'écouler un filet d'eau régulier. Il y avait des trous dans le toit et du moisi plein les solives. Toute une lignée de fermiers, maintenue par du ruban adhésif et de la ficelle. Fionn se sentait encore agité. Il décida de ne pas aller se coucher tout de suite et de se lancer dans la traite du matin. Il savait que ça l'aiderait à calmer le gros de sa nervosité.

Les champs étaient silencieux quand il fit crisser le verrou. Même après ces quelques jours de déluge, Fionn savait que les filles étaient ravies d'être de retour dans le paddock. Il avait déplacé les clôtures la veille pour leur donner une toute nouvelle bande à brouter.

Il les conduisit dans la salle de traite, six par six, puis s'installa dans la fosse du milieu. Il nettoya les manchons de la trayeuse et attacha les grappes. Il s'était toujours demandé si ça chatouillait. Il caressa le velours humide de leurs flancs tandis qu'elles remplissaient les cuves avec le flux de leur lait, blanc et chaud, les gouttes aspirées une à une par le grand réservoir réfrigéré situé dans la pièce d'à côté. Elles mastiquaient leur pitance, qu'il avait achetée à un prix très raisonnable dans l'une des filiales du Taureau. Fionn était heureux de constater que, même après avoir réduit l'activité de la ferme, il pouvait encore se permettre de bien nourrir ses filles.

Il y alla lentement, une cuvée à la fois, avec encore plus de douceur que d'habitude, et s'assura de terminer par Glassy, sa petite chouchoute. Une irish moiled, avec les formes brunes d'une carte du monde dessinées sur le dos et la tête. Elle avait beau avoir le pas clopinant, le reste, ce n'était que beauté. Son nom faisait référence à Glas Ghaibhleann, la célèbre vache irlandaise dont le lait était si abondant qu'il parvenait à rassasier les foules. D'après la légende, Glas Ghaibhleann avait sillonné les quatre provinces irlandaises et abreuvé navire après navire, sa générosité ne connaissant aucune limite. Et désormais, les noms des lieux à travers le pays rendaient hommage à sa munificence :

Knockglas.

Glasnevin.

Finglas.

Fionn les énuméra tout en travaillant. Une incantation pour éloigner toute forme d'inquiétude, toute trace de peur.

Après avoir reconduit les filles au champ, il nettoya la salle de traite, racla la boue et rinça le fumier, l'eau s'écoulant d'abord à peine, puis claire comme du cristal dans les canalisations. Le camion des Lakeland viendrait le lendemain pour tester la teneur en beurre de la dernière cuvée. Fionn vida en une seule fois le verre de lait qu'il avait gardé pour lui, pas encore pasteurisé et méchamment gras sur ses lèvres.

Il avait eu raison – ses nerfs s'étaient déjà calmés. Et puis, qu'est-ce que ça pouvait bien faire que Fergus n'ait pas mentionné le changement de cargaison ? Ne s'étaient-ils pas débrouillés comme des chefs ? Le Taureau aurait-il la moindre raison de se plaindre ? Fionn n'avait pas encore compté l'enveloppe, mais il était presque sûr que son poids dans sa poche était plus important que la dernière fois. Quoi qu'il en soit, il n'aurait pas pu espérer meilleur résultat.

Il regarda le soleil se faufiler à travers la brume, le chatoiement rougeâtre qui soulignait les sorbiers et les touffes de fougères ; les fleurs d'aubépine avec leurs pétales blanc sale. Un spectacle que tout le monde n'apprécierait probablement pas autant, mais pour Fionn, sa familiarité était un pur réconfort. Toute cette lumière cuivrée, s'accumulant dans les sillons qui traversaient la boue comme des veines… Et il aurait presque été disposé à aller se coucher – à expirer – s'il ne s'était pas attardé sur ces quelques mots idiots et sans importance.

Fais attention, c'est tout.

Fionn jeta un coup d'œil tout autour de lui et tomba sur le mètre de corde qui pendait à la branche de l'arbre.

On dit que ces enfoirés de Matadors surveillent absolument tout sur tout.

Il secoua la tête et lécha la crème sur ses lèvres.

Dieu sait que le Taureau se ferait une joie de te suspendre à un crochet si tu te faisais pincer.

Il n'alla se coucher que longtemps après que la brume se fut dissipée.

*

La semaine suivante, Dieu soit loué, la paranoïa de Fionn avait succombé, rapidement et sans douleur. Il avait compté les billets dans l'enveloppe – effectivement, il y avait un petit extra, pour la peine. Et maintenant, il y avait une autre opération sur laquelle il devait se concentrer. Non pas dans les régions frontalières ni à l'arrière d'une camionnette de minuit, mais ici même, sur le pas de sa porte, juste au moment où les cloches de l'Angélus sonneraient six heures du soir.

Fionn les regarda fixement, tous les huit disposés en un parfait demi-cercle. Il se dit qu'ils ressemblaient un peu à une chorale de Noël. Puis il se souvint – *bordel de Dieu !* – qu'ils ne célébraient probablement pas Noël, ni l'Angélus ni rien de tout ça. La paranoïa avait disparu, mais ça ne voulait pas dire qu'il n'était pas nerveux.

Bien entendu, toute cette histoire, c'était l'idée de Davey – un plan qu'il avait réussi à concocter entre les notes de cours et les guides de révision qui s'empilaient sur son bureau. Tout ça en réponse à ce « rêve étrange » qu'Eileen faisait ces derniers temps.

Je te l'ai raconté, tu te rappelles ?

Celui sur les Bouchers ?

Fionn savait, du moins pour l'instant, que le gros de la tumeur avait été retiré de son cerveau. Quelquefois, il se demandait si quelque chose d'autre n'avait pas pris racine à la place.

La famille d'Eileen était croyante depuis très longtemps, alors que celle de Fionn avait toujours été catholique jusqu'à la moelle. Dès le début de leur idylle, il avait insisté sur le fait qu'il mangeait ce qu'il voulait, qu'il vénérait le Christ, et que si elle l'aimait, elle ferait exactement pareil. Étonnamment, elle avait accepté – au contraire, ça avait même eu l'air de l'enthousiasmer encore plus –, tout était bon à prendre pour faire tomber à la renverse son clan d'arriérés. Bien qu'elle ait dit qu'elle avait une petite sœur, qui lui manquerait terriblement ; qu'elle essaierait de la convaincre de s'enfuir avec eux (mais en toute franchise, Fionn n'avait pas été particulièrement emballé par cette partie du plan).

Pendant toute la durée de leur mariage, cependant, les Bouchers n'avaient plus jamais été mentionnés. Ce n'était que récemment qu'Eileen, à l'improviste, avait commencé à prononcer leur nom. Et Davey l'avait prononcé aussi, quand il s'était approché de son père dans la cour un soir et lui avait expliqué son idée ; son raisonnement qui, malgré les réticences de Fionn, était somme toute plutôt sensé.

Ça la rendra heureuse.

On lui doit au moins ça.

Et puis, qu'est-ce qu'on a à perdre ?

Mais la réponse à cette question, Fionn le savait, était « beaucoup » – surtout en cet instant précis. Et si Fergus et les autres venaient à l'apprendre ? Fionn commençait à peine à gagner leur respect – la dernière chose dont il avait besoin, c'était d'attirer sur lui le mauvais type d'attention. Il avala sa salive. Il se demanda si les chemins du Taureau et des Bouchers s'étaient déjà croisés quelque part sur la route. Il se demanda, bêtement, si les Bouchers avaient un remède contre l'ESB.

Il se trouve que, lors de la dernière expédition près de la frontière, il y avait eu quelques mots échangés à propos du groupe, à propos de leur arrivée imminente dans le comté pour rendre visite aux quelques habitants dont les rumeurs disaient qu'ils croyaient encore.

— J'ai connu un type, avait dit Briain Ní Ghríofa, qui pensait qu'ils pouvaient guérir une vache de la cécité, toucher ses yeux avec de la boue et la faire voir de nouveau.

— Oui, et il y en a aussi qui disent qu'ils viennent de Terre sainte.

— Eh bien, moi j'ai entendu dire que la vieille garce qui avait lancé la malédiction descendait de saint Patrick en personne !

Fergus Hynes, cependant, ne partageait pas leur curiosité. « Des équarrisseurs qu'on porte en vedettes. Prisonniers du passé. » Sa hargne avait rappelé à Fionn son propre père – Dieu sait qu'il avait toujours détesté les Bouchers lui aussi.

Mais Fionn devait se souvenir qu'il n'était pas question des autres, et encore moins de son père. Il était question d'Eileen – elle avait traversé tant de choses –, la tumeur, les crises d'épilepsie, les médicaments, les coups portés par ses propres mains. La liste d'attente de la clinique était probablement aussi longue que le cours du Shannon, mais à court terme, il semblait que tout cela pourrait peut-être lui faire retrouver le sourire.

Et vraiment, n'était-ce pas tout pour lui ?

Donc, finalement, il avait dit « oui » à Davey, et Eileen avait dit « merci », quand il lui avait annoncé la date de leur venue.

— Je t'en prie.

Il avait posé sa main sur la sienne.

Elle l'avait regardée, pris un instant pour se concentrer et faire un choix. Elle n'avait pas retiré sa main.

— Je vous en prie.

Cette fois, ses mots étaient destinés à huit paires de mains différentes.

— Fionn McCready, enchanté de faire votre connaissance.

Sa tentative de solennité trahissait l'étendue de sa nervosité. Il avait pensé à se passer un coup de peigne dans les cheveux, un peu plus tôt, puis s'était senti trop empoté pour le faire correctement. Mais heureusement, deux des hommes s'avançaient déjà pour répondre à ses salutations avec un sourire – un vieux type appelé Sol et un légèrement plus jeune, appelé Cúch. Fionn regardait par-dessus leurs épaules, terrifié à l'idée que quelqu'un puisse soudain passer par là. Dieu soit loué, la route était aussi silencieuse qu'une prière.

Eileen avait dit que la meilleure chose à faire était de laisser les Bouchers faire leur office, puis de les inviter à l'intérieur pour une tasse de thé. Fionn leur fit donc traverser la cour, observant la façon dont ils marchaient tous les huit, la façon dont ils étaient habillés tous les huit. Ils portaient des salopettes et de bonnes paires de bottes, attachées avec un double – ou peut-être un triple ? – nœud. Ils dégageaient un calme presque rassérénant ; quelque chose qui n'était pas facile à décrire, en tout cas.

Mis à part l'affaissement au milieu du toit, l'étable restait relativement décente. Fionn avait passé l'après-midi à laver et à installer de la literie fraîche, pendant qu'Eileen s'était chargée de ranger la maison. En dépit des réserves de Fionn, il semblait que Davey ait tapé dans le mille avec sa théorie – la perspective de leur visite lui avait déjà fait du bien. Eileen était une vraie boule d'énergie ; elle avait même mis un peu de rouge sur ses lèvres.

Fionn essaya de se souvenir de la dernière fois que sa femme s'était maquillée pour lui faire plaisir.

Dans l'étable, les hommes plissaient les yeux pour se faire à l'obscurité. Dans le coin, il y avait l'enclos où Fionn avait l'habitude de garder les nouveau-nés. Sol et Cúch s'avancèrent pour inspecter les animaux.

— Voici donc les filles, commença Fionn. Je ne savais pas si vous auriez besoin de quelque chose en *particulier*, alors je vous ai laissé plusieurs options. Ici, on a Aoife et Bó, qui pèsent toutes deux près de deux cents kilos, et qui remplissent toujours les réservoirs à toute blinde.

Puis il se figea, un peu gêné.

— Et voici leur maman, Glassy. Comme vous pouvez le constater, c'est une bête un peu plus grosse. Mais j'ai bien peur que, malgré son nom, elle n'ait plus beaucoup de lait à donner !

Fionn essaya de rire, mais son embarras se transforma vite en culpabilité. Il regarda fixement son animal. La moitié de ses cils était bruns et l'autre moitié était blanche. Elle avait la bougeotte – ces derniers temps, ses pattes arrière lui donnaient plus de peine que d'habitude – mais, même si elle n'en avait plus pour longtemps, à quoi diable était-il en train de penser ? Pourquoi avait-il décidé de l'amener ici et de la sacrifier ?

— Vous avez eu beaucoup à faire, j'imagine ?

Dans sa panique, Fionn leur proposait une discussion badine, pour essayer de ralentir le cours des choses.

Sol continua d'examiner le bétail.

— Oh, absolument, pour le moment, c'est une très bonne année.

— Les gens ont l'air d'avoir le moral, précisa Cúch. Ils sont plus enclins à nous accueillir, à plaisanter un peu. Espérons qu'il soit là pour rester, ce boom du bœuf celtique !

Tandis qu'il parlait, ses yeux faisaient le tour du propriétaire, relevant le toit qui s'affaissait et la rouille qui s'écaillait.

Fionn se sentit rougir.

— Comme vous pouvez le constater, j'ai peut-être sauté du train un peu trop tôt.

Alors Sol détourna son regard des animaux.

— Eh bien, si vous voulez mon avis, vous avez très bien fait. Je crois que les choses sont sur le point de changer. Un autre cas d'ESB vient d'être signalé. Les gens font preuve de beaucoup d'imprudence. Je crois que la maladie sera partout avant que nous...

— Un ramassis de conneries !

Fionn regretta immédiatement son impulsivité. Pour la masquer, il essaya de rire une fois encore.

— Je veux dire, croisons les doigts, touchons du bois ou tout ce que vous voulez.

Mais il était trop tard – la conversation s'était déjà évanouie à l'autre bout de l'étable. Les Bouchers retournèrent à leurs affaires, marmonnant à voix basse entre eux.

Fionn retint son souffle. Glassy le regardait droit dans les yeux en clignant lentement, sagement des paupières. Par miracle, ils optèrent pour Bó, et Fionn poussa un bruyant soupir de soulagement. Il se demanda si les Bouchers avaient un sixième sens pour ce genre de choses.

— Nous vous préviendrons quand ce sera terminé.

Fionn avait entendu ce que Sol venait de lui dire, mais il lui fallut tout de même quelques instants pour réaliser qu'ils voulaient qu'il foute le camp. Il se crispa, juste une seconde, puis se dirigea vers l'extérieur, où l'air s'était rafraîchi.

Tandis qu'il attendait de l'autre côté de la porte, Fionn essayait de résister à l'envie de se rapprocher et de jeter un coup d'œil furtif à travers les fissures du bois usé. Il avait entendu dire qu'il y avait une prière spéciale que les hommes récitaient. D'autres disaient qu'ils embrassaient tous la vache sur la tête. D'autres encore suggéraient des choses bien plus inconvenantes, mais Fionn supposait que ce n'était rien que des paroles salaces – Dieu sait qu'il n'y aurait pas de ces excentricités-là sous son toit, c'est certain.

Fionn croisa les bras et pensa à chez lui, se demandant si Eileen avait commencé à verser de l'eau chaude dans les tasses pour les réchauffer, tandis que Davey rôdait à ses côtés pour lui tenir compagnie. Ou peut-être avait-il déjà disparu à l'étage, le visage plongé dans ses livres. L'esprit à des millions de kilomètres et de mondes différents.

Fionn entendit un mugissement derrière la porte. Très régulier, très calme – rien à voir avec les hurlements de panique de l'abattoir de l'usine.

Comme toujours, penser à son fils l'inonda d'un profond regret. Il avait accepté tout cela pour le bien d'Eileen – pour apporter un peu de joie à ses journées de réclusion domestique. Mais il avait aussi accepté parce que c'était la suggestion de Davey – enfin une opération secrète entre père et fils. Fionn savait que rien ne pourrait jamais autant les rapprocher ensuite.

Puis, il entendit un bruit sourd, qui voulait dire que Bó n'était plus. Fionn supposa qu'ils allaient la pendre par les pattes – probablement avec des cordes ou des chaînes accrochées aux solives –, puis commencer lentement à la saigner.

Cela dit, même après que Fionn eut fait le nécessaire – réussi à faire venir les Bouchers en douce –, Davey continuait de se montrer distant. Peut-être était-il juste nerveux à cause de ses examens. Peut-être était-il encore en train de se morfondre sur sa rupture avec Faela Quin. Peut-être y avait-il quelque chose d'autre, que Davey lui cachait – une barricade, bardée de cordes et de chaînes, pour empêcher fermement son père d'entrer.

Ce ne fut pas un son qu'il perçut cette fois, mais une odeur. Un peu comme du brûlé, comme quelque chose à base de plantes. Fionn ferma les yeux et inspira à pleins poumons.

Penser à son fils le ramenait toujours à son père, pour le meilleur et pour le pire. Si le vieil homme avait été là, aucun doute qu'il aurait eu des suggestions à faire pour rompre le sortilège et faire sortir Davey de sa léthargie. Mais il y avait les traditions qu'il fallait entretenir, et celles qu'il valait mieux laisser se replier sur elles-mêmes, pour qu'elles s'éteignent toutes seules.

— Elle est morte paisiblement.

Quand Fionn rouvrit les yeux, le plus jeune des Bouchers se tenait devant lui. Fionn se souvint alors qu'on lui avait présenté Conor. Il n'était pas beaucoup plus âgé que Davey, à première vue, mais beaucoup plus large de dos.

— Maintenant, on va commencer à la préparer – ça ne devrait pas être long. Si vous pouviez juste nous dire où se trouvent votre congélateur et votre...

— Mais vous allez entrer ?

— Comment ça ?

— Après. Pour boire un thé.

— Eh bien, je devrais...

— Il le faut, insista Fionn. C'est pour Madame, vous comprenez.

Il se demanda s'il fallait qu'il se lance dans des explications au sujet de la mauvaise santé d'Eileen ou si, encore une fois, ces hommes avaient un sixième sens pour ce genre de choses.

— Avec grand plaisir !

C'était Cúch, le type un peu plus âgé, qui venait de faire son apparition et qui semblait avoir compris toute l'histoire.

— J'ai une sérieuse soif, moi, dit-il. Et croyez-moi, je sais très bien ce dont les épouses sont capables.

Fionn eut un rire de soulagement et se mit en marche, réalisant à quel point c'était vrai : les hommes étaient tous les mêmes, peu importe leurs prières, leurs traditions ou leurs terribles erreurs.

*

Le temps que les Bouchers se nettoient et se présentent sur le pas de la maison, Fionn vit qu'Eileen avait remis du rouge à lèvres. Il tenta d'attirer l'attention de Davey, sans succès.

— Permettez-moi de vous présenter les Bouchers.

Il prit le contrôle des opérations du mieux possible, offrant comme des trônes les chaises de la cuisine, et faisant signe aux hommes de s'asseoir.

Bientôt, l'endroit tournait à plein volume – jeux de coudes et tasses de thé, potins locaux et politique nationale – jusqu'à ce que l'atmosphère ait presque un air de fête. Ils discutèrent des pourparlers de Stormont et du dernier cessez-le-feu ; de l'Euro de football 96, qui avait débuté ce samedi. Fionn chercha Davey du regard une dernière fois, mais au milieu des corps, il n'arrivait pas à trouver celui de son fils.

— Et depuis combien de temps avez-vous rejoint le groupe ? entendit-il ensuite Eileen demander. Elle était assise en face de Sol, dont le visage ridé était illuminé par son attention.

— Non que vous ayez l'air, bien entendu, d'avoir tout juste la majorité.

Le vieil homme renversa sa tête en arrière, les plis de son cou bien tendus, comme s'il avait soudain retrouvé toute sa jeunesse.

— Et vous devez appeler les mêmes familles chaque année, mais que se passe-t-il quand elles déménagent ? Ou quand leurs enfants quittent le nid ? Ou…

— Eileen, arrête un peu ton interrogatoire et verse à notre invité une dernière goutte de thé tant qu'il est chaud ! ordonna Fionn en aboyant, pour essayer de la préserver – il voyait bien que la nuée de questions venait avant tout masquer son épuisement. Mais en toute sincérité, à présent ils étaient tous un peu fatigués –, mais c'était une bonne fatigue, celle qui venait couronner le succès de l'après-midi. Les Bouchers avaient commencé à se disperser, certains étaient sortis pour se dégourdir les jambes ou fumer un peu de tabac. Blackfoot se faufilait entre leurs pieds, à l'affût de quelques miettes qui auraient pu tomber par terre.

Cúch finit par annoncer qu'ils allaient faire un dernier tour des lieux, pour être certain de ne rien oublier. Puis qu'ils ne resteraient pas plus longtemps dans les pattes de Fionn.

— Ah, vous n'êtes pas du tout dans mes…

— Fionn, pourquoi n'irais-tu pas donner un coup de main à Cúch ?

Fionn regarda sa femme. Ses yeux étaient aussi verts et doux que de l'herbe fraîchement coupée.

— Ça ne te dérange pas, pas vrai ? dit-elle. C'est que Sol est en train de me raconter une histoire merveilleuse.

Les deux hommes sortirent, et pendant que Cúch inspectait les charrettes, Fionn lui dit qu'il allait inspecter l'étable pour s'assurer que rien n'avait été laissé sur place. Il se demanda, rien qu'une seconde, de quoi il aurait l'air dans une salopette. Et s'il n'allait pas se mettre aux triples nœuds lui aussi.

Le crépuscule déployait sa douceur violette sur la cour, comme une couverture. Fionn avait garé la Fiesta d'Eileen en dehors du passage. Il fallait faire tourner le moteur de temps en temps pour empêcher la batterie de se vider complètement. Au loin, les champs s'étiraient calmement. Les arbres essayaient de garder leur équilibre, les bras levés vers le ciel. Devant la vue, Fionn expira, soulagé. Il n'avait pas ressenti une telle paix depuis très, très longtemps.

Il s'approcha de l'étable et entendit tout à coup un bruit. On aurait dit quelqu'un qui pleurait.

— Davey, c'est toi ?

Il aurait juré avoir vu un mouvement derrière la porte ; avoir entendu quelque chose, comme des pas qui prennent la fuite en courant. Mais quand il alluma la lumière, tout était de nouveau immobile – les râteaux, les houes, les sacs de nourriture alignés sur le côté – et, au milieu, des traces d'eau noires teintées de rose. Fionn leva les yeux et essaya d'imaginer la scène. Les solives étaient très haut au-dessus de sa tête – il n'avait aucune idée de comment ils avaient pu s'y prendre pour y expédier l'animal. Il pensait apercevoir sur le bois des marques de frottement, blanches, à l'endroit où les chaînes avaient dû s'enrouler. Et soudain, Fionn pensa à ce mètre de corde, accroché à l'arbre dans la cour, et se souvint que son père avait l'habitude d'y suspendre des animaux. Des corbeaux morts – yeux noirs, plumes noires, becs noirs – la tête en bas. C'était un vieux truc pour faire fuir les autres corbeaux ; les avertir de ce qui se passerait sinon. Fionn éteignit la lumière. Il se demanda si vraiment toutes les traditions avaient à voir avec la peur.

Avant qu'ils ne partent, Fionn tint à serrer la main de chacun des Bouchers. Quelque part, il savait qu'il ne se laverait pas les mains ce soir, que ça lui porterait chance. Eileen le rejoignit sur le pas de la porte, agitant le bras en signe d'adieu jusqu'à ce que les charrettes disparaissent de leur champ de vision. Puis elle fit quelque chose que Fionn ne se souvenait pas l'avoir vue faire depuis des mois, ou peut-être même – il était forcé de le reconnaître – des années.

Après le baiser, il ouvrit les yeux. Le vent avait soufflé de l'humidité dans ceux de sa femme.

— Tu es un homme bon, Fionn McCready, dit-elle. Très, très bon.

Il ouvrit la bouche pour répondre quelque chose comme *je suis désolé*, ou *je vais te faire retrouver le sourire*, ou *tu es ma plus belle histoire d'amour*, mais il n'y avait que le bruit des sabots des chevaux, le *clop*, aussi vrai et régulier que le battement d'un cœur humain.

*

En l'espace de quelques nuits, la chance avait déjà commencé à faire effet. Fergus Hynes était à l'autre bout du fil, à propos d'un boulot de dernière minute, d'une enveloppe généreuse. Après le dîner, Fionn fit la vaisselle et prépara à Eileen un chocolat chaud qu'elle emporterait au lit. Il souriait. Il avait le sentiment d'être plus qu'attentionné.

Mais quand il se gara sur le parking du O'Connell's et s'installa sur le siège passager à côté de Fergus, il eut un sentiment tout à fait différent.

— Comment ça va ?

Sa question ne reçut aucune réponse – à peine un hochement de tête. Le moteur enroué se mit à vrombir avant même qu'il n'ait bouclé sa ceinture de sécurité.

Ils roulèrent en silence. La lune était si basse et si pleine qu'on aurait dit qu'elle allait tomber du ciel.

— Alors, on cause bétail ou steaks, ce soir ?

Bien entendu, Fergus n'était pas causant du tout.

Mais Fionn se dit qu'il pouvait au moins essayer de détendre l'atmosphère étrange en se concentrant sur le déroulé de la soirée.

— Mossy et Briain sont partis devant, ou ils nous rejoignent un peu plus tard ? Qui va s'occuper de tamponner, ou de...

— Est-ce que tu vas fermer ta putain de gueule ?

Tout à coup, Fionn eut froid, très froid, parce qu'il venait de réaliser que, clairement, Fergus Hynes savait tout. À propos des Bouchers. À propos de leur visite et de la joie irrésistible qu'il avait retirée de toute cette histoire. Il avait compté les morceaux qu'ils avaient réussi à fourrer dans le congélateur plein à craquer – Seigneur, il y en avait plus qu'ils ne pouvaient en manger –, mais curieusement, Fionn voulait attendre une occasion spéciale pour entamer le stock. Un mariage, ou un anniversaire, ou un rendez-vous à la clinique enfin réservé. Et il s'était convaincu d'avoir été extrêmement discret tout au long de la manœuvre, mais Dieu sait qu'ici rien ne restait jamais secret très longtemps. Fionn pensa à Davey. Le garçon avait-il laissé filtrer quelque chose ? Et si c'était le cas, était-ce un accident ou le fruit d'une vieille rancœur dont Fionn ne semblait pas pouvoir se débarrasser ? De toute façon, Fergus Hynes l'avait grillé, et maintenant, il emmenait Fionn dans le no man's land pour lui donner une leçon ; lui rappeler la loyauté, les priorités et le bon ordre des choses. *Des équarrisseurs qu'on porte en vedettes.* N'était-ce pas ainsi qu'il avait appelé les Bouchers ? *Prisonniers du passé.* Alors que le Taureau et ses acolytes ne pensaient qu'à « l'Irlande moderne », au progrès, au boom du bœuf celtique –, on ne risquait pas de les surprendre à fraterniser avec des gens comme *eux*.

Fionn essaya tant bien que mal de respirer tandis qu'ils s'enfonçaient de plus en plus loin, là où personne ne pourrait jamais le retrouver. Les régions frontalières avaient toujours été l'endroit idéal pour vous débarrasser de ce dont vous ne vouliez plus – des voitures brûlées, des vieux morceaux de ferraille déchargés en toute illégalité. Il avait vu des réfrigérateurs cassés, les spirales du condensateur exposées à l'air libre ; des jouets et des ours en peluche abîmés, leur rembourrage arraché, dispersé par le vent comme des touffes de laine de mouton sur les brindilles alentour. Et puis au plus fort des Troubles, on disait que des choses bien plus sordides avaient été balancées ici – des hommes assassinés et jetés dans la tourbière, leurs corps avalés par la boue visqueuse. « Les disparus ».

Le bon ordre des choses.

— Ah, mince, Fionn, je suis désolé.

Quand Fergus prononça ces mots, Fionn ravala immédiatement ses pensées.

— Les choses commencent… Tout part un peu dans tous les sens.

Fergus tira sur l'embrayage et passa la vitesse supérieure.

— Possible que ce soir, ce soit un peu plus craignos.

Fionn savait qu'il était probablement censé ressentir un peu d'inquiétude, mais il ressentit surtout une bouffée de soulagement. Son secret était sain et sauf. La bonne fortune des Bouchers restait inviolée.

— Tu devrais probablement ouvrir ça.

Ensuite Fergus haussa les sourcils et pencha la tête en direction de la boîte à gants. Fionn savait aussi, quelque part, ce qu'il trouverait à l'intérieur ; que, même dans l'obscurité, le flingue serait petit et noir comme un jouet d'enfant cabossé. Très lentement, il appuya sur le loquet.

En le tenant dans les mains, Fionn pensa à l'ami de son père, Big Billy Tierney ; à la balle qui lui avait traversé le visage lors d'une virée clandestine, il y avait très longtemps.

*

Quand ils arrivèrent, l'autre côté les attendait déjà. Fergus se gara tout près et ils sautèrent tous à l'unisson de leur véhicule. Avec le canon rentré dans sa ceinture, Fionn sentit que son pantalon lui serrait le ventre. Il réalisa qu'il avait désespérément envie de pisser. Même dehors, l'atmosphère était relativement silencieuse, ce qui, bien entendu, aurait dû tout de suite lui faire comprendre qu'il y avait un problème. Mais quand il atteignit les portes ouvertes de la remorque, il fut pourtant surpris par ce qu'il trouva à l'intérieur.

Les corps avaient été jetés, les uns sur les autres, en un étrange amas velu noir et blanc. Un pêle-mêle de membres disloqués. Tout un tas de rebuts indésirables, déchargés en toute illégalité, pour qu'on ne les revoie jamais plus. Fionn essaya de faire émerger les contours, les flancs, les hanches, jusqu'à ce qu'il puisse tout juste distinguer la forme d'une des têtes. Il y avait un trou au milieu, d'où la cervelle de l'animal avait giclé.

— Il faut qu'on se magne.

Le chef de bande avait l'accent d'Armagh.

— Ces enfoirés de Matadors sont de patrouille ce soir.

Il bondit et commença à pousser le premier corps vers l'avant.

— Les gars, si vous attrapez les pattes de devant, je prendrai celles de derrière.

Fionn vit qu'il n'y avait que des veaux. Il vit deux sabots enchevêtrés l'un dans l'autre, comme une paire d'amoureux qui s'enlacent.

— Et ils *pèsent* combien au juste ?

De toutes les questions, Fionn ne savait pas pourquoi il avait choisi de poser celle-là, quand ce qu'il voulait vraiment savoir, c'était d'où venaient ces veaux, et pourquoi ils avaient été abattus, et s'ils avaient été testés positifs à l'ESB.

Fergus répondit en une seule fois à toutes ces interrogations.

— On n'a pas eu le temps de prendre les dispositions nécessaires.

— Ah, Fergus, t'es pas sérieux, là ?

Mais Fergus Hynes était on ne peut plus sérieux, tandis qu'il calait son épaule sous le flanc d'un veau mort, tel un porteur de cercueil à un enterrement.

— T'as entendu le type ? On doit se magner.

Tu vas la fermer ta putain de gueule ?

Alors Fionn ferma son visage et courba son dos, anticipant la force de l'impact. Il tituba, essayant de guider correctement le jeune animal jusqu'à l'endroit indiqué. Il aurait juré que sa peau était encore chaude. Et il aurait juré que cette lueur, ce n'était que cette bonne grosse lune, qui apportait à leur terrible besogne un peu de lumière supplémentaire. Mais ensuite il vit les éclairs rouges et bleus, qui firent bondir Fergus et culbuter le veau, dont l'une des pattes vint cogner l'arrière du crâne de Fionn. Il tenta de se relever sans succès. Alors au lieu de cela, il s'allongea dans la boue, avec le tournis, les yeux larmoyants, et ses lèvres qui murmuraient à Eileen que tout irait bien – il avait fait le calcul, et il ne restait plus qu'une virée avant de toucher le jackpot et de remplir la cagnotte. Peut-être qu'ils pourraient réserver un hôtel à Dublin – en faire un vrai week-end, finalement ? – et peu importe les voitures des *gardaí* qui approchaient avec leurs sirènes hurlant comme des sorcières. Ou cette pleine lune dans le ciel, comme une marque blanche sur le scan noir d'un cerveau qui déclare que c'est revenu, c'est revenu, c'est revenu.

Davey

Comté de Monaghan, juin 1996

— Plus qu'une heure, les jeunes. Plus qu'une heure.

Davey leva le regard vers le surveillant de salle, M. Twomey, mais le vieil homme avait déjà détourné le sien, totalement indifférent à la signification des mots qu'il venait de prononcer.

Plus qu'une heure.

Avant la fin de cet examen.

De tous les examens.

Plus qu'une heure avant la fin de toute cette partie de votre vie.

Davey gigotait sur son siège, faisait trembler son stylo et rebondir son genou, chaque partie de lui devenue un métronome maladroit, qui marquait un rythme différent. Depuis le bureau de devant, Mickey Flavin se retourna et le fusilla du regard pour qu'il s'arrête de gesticuler. Tout en haut de l'estrade, Jésus le regardait, étalé sur sa croix.

Mais Davey ne pouvait pas s'en empêcher, parce qu'en dehors du fait qu'il s'agisse de la toute dernière dissertation il y avait autre chose qui lui mettait fermement les nerfs en pelote. Depuis la semaine précédente, il était rongé par la honte (ou quelque chose, du moins, dont il était presque sûr que c'en était). Depuis, en fait, qu'ils leur avaient rendu visite.

Il déglutit. Depuis le passage des Bouchers.

Davey déboutonna son col pour libérer sa gorge. Dans la salle, il faisait chaud, odieusement chaud. L'été ayant réussi, comme toujours, à faire coïncider ses plus belles performances avec la période des examens. Bien qu'à présent les autres, pour la plupart, soient libres de profiter du soleil, après avoir expédié en vitesse leurs matières principales et celles de la filière standard, « sciences économiques ». Il ne restait plus que Davey et trois autres étudiants en lettres classiques réticents pour plancher sur la dernière copie. Les autres bureaux étaient vides, empilés autour d'eux.

Plus qu'une heure.

Avant Dublin.

Plus qu'une heure avant de partir d'ici.

Davey regarda son brouillon. Manifestement, il était en train de répondre à une question sur *Prométhée enchaîné*, sa pièce antique préférée. Celle où notre homme se retrouve enchaîné à un rocher pour que, tous les jours, un aigle vienne lui rendre visite et lui picorer le foie. La traduction fétiche de M. Fitz n'y allait pas de main morte : écoulement d'entrailles sinueuses ; rugissement guttural d'un homme accablé de douleur. D'autant plus que, chaque nuit, la blessure se refermait, l'organe se reconstituant, en quelque sorte, pour que le lendemain la sauvagerie puisse de nouveau s'abattre sur lui depuis le ciel. Et tout ça parce que Prométhée avait refusé de se conformer aux règles des Titans. Un élément déviant. Une voix qu'il fallait réduire au silence.

Davey déglutit une seconde fois et essuya son front humide avec le revers de sa manche. Mais la sueur suffit à relancer son agitation de plus belle. Parce qu'il y avait eu de la sueur l'autre nuit aussi – de la sueur et des corps, et des choses qu'il n'arrivait toujours pas bien à traduire en mots.

Juste un nom sur ses lèvres, une seule syllabe qu'il laissait remplir sa bouche.

Conor.

Il voulait en faire la première ligne d'un poème.

Mais non – il devait continuer. Continuer à rédiger. À énumérer tous les « crimes » qu'avait commis Prométhée. Le plus célèbre, bien entendu, était d'avoir fait découvrir le feu aux hommes. Mais il leur avait aussi appris à atteler et à harnacher leurs animaux ; à les piéger et à les apprivoiser pour en faire bon usage. Et c'était donc un comble d'ironie, que Prométhée ait été attaché à un rocher, lui-même réduit à moins qu'une simple bête.

Davey l'imaginait là, les bras tendus, bien écartés.

Mais le rocher ressemblait un peu trop au muret en pierres où Davey s'était assis l'autre soir. Celui d'où il pouvait encore entendre les bavardages à l'intérieur de la maison – les Bouchers et sa mère, et ses interminables théières. Il tenait son carnet de notes ouvert vers le ciel, comme si une petite partie pouvait y tomber, bien formulée, quand la question était arrivée.

— Combien de temps a duré sa chimio ?

Davey avait sursauté, surpris par la voix, mais aussi par ce qu'elle semblait avoir deviné.

Il avait déjà remarqué le visage dans la cuisine, proche du sien en âge et encadré par une tignasse de boucles dorées. Mais même dehors, dans la pénombre, Davey pouvait voir que la salopette du jeune Boucher était un peu serrée au niveau des épaules.

— Mon vieux l'a eu, avait-il ajouté. Ça a commencé par le pancréas, puis ça s'est étendu jusqu'à ce qu'il en soit criblé de partout.

L'inconnu s'était rapproché.

— Non pas que ce soit, cela dit entre nous, une grande perte.

Quand il s'était assis, il avait choisi une place sur le muret un peu plus proche de Davey que ce qu'il aurait fallu – une position presque aussi cavalière, presque aussi franche que ses paroles.

Davey avait regardé son carnet ; avait remarqué que l'inconnu en faisait tout autant. Il l'avait fourré dans sa poche et relevé les yeux.

— Conor.

Les siens étaient là, à attendre.

— Davey.

Ses voyelles étaient rauques.

Une main avait attrapé la sienne, la serrant trop fort et trop longtemps.

— Enchanté.

À la façon dont l'effervescence l'avait parcouru, c'était comme si son corps savait déjà ; comme s'il pouvait déjà sentir ce qui allait se passer ; comme si...

M. Twomey poussa un mugissement. Davey redressa la tête, terrorisé, comme s'il avait été pris en flagrant délit. Il arriva juste à temps pour voir l'éternuement suivre son cours. Le professeur porta un mouchoir à son nez, et les germes s'éloignèrent en flottant, rejoignant les nuages de poussières capturés par la lumière des fenêtres.

En haut, Jésus semblait plus angoissé que jamais.

— T'es toujours au lycée ? avait ensuite demandé Conor.

— En dernière année.

— Quelles matières ?

Davey avait déroulé la liste de bas en haut.

— Lettres classiques ? Qui aurait cru qu'ils enseigneraient ça par ici ?

Davey avait pensé à M. Fitz et aux autres professeurs.

— La plupart d'entre eux désapprouvent.

— Ah, bien entendu, ils n'approuvent jamais rien.

Et curieusement, ç'avait jeté un bref silence.

— Et ensuite ? Avec tout ce latin, tu pourrais devenir prêtre.

Davey avait esquissé un très léger sourire.

— L'université. Dublin, j'espère.

— Tu n'as pas l'air très convaincu.

Davey s'était tu une fois de plus et avait regardé Conor, même s'il était difficile de distinguer quoi que ce soit dans l'obscurité. C'est peut-être pour cette raison qu'il s'était soudain senti enclin à s'expliquer ; à se mettre à nu devant cet inconnu à moitié dissimulé.

— Je ne le suis pas, avait-il soupiré. Convaincu, je veux dire. J'improvise complètement.

— C'est pas un peu ce qu'on fait tous, Davey ?

— Plus que vingt minutes, les jeunes, tonna M. Twomey. L'heure de jouer sa dernière carte, et tout le toutim.

Davey loucha sur sa page. Il en était à la dernière question – rien à voir avec la littérature, pour le coup, mais avec l'architecture. *Citez les différences entre les colonnes doriques et corinthiennes.* L'astuce, toujours, était de commencer par la base et de remonter jusqu'aux ornements du sommet.

Conor, cependant, avait une tout autre opinion.

— Eh bien moi, je pense que tu es extrêmement courageux.

— Quoi ?

— Il en faut beaucoup, du courage, pour, disons, suivre ses rêves et tout ça. Surtout quand tout le monde attend de toi que tu sois une chose et pas une autre.

— Tu veux dire, comme toi ?

Davey n'aimait pas faire des suppositions, mais curieusement, il avait senti qu'il avait déjà une certaine idée de cet inconnu.

C'était la première fois que Conor se retrouvait pris en défaut. Davey avait envie de le voir rougir.

— Ouais, un peu comme moi. Même si je suis plus mignon. Bien que tu sois pas trop mal non plus, je dois dire.

Si la réplique en soi ne l'avait pas déconcerté, le contact de sa jambe contre la sienne, en revanche, s'était révélé plus qu'efficace. Parce que, même dans le noir, les répercussions dans son pantalon avaient été immédiates. Et maintenant elle était revenue, ici, dans la salle d'examen – cette douleur qui n'arrêtait pas de se pointer ces derniers jours. Davey se sentit rougir de honte et passa une main sur son entrejambe, tout en essayant d'écrire de l'autre.

L'architrave.

Le triglyphe.

La métope.

— Bien. Les jeunes, posez vos stylos.

Davey laissa tomber son Bic sur le bureau. M. Twomey prit sa copie et l'ajouta au reste de la pile. Davey leva les yeux vers la croix et rendit son dernier soupir.

C'était fait.

*

Dans la cour, ses camarades étaient déjà trempés des pieds à la tête, à la suite d'une débauche générale de bombes à eau. Le sol était jonché de peaux de ballons éclatés, couleur néons. Davey garda la tête baissée et fila droit vers le portail. Il releva discrètement les yeux pour vérifier, par pur instinct, mais bien entendu, il savait que personne ne l'attendrait pour se réjouir avec lui.

Il parcourait toujours à pied les trois kilomètres qui le séparaient du lycée, sauf le tout dernier jour du trimestre, où sa mère venait le chercher dans sa Fiesta bleue adorée. Elle portait des lunettes de soleil et un foulard noué sur la tête – Davey savait qu'elle avait dû voir ça quelque part dans un film ; qu'elle essayait de rendre leur existence, pour quelques instants seulement, aussi belle que ça. Toute charmante qu'elle fût, c'était une tradition, supposait Davey, nimbée d'une sorte de nostalgie. À présent il avait franchi le portail désert et se précipitait le long de la route.

Au bout, il tourna à gauche, puis encore à gauche. Il leva la jambe et escalada la clôture bancale. Cela faisait un bail qu'il n'avait pas emprunté ce chemin de traverse, mais aujourd'hui, c'était l'occasion rêvée. Il passa par-dessus une autre clôture, puis en dessous d'une troisième, faisant fi des nœuds de barbelés et des écriteaux impérieux. ENTRÉE INTERDITE ! GARE AUX INTRUS ! Dans le champ voisin, du bétail était en train de boire de l'eau dans une baignoire rouillée. Le soleil avait atteint son zénith. Davey lécha ses lèvres sèches. Il pensa à Jésus recevant une éponge imbibée de vinaigre, plantée au bout d'un bâton.

Il avait lu la veille qu'un autre cas d'ESB avait été confirmé dans le comté de Tipperary. D'après les scientifiques, la maladie affectait les plaques de protéines dans le cerveau des bovins. Apparemment, le premier symptôme, c'était une démarche douteuse. Les animaux titubaient comme des ivrognes à la sortie d'un pub, avant de devenir agressifs et de s'en prendre à leurs propriétaires.

Davey pensait à eux maintenant, les propriétaires. Tous ces hommes douteux, tous en train de concocter mille combines à la fois pour gagner de l'argent. Il pensa au karma et à quel point il pouvait être moche – mais à son humble avis, ils méritaient absolument tout ce qui leur arrivait. Il s'arrêta un instant pour admirer la vue, utilisant sa main pour protéger ses yeux de la splendide cruauté du soleil. D'ici, il pouvait voir à des kilomètres, jusqu'à l'endroit où les drumlins commençaient leur ascension, traçant en escalier leur route vers le ciel. En dessous, l'herbe était froissée comme les cheveux d'un garçon sur lesquels il aurait grossièrement dormi pendant la nuit. Davey pensa à l'insomnie ; au fait de se tourner et de se retourner dans son lit jusqu'à l'aube, en pensant à des choses auxquelles il savait qu'il n'était pas censé penser.

En pensant à ce que ça voulait dire, être un élément déviant ; à ce que cela voulait dire, être réduit au silence.

Mais ensuite, Davey cligna des yeux avec un peu plus d'insistance et comprit exactement où il se trouvait – le O'Connell's n'était pas très loin. Une autre pensée lui traversa alors l'esprit (la seule qu'il pouvait mettre en pratique pour le moment en tout cas). Il reprit sa marche à travers les bois. Les troncs d'arbres étaient aussi proches et chauds que des corps dans la foule. Il passa devant l'entrepôt frigorifique délabré qui n'avait pas servi depuis des années. Même si, quand il jeta un coup de d'œil sous la porte, Davey aurait juré qu'à l'intérieur les lumières étaient restées allumées.

*

Il aurait imaginé l'ambiance un peu plus contenue, étant donné le climat d'incertitude qui avait commencé à s'installer ; les doutes encerclant les agriculteurs et leur « indiscutable » boom. Mais, en réalité, le O'Connell's était en pleine ébullition – pas le moindre signe d'inquiétude, pas la moindre trace de maladie ou de vaches violentes – à moins, bien sûr, que l'effervescence ne soit qu'une excuse pour leur faire perdre la raison.

Et, bien entendu, n'était-ce pas précisément pour ça que Davey était venu – pour perdre la raison lui aussi ?

Il avait très peu fréquenté le O'Connell's auparavant, mais depuis le seuil de la porte, il pouvait se souvenir d'absolument tout. Le drapeau tricolore accroché en hauteur, la cible de fléchettes en décomposition, la vieille crosse de hurling sur son socle, peinte aux couleurs du comté, qu'on embrassait les jours de match pour porter chance à l'équipe locale. Davey remarqua que la peinture s'écaillait par endroits. Il pensa aux lèvres contre la fibre du bois.

Il pensa à Conor, mais, bon sang, il ne pouvait pas risquer de déformer son pantalon maintenant.

Il se fraya un chemin vers le comptoir, pataugeant dans l'atmosphère chargée de fumée et de sueur, en prenant soin de ne pas croiser un seul regard injecté de sang. Il imagina ses camarades de classe en train de se préparer pour leur propre soirée de célébration – il savait que le plan était de descendre quelques canettes devant le match Allemagne-Italie, puis, le samedi, de se rendre dans les marais pour une rave de fin d'exams qui s'annonçait épique.

Ils avaient réussi à se procurer une *boombox* digne de ce nom et un tas d'ecstasy. Ils allaient tituber avec des cerveaux détraqués, exactement comme les vaches, sauf que ce serait par pur délice.

— Ça, pour une surprise.

Quand Faela Quin surgit de derrière le comptoir, Davey sursauta. Ses cheveux étaient un peu plus longs que la dernière fois qu'il l'avait vue ; son visage, tout bien considéré, un peu moins empli de colère.

— Pas besoin de prendre cet air pétrifié, lui assura-t-elle. Je ne t'avais pas parlé de mon job d'été ? Bon sang, Davey, pourquoi est-ce que tu portes encore *ce truc* ?

Il baissa les yeux sur son uniforme.

— On est obligés. Pour les examens.

— Ils ne sont toujours pas terminés ?

— C'était le dernier aujourd'hui.

— Et quoi, une pinte sur-le-champ pour fêter ça ! Amuse-toi un peu, mon neveu !

Alors même qu'elle commençait à rire, Faela avait dû sentir la corde sensible sur laquelle elle venait d'appuyer. Davey ôta son pull pendant qu'elle essayait de se rattraper.

— Tu es une espèce rare, Davey McCready, tu le sais ?

Elle lui adressa un sourire.

— Sacrément rare, nom de Dieu.

Il essaya de le prendre pour un compliment ; de marmonner quelque chose à la croisée entre un merci et des excuses quand elle lui tendit une pinte – Dieu sait qu'après tout ce qui était arrivé il ne méritait pas sa gentillesse. Mais elle balaya ses paroles d'un simple revers de main et passa au client suivant. Il remarqua que ses ongles n'étaient plus recouverts de Tipp-Ex.

Il s'installa sur un tabouret près du comptoir et commença à boire sa Stout à grandes gorgées, pour étancher sa soif. Son esprit commença à s'éclaircir, l'alcool chassant des mois entiers de dates, de faits et d'acronymes appris par cœur. Il y avait de plus en plus d'hommes qui commençaient à revenir des champs. Davey chercha son père du regard – il disait ne pas avoir mis les pieds dans un pub depuis des années, mais Davey ne lui faisait absolument pas confiance. Il se demanda d'ailleurs s'il en avait jamais été autrement.

Davey sentit sa tête devenir encore plus légère. Il passa une heure en compagnie d'un paquet de chips saveur barbecue. Il pensa à Prométhée, à Thésée, au Minotaure et à ce labyrinthe, qui avait été conçu pour tenir à distance une bête maléfique.

Il pensa à un aigle mangeant un foie contaminé et contractant l'ESB.

À rebaptiser la maladie, *maladie de « l'homme-vache » fou.*

Il regarda Faela papillonner à travers la pièce avec des piles de verres vides. Il regarda un inconnu entrer dans le pub avec un œil curieux. Ne trouvant pas ce qu'il cherchait, le type attrapa un tabouret dans un coin. Ce ne fut qu'à ce moment-là que Davey remarqua l'appareil photo autour de son cou.

Plus l'endroit se remplissait, plus Davey se surprenait à capter le fil des conversations des clients, qui discutaient tous de l'apparition de l'ESB. La première fois que la maladie s'était déclarée en Angleterre, les scientifiques avaient découvert qu'elle avait été causée par les FVO – les Farines de Viande et d'Os – une sorte d'aliment bon marché pour les animaux, fabriqué à partir d'immondes restes de carcasses de bétail bouillies. Rien que l'idée lui faisait lever les yeux au ciel. Avait-on vraiment besoin de scientifiques de renom pour savoir que transformer une vache en cannibale la rendrait complètement timbrée ? Davey pensa au prince Thyeste mangeant un ragoût fait de la chair bouillie de ses propres enfants. N'avait-il vraiment pas été capable de sentir la différence ?

Mais depuis cette découverte, les FVO avaient été complètement prohibés en Irlande, et donc maintenant il fallait que les scientifiques reviennent pour expliquer à tout le monde comment l'ESB était soudain réapparue par ici. Est-ce qu'il pouvait y avoir une autre source ? La maladie aurait-elle pu évoluer, comme un de ces super-virus ? Pouvait-on être certain de la fiabilité de la chaîne agro-alimentaire irlandaise ? Quelle que soit la réponse, des inspecteurs gouvernementaux avaient commencé à effectuer des contrôles ponctuels sur les troupeaux à travers tout le pays. Entre-temps, une arrestation avait eu lieu à la frontière, quelques jours plus tôt. Un groupe de crétins, pris en train de faire passer du Nord au Sud du bétail infecté. S'ils ne faisaient pas attention, ils finiraient par l'avoir dans le cul après tout, exactement comme les Britanniques !

Beaucoup de clients, cependant, restaient parfaitement calmes. Mis à part un ou deux cas étranges, le bœuf irlandais était irréprochable – n'avaient-ils pas vu les publicités dans les journaux qui disaient à quel point c'était le cas ? Et quoi qu'il arrive, le Taureau s'assurerait de protéger la filière. Oh oui, s'il y avait bien un homme qui pouvait veiller sur eux maintenant, c'était lui. Sur ce Davey roula des yeux avec encore plus d'exaspération – *tu parles, d'un putain de complexe du Messie !* Il émit un petit rire nerveux, l'esprit lubrifié par la mousse de la deuxième pinte, bien qu'il ait déjà décidé qu'il n'y en aurait probablement pas de troisième. Son corps avait envie d'une douche. Son estomac, de manger un peu. Sa mère aurait envie de savoir comment il s'en était sorti avec le dernier examen. Elle s'était comportée bizarrement cette semaine, posant un tas de questions étranges.

Sais-tu, mon chéri, s'il y a un bus direct qui va d'ici jusqu'au comté de Cavan ?

As-tu déjà entendu parler d'auto-stop dans le coin ?

Mais à peine levé, Davey entendit une voix à côté de la sienne dire la chose la plus étrange de toute cette soirée.

— Deux bouteilles de whisky s'il vous plaît, à emporter.

Davey se raidit, toujours face au comptoir. Il retint son souffle ; compta les rangées de bouteilles en verre brun auxquelles personne n'avait touché depuis des années. Son corps avait soudain envie d'autre chose.

— Bien, bien, bien, continua la voix. Comment se porte notre...

— Qu'est-ce que tu fais ici ?

— Je pourrais te demander la même chose. Un rendez-vous galant, c'est ça ? Tu es habillé pour l'occasion, manifestement.

Mais il n'en fallut pas plus pour que la raideur de Davey se dissipe. Il se retourna pour qu'ils soient face à face. Davey regarda fixement le sourire en coin sur les lèvres de Conor et remarqua la barbe de trois jours sur son menton, qui n'était pas là auparavant.

Le Boucher expliqua qu'il y avait eu un changement de programme.

L'un des croyants sur leur route venait d'échouer à l'inspection ESB, ce qui voulait dire qu'il avait dû céder tout son troupeau à l'abattage. Dans son désespoir, il s'était pendu à une poutre de sa grange. Le lendemain matin, sa femme l'avait trouvé. Le lendemain matin, les Bouchers l'avaient trouvée, elle, et avaient fait demi-tour.

Et Davey écoutait – bien sûr qu'il écoutait –, il ne pouvait pas porter ses yeux ou ses oreilles ailleurs, mais quand il voulut répondre, Conor détournait déjà le regard.

— Bordel de merde, qu'est-ce qu'*il* fout ici ?

Curieusement, Davey supposa qu'il parlait de son père – que Fionn s'était finalement pointé, exactement comme Davey savait qu'il le ferait. Il pensa à l'étable l'autre nuit, quand le vieil homme avait appelé son nom, et qu'ils avaient dû arrêter ce qu'ils étaient en train de faire et se mettre à courir. Mais quand il suivit le regard de Conor, il vit qu'il parlait de l'homme à l'appareil photo.

— Tu le connais ?

La lueur de jalousie fut presque étouffée, mais pas tout à fait.

— Notre *harceleur* ? Attends un peu de l'entendre – il dit qu'il veut nous capturer *tels que nous sommes vraiment*. Comme si on avait besoin qu'une énième version folklorique des Bouchers soit mise en circulation.

Davey essaya de rire encore une fois, bien qu'il ait soudain remarqué combien le corps de Conor était proche du sien.

— On lui a dit d'aller se faire voir, mais il est devenu un peu insistant. C'est Dublin tout craché, ça, qui pense pouvoir dire aux péquenots ce qu'ils doivent faire.

Quand un nouveau groupe d'hommes s'agglutina au comptoir, ils se retrouvèrent encore plus proches l'un de l'autre, la jambe de Conor frôlant la sienne.

— Il nous trouve quelque chose d'exotique. Quelque chose de primitif. Quel trouduc ! Même si je dois admettre qu'il est bien monté, tu ne trouves...

— Désolée, je n'ai pas réussi à trouv...

L'arrivée de Faela vint couper la parole à Conor, avant de couper aussi la sienne. Elle déposa les bouteilles, très délicatement, sur le comptoir. Elles étaient toutes les deux enveloppées dans un sac en papier brun, par souci de discrétion. Elle regarda Davey en plissant légèrement les yeux. Davey sentit son cœur remonter dans sa poitrine, jusqu'à sa gorge.

Nous capturer tels que nous sommes vraiment.

Mais bientôt le visage de Faela se mua en cette même gentillesse que Davey ne méritait pas ou ne comprenait pas vraiment.

— Profitez bien de votre soirée, les gars, dit-elle sans rien ajouter de plus.

Il la regarda s'éloigner, se demandant ce qu'elle avait vu – ce qu'il y avait même à voir ?

Alors que Conor avait d'autres préoccupations.

— On y va ?

Il coinça les bouteilles dans ses poches.

— Ton vieux vient de me repérer, et... je suis déjà allé chez toi, donc je suppose que c'est à mon tour de te montrer notre chez-nous.

Il déposa quelques centimes sur le comptoir pour le pourboire.

Davey sentit son cœur redescendre le long de son cou, même s'il battait encore furieusement la chamade. Il ramassa son pull de lycéen, puis changea d'avis et le laissa draper le tabouret en bois.

*

— Il était temps, bordel !

Le campement n'était qu'à dix minutes de marche – leurs pas s'étaient synchronisés ; ils ne disaient pas un mot –, même si quelque chose leur donnait la vague impression de pénétrer dans un autre monde. Davey avait senti le brasier bien avant de le voir, la même senteur fumée que celle des chips au barbecue sur sa langue.

C'était la tombée de la nuit, mais Davey pouvait encore distinguer les charrettes attelées côte à côte à l'orée de la clairière, les tentes de fortune qui semblaient n'être rien de plus que des draps blanc cassé assemblés par un enfant qui aurait voulu construire « un château » ; les chevaux attachés aux troncs des arbres, qui mâchaient des bouchées de foin provenant d'un talus ras et doré. Leur pelage si brillant qu'on aurait dit qu'ils étaient trempés.

— J'ai cru qu'on allait *mourir* de soif.

Sur une souche à droite, un des Bouchers était assis, un couteau dans une main et une pierre dans l'autre.

Conor l'ignora.

— Je te présente Davey.

Il sortit le whisky de ses poches, mais ne le remit pas tout de suite au Boucher.

— Ah, alors c'est toi le responsable de tout ce foutu retard ?

Davey regarda l'homme bien en face, essayant de se rappeler de lui chez ses parents, la semaine précédente ; de ne pas baisser les yeux sur la lame aiguisée.

— Si vous étiez si désespérés, il fallait y aller vous-mêmes, au pub.

Le chœur de rires et d'exclamations arriva de toutes les directions à la fois, tandis que les silhouettes des autres membres du groupe commençaient à se détacher de l'obscurité. Davey n'avait pas voulu être grossier. Mais le Boucher ne l'entendait clairement pas de cette oreille.

— Comme si on était les bienvenus. Quand les choses se passent bien, tout le monde est tout sourire, mais dès qu'elles se mettent à tourner mal...

— Ne fais pas attention à Mik, c'est un grincheux.

Curieusement, Davey se rappela que l'homme qui venait de prendre la parole s'appelait Cúch.

— De toute façon, la bouffe est bien meilleure ici.

Davey répondit par un petit sourire.

— Installez-vous, les gars, je vais vous chercher une assiette chacun.

*

Cúch avait raison – la bouffe était bien meilleure. Un ragoût terreux avec des brins d'herbes secs, que Davey faisait craquer comme des petits os sous ses dents. Même s'il était affamé, il essaya de manger lentement ; de profiter du repas comme excuse pour pouvoir regarder, écouter, tout absorber. L'atmosphère était détendue, mais aussi très affairée – chacun se concentrait sur ses tâches respectives –, gratter les casseroles ou polir les bottes ; rincer la vaisselle ou suspendre les chemises sur un fil. Il y avait dans tout ce remue-ménage quelque chose de presque domestique ; quelque chose, pensa Davey, de presque féminin.

— Tu es le fils de Lena ?

Au bout d'un moment, l'homme plus âgé – était-ce Sol ? – s'approcha avec un sourire, la main tendue pour les débarrasser de leurs assiettes propres.

Davey hésita.

— Ma mère s'appelle Eileen, mais…

— Mais oui ! Au temps pour moi. Une femme charmante. Je me souviens encore de quand elle n'était qu'une petite fille.

— Attendez, vous l'avez connue petite…

— Ça te va de le boire pur ? l'interrompit Conor, en lui tendant la bouteille de whisky et en lui posant la main sur la cuisse. Davey la regarda ; sentit une bouffée de chaleur en ce seul endroit bien précis – les flammes du brasier, et bien plus encore.

Quand il leva les yeux, cependant, Sol s'était déjà éloigné. Aucun des autres hommes ne faisait attention à eux. Les chevaux avaient perdu tout intérêt pour leur foin. Davey attrapa la bouteille, la plaça entre ses lèvres et sentit ses entrailles s'embraser elles aussi.

*

Bientôt la lumière du jour fut dissoute. Deux autres hommes dérivèrent jusqu'au brasier pour s'asseoir et faire tourner le whisky. Davey remarqua que, quand ils recevaient la bouteille, ils ne se donnaient pas la peine d'essuyer le goulot. Il y avait une faible houle de bavardage. Des plaisanteries allaient et venaient à travers le campement. Mik semblait plus détendu maintenant qu'il avait bu un verre. Davey pensa à son père, puis n'y pensa plus.

Il pensa aussi à quel point tout ça n'était vraiment pas ce à quoi il se serait attendu ; qu'en cours de route il avait dû les imaginer assis autour d'une table à déblatérer des contes et des vieilles chansons. À la place, un type était allongé sur le dos avec l'édition de *L'Anglo-Celt* de la veille, ouverte à la page des mots croisés.

— Une rime désordonnée. En sept lettres.

Pendant ce temps, deux autres Bouchers étaient engagés – comme tout homme qui ait jamais vécu – dans un sérieux débat sur les directions et les itinéraires ; sur la meilleure façon de se rendre de Ballintober à Ballina.

— Et la nouvelle route toute neuve, près de Castlebar ?

— Ah oui, une autre de ces jolies petites routes financées par l'Europe.

Davey pensa à sa mère et à ses récentes questions.

... un bus direct qui va d'ici jusqu'au comté de Cavan ?

... as-tu déjà entendu parler d'auto-stop dans le coin ?

Il se demanda si ça n'avait pas quelque chose à voir avec ses rêves désordonnés.

Pêle-mêle.

Si le type avait réussi à déchiffrer l'indice de ses mots croisés.

— Bon, avant d'aller se coucher...

Ce fut toutefois le plus âgé d'entre eux qui finit par insuffler un peu de cérémonie à la soirée. Quand Sol prit la parole, le débat s'éteignit d'un coup, bien qu'aucun consensus n'ait encore été adopté.

— Je voudrais porter un toast. À Paddy Dwyer.

Davey ressentit de la confusion, puis il ressentit autre chose. L'haleine chaude de Conor sur son cou.

— Le gars à qui on devait rendre visite aujourd'hui, chuchota-t-il. Celui qui s'est pendu dans sa grange.

Comme ils n'avaient pas utilisé de verres, la plupart des Bouchers se contentèrent de lever le poing.

— La disparition d'un croyant, affirma l'un d'entre eux, est toujours une tragédie.

Mais Sol s'empressa de rectifier.

— La disparition de *tout* homme est une tragédie. Et sa femme, qui l'a retrouvé pendu ? Dieu sait que ma bourgeoise ne s'en remettrait pas.

Son visage était creusé par l'empathie, les traits sens dessus dessous, mélangés comme sur une vieille carte pleine de routes bien tracées.

— À la Veuve du fermier, que nous puissions continuer d'honorer son chagrin. Bien, les gars, on décolle tôt demain. Davey, quant à toi...

Malgré la douleur, Sol lui adressa un gentil hochement de tête.

— Ce fut un plaisir. Tu es le bienvenu quand tu veux.

*

De nouveau, ils marchèrent en silence. Davey pouvait sentir le whisky sur son front. Il n'avait pas envie de rentrer chez lui. Il avait envie de savoir ce qu'un mot comme

« maison » pouvait signifier pour des hommes qui dormaient sous des tentes de fortune.

Entre toutes choses, il parla du vieil homme.

— Sol a dit qu'il se souvenait de ma mère.

— Ça ne m'étonnerait pas, répondit Conor. Il fait ça depuis presque cinquante ans – se souvenir de tout le monde. On dit que sa femme lui avait fait promettre d'arrêter d'être Boucher quand ils auraient des enfants, mais il s'est avéré qu'ils ne pouvaient pas en avoir. Puis il lui a promis de prendre sa retraite à soixante ans – sa santé n'est pas excellente –, mais entre-temps elle a pu voir combien il aimait ça ; combien il avait envie de continuer. Alors en fin de compte elle a accepté – elle lui a dit qu'une promesse du passé était dépassée – et maintenant il l'appelle « Mme P. », pour faire court.

Conor s'interrompit. Puis :

— Ce qui me fait penser que je vais devoir te trouver un joli petit surnom.

Davey sentit une nouvelle bouffée de chaleur lui monter au visage. Il se creusa les méninges pour ne trouver qu'une suggestion timide. Puis il réalisa qu'ils avaient rejoint la route principale, et qu'il n'était en fait pas si timide que ça.

— Quand est-ce que je te revois ?

Conor jeta un regard à travers champs. Un troupeau de moutons tondus essayait sa nouvelle peau. Les cheveux de Conor tombaient sur ses oreilles en boucles jaune pâle.

— Le changement d'itinéraire a tout chamboulé. Et nous allons devoir réévaluer la situation si certaines exploitations sont bel et bien contaminées.

En se retournant, cependant, il avait dû voir l'expression de Davey.

— Je suppose que je pourrais… Tu viendrais au O'Connell's samedi soir ?

Davey essaya très fort de ne pas bondir sur la proposition. Au lieu de cela, il se contenta de hocher la tête.

— Vous devriez tous venir. Je te jure que ça ne dérangera personne.

Il repensa à la gentillesse de Faela cet après-midi ; à ce qu'elle avait pu voir ou ne pas voir. Et il essaya de toute ses forces de ne pas broncher, quand Conor se pencha en avant pour poser sa bouche contre la sienne – sans langue ni dents, sans mains crispées ni souffle coupé comme dans l'étable –, mais avec une tendresse qui le laissait encore plus confus, encore plus excité.

Il rentra lentement chez lui, le whisky inventant des mots croisés dans sa tête, aux indices entrelacés. Il ne savait pas comment il était censé les assembler. Il savait seulement que le samedi soir serait le début – ou peut-être la fin – de tout.

Je te jure que ça ne dérangera personne.

Il savait à présent qu'une promesse du passé était dépassée.

Fionn

Comté de Monaghan, juin 1996

— Fergus, c'est Fionn. Fionn McCready. Il est sept heures et demie passées, on est samedi après-midi. Ou plutôt samedi soir, à ce stade. Enfin je suppose que c'est une question de point de vue. J'appelais juste pour prendre des nouvelles. Ça fait plus d'une semaine maintenant, et je me demandais... Je comprends que la dernière virée a été un sacré bazar, mais tu me tiendras au courant, pour la prochaine, n'est-ce pas ? Sinon, très franchement, s'il y a quoi que ce soit d'autre que je puisse faire pour donner un coup de main au Taureau. C'est juste que... Bref, écoute. On se parle bientôt, d'accord ?

Fionn reposa le téléphone sur son socle et attendit comme s'il pouvait soudain revenir à la vie, comme Lazare d'entre les morts. Le cordon s'enroulait au niveau de ses genoux, puis repartait vers le haut. Fionn essayait de se limiter à trois appels téléphoniques par jour. L'« acharnement », c'était un concept qu'il connaissait bien. Mais il connaissait aussi celui de « profil bas ». Il savait que l'opération de la semaine précédente avait été, tout bien considéré, un fiasco spectaculaire ; que les *gardaí* avaient été ravis de les jeter, lui et

Fergus, dans les confins pisseux de cette cellule du poste de frontière. Et il savait aussi qu'ils avaient été furieux d'avoir eu à réapparaître le lendemain matin, pour leur annoncer un « changement de circonstances ».

Peu importe combien le Taureau avait glissé dans la poche arrière de l'uniforme de leur patron, ces braves types avaient été clairement peinés de devoir les remettre en liberté.

Alors bien entendu, il n'était pas question de donner à ces branleurs de l'opération Matador une autre occasion de les attraper. Mais en dehors de ces singeries à la frontière, Fionn savait que le Taureau avait d'autres combines, taillées pour amasser de l'argent dans sa manche sur mesure. Donc il devait juste contacter Fergus Hynes et lui laisser entendre qu'il était prêt à faire le nécessaire ; juste remplir cette fichue cagnotte avant que tout le reste ne soit spectaculairement foutu lui aussi.

— Tu parlais à quelqu'un ?

Fionn revint à la vie avec un sursaut.

— Seigneur.

— Non, ce n'est que moi.

Le rire d'Eileen était si doux.

— On a mauvaise conscience ?

Fionn savait qu'elle ne faisait que le taquiner, et pourtant.

Elle portait une robe de chambre molletonnée et une serviette enroulée autour de sa tête, comme une reine d'un pays lointain. Un dispositif qui avait le mérite de cacher le peu de cheveux qu'il lui restait en dessous. Fionn happa au passage une bouffée entêtante de lavande.

— C'était bien, ton bain ?

— Fionn, on n'aurait pas des cartes, à la maison, par hasard ?

Si elle avait entendu sa question, elle avait décidé de l'ignorer. Elle n'avait fait aucun commentaire sur son absence l'autre jour. Elle avait probablement supposé qu'il était tellement occupé à nettoyer ses champs qu'il en avait décidé de ne pas venir déjeuner. Dans la cellule, sa plus grande crainte avait été – la loi de Murphy – que ce soit ce jour-là que le cerveau d'Eileen choisisse pour débloquer et déclencher une nouvelle crise. Il l'avait imaginée allongée là, tremblant comme un papillon de nuit autour d'une ampoule. Dieu sait que ses ailes étaient aussi délicates que les leurs.

— Des cartes ?

Même si son cauchemar ne s'était pas concrétisé, c'était là une preuve supplémentaire que le cerveau d'Eileen était toujours dérangé. Il jeta un coup d'œil au téléphone. Si seulement il avait une adresse où trouver Fergus Hynes.

— Tu veux dire un atlas, mon amour ?

— Une simple carte IGN. Avec les routes locales, les comtés voisins – ce genre de choses.

Fionn fronça les sourcils ; se demanda si ça avait quelque chose à voir avec sa dernière cuvée de rêves.

— Et si...

Sa réponse, cependant, fut coupée net par le martèlement des pas dans l'escalier. Davey se précipita hors d'haleine dans la cuisine. Il portait une chemise qui avait l'air d'avoir fait la cour à un fer à repasser, et dans les cheveux une couche de gel beaucoup trop généreuse. Ses yeux allèrent d'un parent à l'autre. C'était si rare de se retrouver tous les trois dans la même pièce.

— Je sors, dit-il en vitesse. Prends soin de toi, maman.

— Toi aussi, mon poussin.

Fionn les vit échanger un regard d'amour immaculé. Il vit qu'ils ne le partageaient pas avec lui.

Aussi vite qu'il était arrivé, Davey avait de nouveau disparu. Fionn crut sentir une autre odeur – musquée peut-être. Une fois Davey parti, il demanda :

— Est-ce qu'on devrait se faire du souci pour lui ? Il se comporte encore plus bizarrement que d'habitude.

Eileen y alla du même rire doux que tout à l'heure.

— Non, mon chéri, je ne pense pas qu'il faille se faire du souci. Il cherche sa voie, c'est tout.

Quand elle disparut elle aussi, Fionn fut pris d'un pincement inopiné, se demandant si sa femme vivrait assez longtemps pour voir le jour où leur fils farfelu conduirait une fille farfelue à l'autel.

Pour se remonter le moral, Fionn repensa – comme il le faisait si souvent – au moment où il avait posé les yeux sur Eileen pour la toute première fois. Il avait été envoyé quelques semaines à la ferme de son oncle mourant, pour donner un coup de main pour la saison des vêlages. Fionn restait éveillé jusqu'au petit matin, l'iode, les cordes et la vêleuse à portée de main. Il avait compris que l'heure était proche quand les filles s'étaient mises à tourner en rond, se levant, se rasseyant, reniflant la terre pour voir si quelque chose était déjà sorti.

Il y avait, pour le moment, dix veaux. Onze, en comptant celui qui n'avait pas réussi à aller jusqu'au bout. La peau était d'un bleu si cru qu'il était clair que le petit n'était plus de ce monde depuis un moment. La mère l'avait tout de même léché, déterminée à ce que l'amour et l'instinct soient plus que suffisants pour faire un miracle. L'oncle de Fionn vivait seul à la ferme. Il n'avait jamais eu d'enfants.

Mais même avant cette visite, Fionn s'était demandé s'il ne finirait pas par connaître le même sort – ce n'était pas si rare, les types trop dévoués à leur terre pour se donner la peine de chercher à se mettre en ménage. Certains attendaient jusqu'au tout dernier moment, puis se rendaient au bal de l'Amour – dans la tristement célèbre salle des fêtes de Leitrim, saturée de valses, d'hormones et d'ultimes tentatives de la dernière chance. Et puis il y avait, bien entendu, le festival annuel des Rencontres à Lisdoonvarna, avec des questionnaires à remplir et des couples qui s'arrangeaient sur l'heure. Les rumeurs disaient que l'ambiance était bon enfant – ils faisaient venir des groupes de country qui se débrouillaient pas trop mal. On disait aussi que le taux de conversations engagées était tout à fait satisfaisant.

Mais après que le douzième veau avait enfin réussi à sortir, Fionn était parti faire une promenade dans le village de son oncle, pour fêter ça. Il avait pris une saucisse panée et des frites avec son thé, une double portion, pour la peine. Devant le vidéoclub, il l'avait trouvée en train de regarder fixement le poster en vitrine : Elizabeth Taylor, avec son regard sensuel et ses lèvres pulpeuses. Quand il avait demandé, elle lui avait répondu qu'elle s'appelait Lena et qu'elle était née un peu plus haut dans la rue ; qu'elle aimait aller au cinéma, mais qu'à part ça elle s'ennuyait à mourir. Elle n'avait rien dit au sujet de sa sœur, ni des croyances de sa famille (même s'ils allaient devoir s'y confronter bien assez tôt). Elle n'avait pas demandé la permission avant de tremper l'une de ses frites dans sa mare de ketchup.

En l'espace de quatre semaines, son oncle décéda, les douze veaux furent vendus et Eileen accepta de devenir son premier rôle féminin. Deux décennies plus tard, Fionn s'enivra à en devenir tellement stupide que ses poings lui brisèrent le nez, la mâchoire et le cœur. Une année supplémentaire, et on lui diagnostiquait une tumeur au cerveau, et il savait, sans l'ombre d'un doute, que tout était de sa faute.

Il pensait avoir enfin découvert comment se racheter.

Et il semblait soudain que son plan ne pourrait peut-être pas aboutir.

*

Il s'arrêta juste devant la porte du O'Connell's, essayant de décider si oui ou non il était sur le point de commettre une autre erreur catastrophique. Derrière lui, le parking était bondé – à minuit, ils iraient tous naviguer sur les routes de campagne, rentrant chez eux dans l'hébétude et avec des embardées impressionnantes. Au-dessus de lui, les nuages étaient imprégnés d'un rouge violemment écarlate.

Si le soir le ciel est rouge, le berger est content[1].

Fionn eut une pensée pour les Bouchers. Dieu sait qu'il croyait plus que jamais aux superstitions ces temps-ci.

Cela faisait trois ans qu'il n'avait pas mis les pieds au O'Connell's – ou dans tout autre pub, d'ailleurs. Il se lécha les lèvres et répéta sa commande dans sa tête. *Une pinte de limonade rouge*[2]*, sans glace.* C'était comme apprendre une langue étrangère.

Il avait décidé de se donner une heure et si, d'ici là, il n'y avait toujours aucun signe de Fergus Hynes, il arrêterait les

1. Expression populaire anglaise.
2. En Irlande, il existe deux types de limonade : blanche et rouge.

frais. Mais quand Fionn prit une inspiration puis entra, la première chose qu'il remarqua dans la pièce fut la fameuse mèche blanche. La deuxième, le nuage rance de bière et de chaleur qui l'accueillait dans l'arène, si solide et si épais qu'on aurait presque pu le mâcher. Il se faufila à travers la foule compacte ; entendit quelqu'un fredonner les premières notes d'une vieille ballade.

— J'y crois pas !

L'exclamation de Fergus était si agressive qu'elle fit se redresser d'un coup dans son fauteuil tout le reste de l'équipage.

— Le ravi de la crémerie en personne.

Il y eut une nuée de rires flegmatiques.

— Et pile au moment de payer sa tournée.

Fionn ouvrit la bouche puis la referma ; il se contenta de hocher la tête puis se dirigea vers le comptoir, contournant la foule rassemblée sous la télé. Il présuma que c'était pour le foot – il savait qu'aujourd'hui c'était les quarts de finale de l'Euro 96. Mais Fionn vit qu'à l'écran c'était en fait le président de l'association des agriculteurs irlandais, prononçant un énième discours – demandant qu'il en soit fait davantage pour protéger le bœuf irlandais. La confiance des consommateurs continuait de s'effriter ; l'origine de l'apparition de l'ESB en Irlande n'avait toujours pas été officiellement confirmée. À ce rythme, toutes les coutures du système menaçaient de s'effilocher.

Fionn sentit que ses propres coutures ne tenaient plus qu'à un fil, extrêmement fin.

— Monsieur McCready, qu'est-ce que je peux vous servir ?

Faela Quin, quelle surprise. Non pas que Fionn n'ait pas entendu dire qu'elle travaillait ici maintenant, mais parce qu'il avait imaginé qu'elle était la raison pour laquelle Davey s'était mis sur son trente-et-un ce soir – des retrouvailles. Il avait dû se mélanger les pinceaux, cependant – il devait y avoir une autre fille dans le tableau – Fionn était loin d'avoir tout saisi.

— Ça faisait une éternité que vous n'étiez pas venu.

Ce coup-là, Fionn aurait juré qu'il y avait dans ses mots une pointe d'insinuation, mais, bien entendu, il savait que la situation n'était pas ce qu'elle paraissait. Il savait que plus vite les pintes seraient versées, plus vite il pourrait aller discrètement glisser un mot à l'oreille de Fergus, et se tirer enfin de ce trou perdu.

*

— Qu'est-ce que t'en dis, Vache à lait ?

Faela lui avait au moins fourni un plateau, donc il put apporter tous les verres en une seule fois. Les mains crasseuses s'empressèrent de réclamer leur part. Sans rien ajouter de plus que quelques grognements de gratitude.

— Ce que j'en dis de quoi ?

— Oh, Mossy est juste un peu en colère parce qu'un autre importateur européen a annulé son contrat hier. Il a peur que, s'il se retrouve ruiné, sa bourgeoise mette les voiles.

— Et elle *pourrait* le faire, se lamenta Mossy. En bonne et due forme. Grâce à cette saleté de nouvelle *loi*.

Fionn s'assit. Il savait que Mossy faisait référence au projet de loi sur le divorce qui devait être adopté le lundi suivant. C'était officiel – un mariage n'était plus censé durer pour toujours.

— T'arrives à le croire, toi ?

Fergus bafouillait à côté de Fionn.

— Mais où va le pays ? D'abord les gays et maintenant ça.

Fergus, quant à lui, faisait référence à une autre nouvelle loi, qui avait été mise en place trois ans plus tôt – celle qui dépénalisait l'homosexualité. L'Irlande moderne était en route, oh oui. Mais personne ne les avait prévenus qu'il y avait un prix très moderne à payer.

— Un pays de pédés et de divorcés.

À tort ou à raison, Fionn avait été terrifié à l'idée qu'Eileen le quitte après ce qu'il avait fait, mais au lieu de cela, elle avait respecté son engagement – *pour le meilleur et pour le pire* – et maintenant, c'était à lui de respecter le sien – *dans la santé et dans la maladie*. Il pensa à leurs vingt-cinq ans de mariage. Il voulait qu'il y en ait beaucoup plus encore.

— Fergus, murmura-t-il, je me demandais si je pouvais te dire un petit mot ?

— C'est ce que le prêtre a dit à la messe ce soir.

C'était Briain Ní Ghríofa qui parlait à présent.

— Que l'âme de ce pays est en train de partir en fumée.

— Peut-être que c'est *ça* qui a amené l'ESB ici – la punition d'un dieu en pétard.

— Un peu trop Ancien Testament pour être honnête, vous ne trouvez pas ?

Fionn engloutit sa limonade et se demanda si Eileen pourrait se joindre à lui à la messe du lendemain ; s'il ne devait pas carrément l'emmener en pèlerinage à Lourdes – mais oui, n'était-ce pas là-bas que les bigots amenaient tous leurs malades pour qu'ils guérissent ? Un petit plongeon rapide dans l'eau bénite, et *hop*, les tumeurs et les crises d'épilepsie se feraient la malle pour de bon ?

— Fergus, c'est à propos du boulot, essaya-t-il encore. J'ai envie de continuer, tu comprends ?

— Ah oui, et tu as une meilleure idée d'où est-ce que ça pourrait venir ?

— Et ce pesticide dont ils disent qu'il contient des substances chimiques douteuses ? Le même que celui utilisé par les nazis ?

— Fergus, chuchota Fionn un peu plus fort, *s'il te plaît.*

— Ou alors les blaireaux. C'est pas eux qui ont propagé la tuberculose ?

— Abattons ces fumiers avant qu'il ne soit trop tard.

— Plutôt tirer sur ces enfoirés de Matadors.

— Elle va me quitter, gémit Mossy. Je le sais déjà !

Jusqu'à ce que, finalement, Fergus pose son verre et se retourne lentement. Il passa sa main dans ses cheveux, une masse noire et sale, rehaussée d'un éclat argenté maussade.

— Le Taureau, bredouilla-t-il, n'a plus de travail à distribuer.

Il approcha son visage jusqu'à ce que ses bajoues se trouvent à quelques centimètres de celles de Fionn. Un relent de bière fétide s'échappa de sa bouche.

— En fait, tu veux que je te dise un secret, Vache à lait ?

Fionn se contenta de hocher la tête pour dire que oui, il voulait bien.

— C'est terminé, tout ça, dit Fergus avec un sourire narquois. *Kaput.*

Fionn se leva dans une telle panique qu'il se cogna contre la table, récoltant une douleur fulgurante dans la rotule gauche, pour la peine. En traînant sa patte folle, il pensa à Glassy et à son pas clopinant, au jive spasmodique à chaque fois qu'elle entrait dans la cour.

Le pub était maintenant plein à craquer. Plus aucune place assise. Alors Fionn dut jouer des coudes pour se frayer un chemin au milieu de tous ces types debout. La chaleur de la foule lui empesait les narines. Une poignée de corps plus ivres que les autres recula. *Regarde où tu vas, mon pote !* La vitre de la porte d'entrée était couverte de buée, et à côté, un jeune homme était assis sur un tabouret. Auréolé d'un air de propreté, si démesurément soigné qu'il jurait avec cet endroit immonde à des kilomètres à la ronde.

— Davey ?

Le cerveau de Fionn lutta, encore une fois, pour donner un sens à ce qui était en train de se passer.

— Qu'est-ce que tu fais là ?

Mais très vite, tout devint beaucoup plus clair – son fils attendait Faela ; il l'emmènerait faire un tour une fois qu'elle aurait fini son service. Quelque part dans sa panique, Fionn ressentait de la joie, ou peut-être même du soulagement à l'idée que les deux petits soient de nouveau ensemble.

Davey se leva pour aller à sa rencontre.

— Tu ne trouves pas que c'est un petit peu fort, de *ta part* ?

Il semblait soudain plus grand que d'habitude – presque une tête de plus que Fionn.

— Je viens juste d'arriver.

Fionn fit de son mieux pour garder son calme.

— Et je m'apprêtais à rentrer à la maison. Ça va bien, oui ?

Mais bien entendu, tout était loin d'aller bien – même si Fergus ne lui avait pas dit à quel point, à présent, Fionn pouvait le sentir monter dans l'air vicié. La moiteur et la boisson ; la foule agitée, son bourdonnement.

— Davey, je ne crois pas que tu devrais rester.

— Je te demande pardon ?

— Les choses vont se gâter, poursuivit Fionn, toujours aussi calme que possible. Avec tout ce qui s'est passé, et le discours du président cet après-midi... Je t'assure, je suis certain que Faela comprendra – tu ne voudrais pas plutôt rentrer à la maison avec moi ?

Les yeux de son fils examinaient attentivement la question, tandis que Fionn priait pour qu'ils finissent par trouver ce qu'ils cherchaient. Les yeux de Fionn le regardaient fixement eux aussi, à la recherche d'un indice qui puisse l'éclairer sur tout ce qu'il ne savait ou ne comprenait pas à propos de son fils.

Tu veux que je te dise un secret, Vache à lait ?

Mais quand les portes du pub s'ouvrirent, leurs regards furent arrachés l'un à l'autre et vinrent se poser sur les hommes qui, très lentement, entraient en file indienne. Après le huitième, la porte se referma en claquant – un bruit très net parce que tout le monde, d'un seul coup, devint complètement muet.

Personne ne bougeait, toute la salle était pétrifiée, en attendant que quelqu'un – n'importe qui – décide de la suite des événements. Fionn jeta un coup d'œil à la télé, qui diffusait maintenant la météo : encore de la pluie. Il jeta un coup d'œil à Davey, dont les joues avaient viré au rouge écarlate.

Le silence s'étira, s'étira. Puis il s'étira une seconde de trop, jusqu'à ce que Martin Flahey se lève et se charge de l'accueil.

— Soyez les bienvenus.

Fionn n'avait même pas réalisé qu'il était là.

— Sers quelque chose à boire à tes clients et nous, on fera comme si de rien.

Un ordre subtil mais clair – à l'usage des deux parties ; une sorte d'avertissement, ou de trêve tacite. Les clients poussèrent un soupir et reprirent le cours de leurs complaintes, de leurs théories d'ivrognes sur la propagation du virus. Dieu sait qu'ils avaient d'autres chats à fouetter que ces imbéciles de gitans en salopette.

— Excusez-moi !

Un type en chemise à carreaux essayait de se faufiler par l'arrière, en tenant son appareil photo au-dessus de sa tête pour le préserver des gesticulations de la foule.

Fionn le regarda faire – probablement un de ces nigauds de touristes yankee, lancé sur la piste de ses ancêtres par les tours opérateurs –, puis il se tourna vers Davey.

— On devrait y aller, répéta-t-il. Je suis sérieux, fiston. L'ambiance ne me plaît pas du tout. Ta mère sera...

Le bris du verre l'arrêta net. Cet immense silence était de retour – le souffle collectif, mis en suspens. Cette fois, il s'étirait bien trop loin pour que les choses ne tournent pas mal. Cette fois, même Martin Flahey resta bouche bée.

Fionn se retourna pour voir d'où venait la violence ; qui avait rompu, si rapidement, la paix. À l'autre bout de la salle, Fergus Hynes avait réussi à se redresser en titubant. Les éclats de verre scintillaient sous la table tout autour de lui.

— Et si c'était cette bande de connards ?

L'accusation était si vague, si imprécise, et pourtant, d'instinct, tout le monde sut exactement ce qu'il voulait dire. Ce qui montrait bien, malgré les faux-semblants, que les doutes de chacun allaient tous dans la même direction.

— Appelons un chat un chat, continua Fergus, un peu plus fort, en bredouillant un peu moins. *Ils sont* l'origine de cette maladie qui se répand chez nous. Eux, avec leurs conneries sataniques et leurs malédictions sinistres. On sait tous ici que ce sont de sales profiteurs, prisonniers du passé.

Fionn tressaillit, mais pas autant qu'il vit Sol et Cúch tressaillir eux aussi. Il ne savait pas s'ils l'avaient repéré dans la foule. Dans d'autres circonstances, une autre vie, il les aurait tous invités à prendre une table dans un coin ; à simplement s'asseoir et à discuter.

— Tu veux bien aller te faire voir, oui.

Mais dans cette vie, malheureusement, l'un des Bouchers s'avançait pour prendre Fergus Hynes à partie.

— Vous l'avez bien cherché, vous autres.

Il était jeune, il avait le regard pétillant et une espèce de scénario à la Curly Sue dans la tête.

— Toutes vos magouilles et vos petites affaires et vos...

— Conor, arrête. S'il te plaît. Il n'en vaut pas la peine.

La dernière personne à se lancer, cependant, fit tressaillir Fionn plus que n'importe qui d'autre. Davey connaissait le nom du jeune Boucher. Davey posait sa main sur la sienne et leurs doigts, l'espace d'un instant, s'étaient entrelacés.

Le cerveau de Fionn était en train de remonter le cours de la semaine, l'arrestation et la cellule du poste de frontière, la visite des Bouchers et le bruit étrange qu'il avait entendu dans l'étable, quelque chose comme la voix d'un homme qui sanglotait – ou y avait-il deux hommes ? se demandait-il à présent – quelque chose comme des pas qui prennent la fuite en courant.

Puis il entendit les mots de Fergus, tout à l'heure :

Un pays de pédés et de divorcés.

Et ensuite :

D'abord les gays et maintenant ça.

Il entendit le touriste avec l'appareil photo au-dessus de sa tête :

Excusez-moi !

Il en avait entendu plus qu'assez.

— Arrête.

Tout à coup, qu'il le veuille ou non, la salle n'eut d'yeux que pour lui. Fionn regarda son fils, ses cheveux gominés. Il regarda les hommes tout autour d'eux, prêts à bondir – guettant une proie facile sur laquelle déverser leur rage écumante.

— Écarte-toi de lui.

En vérité, il avait à peine effleuré Conor – il l'avait juste bousculé un peu et éloigné la main de Davey. Comme s'il était retombé en enfance, cherchant à attraper quelque chose qu'il n'avait pas le droit de toucher ; quelque chose d'interdit ou qui pourrait lui faire très mal. Mais il n'en fallut pas plus pour briser cet instant en mille éclats de rasoir. DOB lança le premier coup de poing, qui atterrit en plein sur l'arête du nez de Cúch. Le sang gicla, noir comme de la bière brune. Et puis le coup suivant retentit, un autre éclat de verre, des mois de haine et de frustration, explosant dans huit directions différentes. Fionn pensa à un pistolet dans une boîte à gants, chargé, attendant que quelqu'un vienne enfin appuyer sur la gâchette.

Interlude

New York, janvier 1998

À trois pâtés de maisons du musée, le restaurant est embué de chaleur. À force de piétiner la neige fondue des rues, tout Manhattan est en quête de nourriture réconfortante. Au creux de leur banquette douillette, ils commandent deux tasses de café et une part de tarte aux myrtilles. Ronan donne une pichenette dans un sachet d'édulcorant de la marque Sweet'N Low, même s'il n'a pas la moindre intention de l'ouvrir.

En face de lui, la fille porte toujours son manteau malgré la touffeur ambiante étourdissante, et ce visage qu'il est certain d'avoir déjà vu quelque part.

— Et voilà, les amis.

Quand la serveuse se penche pour remplir leurs tasses, Ronan prend soin de détourner les yeux. Il y a un couple âgé assis sur la banquette de derrière, drapé dans des écharpes en laine rouge assorties. Ils se nourrissent l'un l'autre d'une pile de très gros pancakes, bien qu'il fasse presque nuit dehors. Ronan est tenté de sortir son appareil photo. Le monde en instantané, pile au moment où l'on s'y attendrait le moins.

— Je voulais vous poser quelques questions sur *Le Boucher*.

Le sachet éclate au niveau du pli. Ronan balaie les granules avec le revers de sa main, puis divise le petit tas en lignes blanches bien nettes. Un fantôme de sa vie antérieure, souriant avec malice par-dessus son épaule. À la fois si proche et tellement lointain. Déjà, ses yeux semblent d'un vert encore plus vif, comme s'ils avaient décongelé.

— Ok.

Il boit son café à petites gorgées.

— Que voulez-vous savoir ?

— L'homme sur la photo, commence-t-elle. Il faisait partie d'un groupe d'abatteurs itinérants, n'est-ce pas ?

Il acquiesce.

— Qui a existé pendant des centaines d'années, jusqu'à sa dissolution en 1996 ?

Ronan se demande quel âge elle aurait eu à l'époque.

— Et est-ce que je me trompe, si je dis que c'était la même année que le drame de l'ESB ? Un sale temps pour le bétail, hein ?

Contrairement aux autres, cette question le fait rire. Il se souvient qu'elle a dit que c'était sa dernière nuit à New York. Il se demande à quel hôtel elle est descendue.

Malgré ses angoisses et ses pilules, il a réussi à nouer quelques relations au fil des ans, même si elles se terminent toutes sur le même reproche. Quelque chose à propos du fait d'être distant, et de faire passer sa carrière avant toute chose – et tout le monde.

Et lui de toujours faire remarquer qu'il n'est pas distant du tout – qu'il est, manifestement, très facile à lire – parce qu'elles ont raison : la photographie a toujours été la priorité.

Cela fait maintenant cinq ans qu'il est sevré, mais il n'en est pas devenu moins dévoué à son travail. En fait, aujourd'hui encore, ça reste ce qu'il y a de plus stable dans sa vie.

Pourquoi, alors, ses questions le troublent-elles tant ?

— De la chantilly, sur les myrtilles ?

La serveuse est revenue avec une part de tarte fumante et une boule de neige de crème fouettée sur le côté.

— Vous êtes sûr que vous n'en voulez pas ?

La fille part à l'assaut sans tarder. Elle attrape sa fourchette et défait le treillis du feuilleté, bouchée après bouchée.

Même quand elle mange, ses mouvements éveillent en lui quelque chose de tellement familier. Il se creuse les méninges – il se rapproche. Bien qu'en la voyant racler le jus il ait le sentiment qu'elle se rapproche de quelque chose elle aussi.

— Et n'était-ce pas en juin de la même année qu'a eu lieu le carnage au O'Connell's ?

Elle a émietté le gros morceau de croûte. Le reste n'est plus qu'un jeu d'enfant.

— Quand les gens du coin se sont mis à voir rouge, un soir, et qu'ils ont réduit les Bouchers en bouillie ?

Elle pose son arme sur la table. Elle en sait beaucoup plus qu'elle ne le laissait penser de prime abord.

Par-dessus son épaule, Ronan voit le couple se préparer. Ils enroulent leurs écharpes assorties autour de leur cou. Dans son esprit, ses yeux voient un sol couvert d'éclats de verre brisé. Ils voient un homme presser la gorge d'un autre homme, jusqu'à ce qu'elle fasse *plop*.

La cloche au-dessus de la porte carillonne, ramenant Ronan au restaurant. Il observe le couple à travers la fenêtre, qui se hâte de traverser le carrefour et de s'enfoncer dans la nuit. Il les photographierait en noir et blanc, pour qu'ils soient les seuls à savoir que leurs écharpes étaient de la même couleur. Il sait que certains secrets ne doivent jamais être partagés avec quiconque.

— Puis quelques jours plus tard, l'un des Bouchers a été retrouvé mort, pendu à un crochet, et quelqu'un a appelé les *gardaí* et…

— C'est terminé, les amis ?

Quand il sursaute, Ronan jurerait que la fille laisse s'échapper un sourire. La serveuse n'a rien remarqué, elle se contente de débarrasser l'assiette.

— Je peux vous apporter autre chose ?

Il fait non de la tête. Quand ils sont de nouveau seuls, c'est enfin à lui de poser des questions.

— Qui êtes-vous ?

Cette fois, la fille a un sourire plus qu'explicite. La vapeur de son café lui monte aux joues.

— Vous ne vous souvenez vraiment pas du tout, n'est-ce pas ?

Il se sent faible soudain. Il aurait dû commander une part de gâteau après tout. Il ferme les yeux et laisse passer le terrible blizzard dans sa tête. Il avait seulement besoin d'un peu d'obscurité. Parce que ça y est : il a mis le doigt dessus. Il l'a, elle. Et à présent, son esprit sort du restaurant, s'élance vers l'est au-dessus de l'Hudson, traversant les rues les unes après les autres, jusqu'à son studio de Williamsburgh, où il y a une autre photo que personne n'a jamais vue – la seule de son portfolio qu'il n'a pas prise lui-même.

Il l'a découverte des semaines après leur nuit ensemble, tandis qu'il développait le film. Elle avait dû chiper l'appareil photo pendant qu'il dormait ; fixer l'objectif et appuyer sur le bouton.

Elle avait dû juste vouloir, il l'a réalisé bien trop tard, être vue.

Alors ce soir, ce doit plus ou moins être la même histoire. Il ouvre les yeux et prononce son nom. Il remarque les traits – si évidents maintenant. Les yeux verts sauvages. Les constellations de taches de rousseur. Les dents pas tout à fait droites, mais assez proches.

— Grá, dit-il de nouveau, cette fois-ci avec un peu moins de conviction. Il sait que c'est le diminutif de « Gráinne », qui en irlandais veut dire « grâce ». Mais aussi que le mot en soi veut dire « amour », tout simplement.

Il sait aussi que cela fait plus de vingt ans, alors peut-être qu'il est en train d'avoir des hallucinations ? Même sans ses cachetons, son système ne tourne encore pas tout à fait rond – il a parfois des terreurs nocturnes. Il baisse les yeux sur la boue noire de sa tasse, et il comprend.

Il n'y a pas d'hallucinations, il n'y a qu'une dernière question, qui doit être posée :

— Dites-moi, Úna, qu'est-ce que vous attendez de moi ?

Úna fait son plus beau sourire, le félicitant – enfin – d'avoir relié tous les points ; d'avoir aligné les granules.

— Je vous l'ai dit, Ronan, je veux juste vous poser quelques questions sur ce qui s'est passé.

Les myrtilles ont teinté ses lèvres d'un violet sombre et ruisselant.

— J'ai juste besoin que vous me disiez la vérité.

Grá

Comté de Cavan, juillet 1996

Elles parcoururent en silence le champ stérile. La tête baissée, comme si elles priaient. Ça devait ressembler à une procession funèbre – pour une personne disparue, peut-être une renarde disparue –, mais il n'en était rien. Ou du moins, pas encore.

Mme P. baissait simplement les yeux pour regarder le chemin – elle était un peu plus âgée maintenant, un peu moins stable sur ses jambes –, pendant qu'Úna ratissait les herbes folles en quête de trésors, la faim de pie des jeunes enfants ne l'ayant pas encore tout à fait quittée. Quant à la tête de Grá, elle était courbée par le poids des ruminations et de la culpabilité. Grá n'avait pas besoin de faire attention à là où elle mettait les pieds – elle connaissait la route du lac par cœur. Elle s'y était rendue quotidiennement pendant un certain temps. D'abord seule, puis accompagnée, et de nouveau complètement seule.

Elle s'immobilisa un instant pour faire craquer sa nuque à gauche, puis à droite. Elle avait de nouveau perdu du poids, son corps était redevenu squelettique.

Pour être tout à fait honnête, aujourd'hui, elle aurait préféré faire l'excursion en solo, mais c'était les vacances d'été, ce qui voulait dire qu'Úna était tout le temps dans les parages. À l'époque de l'école à domicile, Úna appréciait ce genre de coupure – elle passait des journées entières dans son petit monde à elle –, tandis que Grá était ravie que, très occasionnellement, elle lui demande de se joindre à elle. Mais depuis l'après-midi où la viande avait volé dans tous les sens, Úna n'était plus tout à fait la même. Grá était entrée dans la cuisine ce matin et l'avait trouvée en train de fixer ses genoux d'un œil morne. Elle avait pensé aux renardeaux.

— Tu veux venir te baigner avec moi, ma chérie ?

Elle avait imaginé qu'Úna répondrait sans hésiter. Au lieu de cela, elle avait pris un moment avant de lever les yeux, tout sourire.

— Une virée entre filles ?

Le temps aurait pu être un peu plus clément – la brise était fraîche, presque automnale –, bien que Grá essayât de ne pas penser aux saisons. Parce que penser aux saisons, ça voulait dire penser aux dates. Ce qui, bien entendu, voulait dire se rappeler que le mois de juin était terminé.

Ce qui voulait dire que Cúch n'était pas rentré à la maison comme il l'avait promis.

— C'est par ici ?

Grá leva les yeux. Mme P. était en tête, fronçant les sourcils à côté d'une barrière.

— J'en ai bien peur.

Grá essaya de donner à sa voix un éclat estival. Elle détourna le regard pour laisser à la vieille dame un peu d'intimité. Il y avait assez peu de chances que ce soit gracieux à regarder.

Mais Grá pouvait prétendre ignorer la date autant qu'elle le voulait, elle savait très bien qu'en réalité cette escapade n'avait rien d'anodin. Parce que ces dernières heures passées simplement à rester là, à compter les jours et à surveiller la porte d'entrée, ça n'avait pas marché du tout.

Tout vient à point à qui sait attendre.

Un mari trop attendu ne viendra jamais à temps.

Pour l'amour du ciel, bien sûr qu'il n'était pas rentré.

Alors que ça ne faisait aucun doute qu'en quittant la maison sa promesse (à quelques jours près de retard) se réaliserait enfin ; le destin s'arrangerait pour qu'il arrive dix minutes après leur départ, de sorte qu'à leur retour il soit là, tout sourire.

Tu trouves que c'est une heure pour rentrer ?

Faire attendre son mari à son tour, l'ironie ne serait pas vaine.

Grá n'avait rien dit aux deux autres de la promesse de Cúch de revenir à la maison à mi-parcours. Elle n'arrivait pas à décider si c'était par cupidité ou autre chose. Elle pouvait juste imaginer ce que Mme P. donnerait pour que Sol lui rende ce genre de visite.

Je pourrais faire un crochet.

Passer un peu de temps avec vous deux.

Il se trouve que Mme P. avait toqué à la porte ce matin, alors qu'elles s'apprêtaient à partir. Elle avait apporté des biscuits aux pépites de chocolat, encore chauds. Grá y avait jeté un coup d'œil et l'avait tirée par le bras vers la porte. Sa dernière pensée avant de partir avait été qu'au moins Cúch aurait quelque chose à grignoter en les attendant.

Le niveau du sol commençait à descendre, l'odeur de la boue et des marais devenait de plus en plus forte. L'air tout autour du lac avait toujours un goût différent. Il y en avait un, de l'autre côté de la frontière, que l'on disait maudit par une vieille sorcière. *Loch Doghra,* « le Lac du Chagrin ». Dans ses moments de tristesse, Grá avait décidé que l'absence de Cúch était intentionnelle – qu'il avait découvert ce qu'elle avait fait, et qu'il la punissait délibérément. Certains jours, c'était le karma – parce qu'elle avait transgressé les règles, le malheur s'était abattu sur lui. Et d'autres jours encore, c'était ça :

J'espère qu'il leur arrivera quelque chose de mal.

Un souvenir qui la laissait pensive. Elle repensa au lac maudit par la sorcière. Dieu sait qu'elle n'avait jamais pensé du mal de sa fille auparavant.

Mais à présent, Úna s'écriait – « je le vois ! » – en se précipitant le long du chemin jusqu'à la rive, et Grá dut reconnaître que la vue n'était pas sans effets. La surface était encore plus brillante que le ciel, lisse comme du verre, imperturbable, à l'exception d'un recoin éloigné où s'était rassemblé un groupe d'oiseaux gris-blanc.

Elles commencèrent à se déshabiller, leurs pieds contractés au contact des épines des joncs. Pas un seul de leurs orteils n'était vernis. L'expérience avait appris à Grá à enfiler son maillot de bain sous ses vêtements, elle fut donc prête en un clin d'œil. En attendant, elle jeta de petites œillades furtives en direction de sa fille. Sa peau était toujours aussi pâle, mais par endroits elle était aussi plus tendue. La naissance des hanches. Une ombre sous les bras. Quelque chose, peut-être, au niveau de la poitrine.

Grá se souvint alors d'autre chose encore – des semaines auparavant, dans la cuisine, quand Úna avait révélé l'étendue de ses rêves :

J'ai décidé que je deviendrais Boucher moi aussi.

La réponse de Grá avait été un pur éclat de rire :

Oh, ma chérie, tu ne peux pas être Boucher.

Et puis :

Tu es une fille.

Grá avait détesté ces mots – s'était détestée de les avoir prononcés –, mais ça ne voulait pas dire qu'ils en étaient moins vrais. Parce que ce serait toujours leurs corps ; ce serait toujours les règles. Elle savait maintenant que les briser ne faisait qu'empirer la douleur.

— Maman, je suis prêêêêête !

Comme toujours, Úna fit revenir Grá à elle-même. Elles coururent jusqu'au bord de la rive en se tenant par la main. À trois, elles sautèrent dans l'eau à l'unisson. Úna pouvait faire le poirier ; plonger tout au fond ; nager entre leurs jambes.

— À ton tour maintenant ! À ton tour maintenant !

Même Mme P. riait. Pas à cause d'un quelconque souvenir d'elle et de Sol nageant tous les deux, non, vraiment juste pour rire. Juste maintenant. Juste parce que.

Grá se délectait de la vue de tous les côtés, les labyrinthes d'ajoncs au loin, les étendues de crucifères, si belles malgré la violence de leur nom. Le folklore local disait que le comté tout entier avait été fondé par le clan O'Reilly, et que c'était là que le dicton était apparu pour la toute première fois.

La vie de Reilly.

La belle vie.

Grá avança dans l'eau, en se posant des questions sur la femme de O'Reilly ; sur le genre de vie qu'elle avait pu mener.

Plus près de la rive, elle vit les rochers et les galets éparpillés dans l'herbe ; les morceaux de calcaire qui recouvraient le sol. Certains étaient des autels où les druides avaient pratiqué leurs rituels sacrés. D'autres des dolmens, des portails vers un autre monde. Mais il y en avait un avec une tout autre signification – associé à un homme, avec des lunettes de soleil, tapi pour la toute première fois. Très vite, Grá tenta de tourner le dos à la terre ferme, même si, bien entendu, elle était maintenant consciente qu'une telle chose ne serait jamais complètement possible.

Parmi les pensées sur l'absence de son mari, il y avait une autre absence aussi. Parce que Ronan était parti. Ronan n'avait même pas appelé. Grá n'était pas sûre d'avoir attendu ni même voulu qu'il le fasse.

Son corps fendit l'eau un peu plus fort. Lui avait un avis un peu différent.

Elle se demanda s'il avait réussi à trouver les Bouchers et à les convaincre de poser pour lui ; s'il avait pointé l'appareil sur son mari en sachant ce qu'il avait fait avec sa femme si récemment. Elle détestait le pouvoir que ça lui donnait. Mais elle s'efforçait de se souvenir que c'était en réalité son pouvoir à elle qui avait provoqué tout cela – même si le péché était laid, il avait au moins été le sien.

Grá pensa à sa sœur rebelle, la dernière absence de cette trinité impie. Elle ferma ses yeux verts et plongea la tête sous l'eau.

Alors qu'elle s'apprêtait à refaire surface, elle sentit quelque chose autour de sa jambe. Une algue, enroulée autour de sa cheville, rien de plus. D'un coup de pied, elle chercha à la dégager. L'algue était toujours là. Elle ressentit alors une bouffée de panique, qu'elle réprima sur-le-champ. Elle utiliserait son autre pied pour se libérer.

Elle recommença une deuxième fois. L'algue revint s'enrouler autour de son autre pied.

Grá ouvrit les yeux. Les eaux du lac étaient bien plus sales que ce à quoi elle s'attendait. Elle chercha du regard d'autres jambes, une peau plus pâle que jamais. Mais des ombres noires comme des anguilles lui bloquaient la vue. Elle donna un troisième coup de pied.

Les deux autres avaient sûrement remarqué maintenant ? Elles avaient dû s'inquiéter ? Voir les bulles monter à la surface comme un SOS en morse ! À moins, bien entendu, qu'elles ne soient en train de délibérer pour savoir s'il fallait ou non lui venir en aide – un soupçon de rancune, une liste des dernières vexations. Comme une vieille amie qui se comporte bizarrement avec des histoires de club de lecture et débarque sans avoir été invitée, ou une mère qui s'est fait un nouvel ami et affiche un tout nouveau rire dans ses yeux.

Oh, ma chérie, tu ne peux pas être un Boucher.

Grá sentit sa poitrine se serrer, ses membres s'agiter.

Tu es une fille.

Battre comme les ailes d'un cygne.

Aucune fille n'est jamais devenue Boucher.

— Tout va bien ?

L'air, quand ses poumons le retrouvèrent, avait un goût entièrement différent. Grá ouvrit les yeux.

— Quelle oie stupide ! Je croyais que tu savais nager ?

Le soleil, toujours plein d'à-propos, avait fini par émerger des nuages. Grá pencha son visage sur le côté comme si elle pouvait l'avaler à petites gorgées dorées.

*

À leur retour, la maison était aussi vide qu'une promesse. Les biscuits sur la table avaient ramolli. Úna se déclara « affamée » et en mangea cinq d'affilée, déglutissant bruyamment, jusqu'à ce que Grá lui dise d'arrêter. Mme P. jeta un coup d'œil par la fenêtre et fit une remarque sur le jardin – elle ne l'avait jamais vu aussi sauvage. Elle s'attardait, manifestement, jusqu'au moment de se voir proposer une tasse de thé, mais Grá avait désespérément envie de prendre un bain ; de se laver des eaux du lac et de tout le reste.

*

Plus tard, au cours du dîner – *pas de menu, pas de surprise spéciale ce soir* –, Úna raconta tout ce dont elle et Mme P. avaient discuté pendant la promenade. Comme de la promesse du gouvernement de fermer cette année le tout dernier couvent de la Madeleine. Ou du départ ce mois-ci de la nageuse irlandaise Michelle Smiths pour les Jeux olympiques. Ou des coups de feu mortels tirés sur la journaliste Veronica Guerin, à Dublin. Apparemment, elle travaillait sur un article à propos d'une bande de gangsters – tous des hommes – et l'un d'eux avait décidé d'essayer de la faire taire.

À l'autre bout de la table, Grá fut prise d'un frisson. Oui, elle avait lu la rubrique nécrologique – mère d'un enfant, elle aussi, plus jeune qu'elle de quatre ans seulement. Le jeudi précédent, il y avait eu une minute de silence nationale. Grá se demanda si, pendant que le pays entier se taisait, certains de ces hommes avaient finalement réussi à entendre leur conscience.

— Tu savais que Mme P. voulait être journaliste ?

De toutes les choses que Grá pensait pouvoir entendre, elle ne s'attendait pas à celle-là.

— Vraiment ?

Dans sa voix, elle remarqua une pointe de moquerie.

— Elle a suivi des cours et tout. Bien avant son mariage. Elle a même publié quelques articles dans l'*Irish Times*.

Pourtant, instinctivement, Grá avait envie de rire, de ne pas y croire. Ou peut-être que cela avait quelque chose à voir avec le fait d'être un peu blessée ? Que son amie n'ait jamais partagé ces choses avec elle ?

Qu'elle n'ait jamais pensé à lui poser la question ?

— Maman, pourquoi papa n'est pas revenu en juin comme il l'avait dit ?

La question de sa fille étouffa toutes les autres.

— Tu le savais ?

— Je t'ai entendue, dit Úna. La nuit avant son départ.

Grá se mit à rougir.

— Je ne pense pas qu'il faille s'inquiéter, ma chérie...

— Alors pourquoi il n'est pas revenu ?

Mais, malgré les mots censés venir tout apaiser, Grá sentit monter l'inquiétude.

— C'est cette histoire d'ESB, essaya-t-elle. Elle a rendu toute l'Irlande un peu folle.

Elle regretta immédiatement la plaisanterie.

— Mais il va bien, c'est sûr ?

À la façon dont Úna l'avait formulé, cela ressemblait plus à une affirmation qu'à une question. Pourtant, Grá savait qu'elle devait répondre. Cela pouvait être *bien entendu, ne sois pas bête* ou même *pourquoi ne serait-ce pas le cas ?* – même si la dernière option apportait son lot de complications. Une meilleure mère pousserait le mensonge encore plus loin. *Il a appelé – il a dit qu'il reviendrait plutôt en septembre.* Mais Grá savait qu'elle n'était pas meilleure que les autres. En fait, elle savait que, ces derniers jours, son cas avait empiré.

Il va bien, c'est sûr.

Tu es une fille.

J'ai le sentiment qu'il ne va pas si bien, tu sais.

— Comme je te l'ai dit, mcn amour, je ne pense pas qu'il faille s'inquiéter.

Grá regarda l'horloge. La minute de silence se transforma en une autre, puis encore une autre, puis encore une autre.

*

Úna, finalement, se laissa convaincre d'aller au lit. Sur la table, leurs bols étaient encore intacts. Grá repensa à l'eau du lac. Elle se demanda si elle eut peut-être dû ne pas donner de coups de pied ; si elle eut dû laisser la Nature gagner.

Mais on peut être inquiet sans pour autant tomber dans le pathos. Alors, elle finit par se lever. Elle tira un petit bout de papier de derrière le tableau d'affichage et composa le numéro écrit dessus. En les comptant, elle aurait juré que chaque sonnerie était plus forte que la précédente. Elle revit sa fille en train d'avaler ses biscuits l'un après l'autre, jusqu'au dernier. Pendant une seconde, elle avait cru qu'Úna essayait de se rendre malade. Il y avait tant de choses qu'elle ne voulait pas transmettre à sa fille, mais celle-là, ce serait de loin la pire.

Après la septième sonnerie, Grá poussa un soupir puis raccrocha, agacée et soulagée. Elle porta les bols dans l'évier et laissa couler l'eau jusqu'à ce qu'elle soit brûlante. Quand le téléphone sonna, ses mains sursautèrent et projetèrent tout autour d'elle de la mousse en technicolor. Elle les essuya sur son jean et s'autorisa une dernière question avant de décrocher. Parce que, des deux hommes qu'elle savait pouvoir être au bout du fil, lequel avait-elle le plus envie d'entendre ? Ça semblait être, à ce moment précis, la question qui déciderait de tout ensuite.

— Bonjour, je suis désolé d'avoir manqué votre appel. Qui êtes...

Dans le silence, elle entendit la question qu'elle s'était posée se répéter.

— Ronan ? C'est moi.

Et puis elle ajouta rapidement, par précaution :

— C'est Grá.

Derrière elle, elle entendait les bulles pétiller dans l'évier.

C'était comme le bruit des parasites sur une ligne téléphonique.

— Oh.

À l'entendre, il était indéniablement surpris, bien qu'il y ait toutes sortes de surprises envisageables.

— Content d'avoir de tes nouvelles. Comment vas-tu ?

Elle n'arrivait pas à savoir si toutes ces platitudes voulaient dire une chose ou son contraire.

Elle lui dit qu'elle allait bien et il lui dit qu'il allait bien lui aussi. Elle pensa à ses humeurs et aux pilules qu'il prenait quelquefois pour les soulager.

Mais elle ne pouvait pas s'attarder.

— Je ne savais pas qui contacter. C'est à propos des Bouchers – je suis certaine qu'ils se portent comme un charme, mais je voulais juste savoir si tu avais entendu quelque chose.

Grá l'imagina vautré sur son canapé, ou peut-être recroquevillé dans sa chambre noire, le visage éclairé par le flou de la lumière rouge. Elle lui avait demandé de lui décrire tout le processus. Comment il plongeait ses photos vierges dans le liquide, puis les regardait prendre vie. À chaque fois c'était une métamorphose, de la chrysalide au papillon ; comme si les choses devenaient entièrement méconnaissables.

— Je suis désolée, je ne sais pas pourquoi j'ai appelé. Si tu as des nouvelles, il ne faut pas hésiter à me faire signe. Sinon, bonne chance pour ton exposition – j'espère que tu l'as enfin trouvé, ce cliché du tonnerre qui te permettra de relier l'ensemble !

Elle allait raccrocher – vraiment – en pensant maintenant à la dernière fois qu'elle l'avait vu. Le drap avait glissé sous ses seins et elle les avait laissés tels quels, froids et tendres.

— Grá, attends.

Ces deux mots apportèrent à son corps plus de soulagement qu'ils ne l'auraient dû. Ce qui était ironique, étant donné tout ce qui allait suivre.

— Je suis désolé. C'est juste que je pensais que tu en aurais entendu parler. Je savais qu'ils attendaient de... Mon Dieu, Grá.

Son ton avait changé ; il respirait maintenant, de tout son souffle.

Il y avait eu son nom, et puis il y avait aussi eu le nom du Seigneur.

Elle réalisa qu'elle n'avait jamais pensé à demander à Ronan quoi que ce soit sur la religion ; s'il avait lui-même la foi.

— Grá.

À la façon dont il le dit, elle sut qu'elle devait fermer les yeux.

— Ils ont trouvé un corps.

L'obscurité donnait à l'image une meilleure toile de fond pour émerger.

— Un Boucher... Grá, je ne peux pas croire que...

Un détail après l'autre, émergeant du liquide.

— Je pensais que tu le saurais déjà.

Mais comment lui dire que ce que l'on croit, ce que l'on suppose et ce que l'on sait ne reviennent jamais complètement au même ?

*

À mesure que la nuit avança, Grá regarda l'obscurité monter autour d'elle comme une inondation. Elle crut entendre des aboiements au fond du jardin, mais elle savait que c'était un vœu pieux ; qu'il y avait peu de chances que les petits renards orphelins aient réussi à survivre. Son corps refusait de bouger, tandis que son esprit agité commençait à errer, en quête d'instantanés du passé, pour tuer le temps.

Il y avait elle, dans sa robe de mariée, souriant au milieu des touffes d'œillets d'Inde qu'elle avait grassement fourrées dans des pots. Il y avait Cúch, dans la cuisine de ses parents, le tout premier jour où elle l'avait vu, une fossette profondément creusée dans chacune de ses deux belles joues. Et il y avait une autre image, d'un autre jour, qui prouvait – une fois de plus, semblait-il – qu'elle s'était menti à elle-même tout du long. Parce que ce n'était pas la première fois que son mari avait promis de rentrer à la maison au cours de son périple. Sauf que, la fois dernière, la promesse avait été respectée.

L'infirmière les avait prévenus que la plupart du temps la date n'était qu'une estimation, mais c'était néanmoins la date qu'il avait visée. Et évidemment, à peine avait-il franchi la porte qu'elle perdait les eaux. Un lac, même. Qui s'étendait à ses pieds, sous son corps, entièrement constitué d'elle.

Cúch avait rempli la baignoire comme ils l'avaient décidé et composé le numéro de la sage-femme. Grá tenait sa main, la même main qui dessinait la mort tous les jours. Elle avait expulsé sa douleur dans l'eau. Une agonie sourde, mais putain, ça restait une agonie quand même.

Úna n'avait pas traîné, comme si elle avait su que son père ne pouvait pas rester bien longtemps dans les parages. La poussée finale ressemblait à si méprendre à une noyade – la tête de Grá était ballottée entre la pression et les halètements, et les bulles remontaient à la surface, comme un SOS en morse !

Quand Úna avait crié, Grá n'avait rien reconnu d'elle.

Quelques instants plus tard, après que la sage-femme l'avait accompagnée jusqu'à sa chambre, Grá avait enfin retrouvé la vue. Elle avait retrouvé Cúch à genoux sur le sol à côté d'elle, la tête baissée, marmonnant une prière silencieuse. Quand il avait relevé son visage, il était baigné de larmes.

— Tu es un miracle, avait-il dit à Grá. Je crois plus en toi que je n'ai jamais cru en quoi que ce soit.

Au bout d'un moment, Úna avait crié de nouveau. Cette fois, Grá n'avait rien reconnu d'autre que de l'amour.

*

— Maman ?

Quand Úna réapparut, elle portait un pyjama et des chaussettes, sa voix était à demi inquiète, à demi enrouée de sommeil.

Il commençait à y avoir un peu de lumière dans la cuisine, l'aube était presque là.

— Maman, essaya-t-elle de nouveau. Je te prépare une tasse de thé ?

Grá ouvrit la bouche.

Ils ont trouvé un corps.

— Que dirais-tu d'un biscuit ?

Un Boucher…

— Et ça, sinon ?

Elle baissa les yeux. Huit doigts étaient posés sur son bras. Et elle n'en sentait pas un seul.

Grá, je ne peux pas croire que… Je pensais que tu le saurais déjà…

Mais c'était justement ça le pire. Parce que bien entendu, au fond d'elle-même, elle le savait déjà. Et curieusement, elle avait quand même pensé qu'elle pourrait survivre.

*

Úna avait fini par la convaincre de prendre un bain et Grá s'était demandé, trop tard : *T'ai-je déjà dit, ma chérie, que tu étais née d'une façon spéciale ?* Mais plus elle restait debout, plus la perspective de l'eau devenait difficile. À la place, elle décréta qu'elle ne se laverait peut-être jamais plus. Ça pourrait être un rituel de deuil, sorti de nulle part. Mais une bonne petite superstition, ça ne marche pas à tous les coups. Plus c'est sale et bizarre, mieux c'est. Pas vrai ?

La Malédiction de la veuve du boucher.

Elle répandrait la nouvelle par-delà les frontières ; laisserait les cellules mortes s'agglomérer autour d'elle comme un linceul.

Elle n'avait pas pensé à demander à Ronan où avait été trouvé le corps ; ni même à lui demander comment l'homme avait trouvé la mort. Elle regarda par la fenêtre de la salle de bains. Au loin, un tracteur tondait l'herbe. De la droite vers la gauche, les arbres agitaient leurs branches. Rien n'avait changé – les champs, les nuages, la boue, les ornières des roues des charrettes qui descendaient la colline.

Alors même qu'ils s'approchaient, très lentement, ils semblaient rester flous, leurs contours aussi effervescents qu'un rêve ou qu'un souvenir. Grá compta les silhouettes, une par une, puis elle recommença.

Elle avait envie de chacun de ces affreux biscuits.

Évidemment, il n'y en avait que sept – sept paires d'épaules accablées par la nouvelle qu'elles allaient transmettre, pensant être les premières à le faire.

Grá regarda sa chair de bas en haut, comme si elle venait de se rappeler. Elle supposa qu'elle devrait au moins aller à la rencontre de son destin habillée.

Tandis qu'elle se dépêchait d'enfiler ses vêtements, elle entendit sa fille.

— Maman, vite !

Grá tritura le bouton de sa jupe et descendit l'escalier en courant. Dans l'allée, ils étaient là, debout, solennels, en arc de cercle. Et au centre, il était là, à la regarder.

— Bonjour, mon amour.

Son cœur s'arrêta de battre. Sa tête cessa de voir le monde en instantanés. Non, tout était de nouveau clair et fluide.

Son mari était vivant.

Son mari était à la maison.

On était le troisième jour du mois de juillet.

— Cúch !

Elle se jeta dans sa chaleur et le sentit tressaillir comme si elle venait de lui donner un coup de pied.

— Je suis désolée.

Elle ne pouvait pas commencer à expliquer pourquoi. Mais il y aurait le temps – tellement de temps maintenant – pour faire toutes sortes d'excuses.

Quand elle s'écarta de lui, elle sut qu'elle était prête à se lancer.

— Laisse-moi te préparer de quoi déjeuner.

Elle sut qu'elle était prête, même, à tenter une plaisanterie.

— Bien que vous sachiez pertinemment que vous êtes en retard, jeune homme. Trois jours et des poussières ?

Elle aurait pu lui dire combien de secondes, combien de minutes, combien d'heures.

Le visage de Cúch resta impassible. Ce fut seulement là qu'elle remarqua les hématomes jaunes et noirs autour de ses yeux.

Grá repensa aux crucifères ; aux anguilles qui se glissent entre vos jambes. Et puis elle regarda les autres visages sur lesquels on pouvait voir, en effet, qu'ils avaient été amochés aussi, tous les six. Elle retint son souffle avant de prononcer le mot manquant.

— Sol ?

Davey

Comté de Monaghan, juillet 1996

— Tu sais à quelle heure sont censés arriver les résultats ?

Davey était assis à l'écart sur un tabouret du O'Connell's. Il enveloppait couteaux et fourchettes dans des serviettes en papier rouge. Le pub avait commencé à servir le déjeuner – un peu plus que de simples paquets de chips ou des biscuits soufflés à la crevette –, ce que les gens du coin trouvaient d'une fantaisie effrontée. Assise par terre, Faela essayait de dégager un fût à bière vide coincé derrière le comptoir. Hormis eux, il n'y avait plus qu'une poignée d'habitués pour faire tourner l'endroit. Il était à peine plus de onze heures.

— S'il n'y a toujours rien à trois heures, continua Davey, je ferai un saut au poste de police. C'est vraiment censé être aujourd'hui, n'est-ce pas ?

Avec sa main, il lissa l'une des serviettes et emmaillota la paire de couverts suivante comme un bébé, en serrant bien au niveau des coins.

Exception faite de la lumière grise de milieu de matinée qui filtrait à travers les fenêtres, le O'Connell's était fidèle à lui-même. Pas de verre brisé ni d'éclat de bois, pas de tabourets sens dessus dessous ni de taches de sang sombres sur le sol. En fait, la seule trace de dommages causés par la bagarre, c'était l'espace vide sur le mur. Là où se trouvait habituellement la crosse de la chance. Davey se demandait ce que ça voudrait dire pour la chance locale. Et s'ils trouveraient quelqu'un pour sculpter quelque chose d'autre à la place.

— Ils ne nous diront pas tout, mais au moins on connaîtra la cause du décès. Ça devrait réduire le champ des possibles, non ?

Toute la matinée, Davey s'était posé ces questions sans réponse. À peine réveillé, il s'était dirigé vers la chambre froide. Le périmètre était toujours délimité par des bandes de rubalise jaune qui claquaient sèchement dans le vent. Le même *garda* était resté posté là toute la semaine. Un petit gars trapu avec une moustache qui avait définitivement l'air d'être un postiche. Davey avait essayé de lui soutirer quelques détails :

— Des témoins se sont manifestés ?

— J'ai entendu dire qu'on attendait les résultats de l'autopsie pour aujourd'hui ?

— Vous avez vous-même une idée ?

Le *garda* l'avait regardé d'un air si vide que c'était comme si Davey parlait en langues.

— Je l'ai !

C'était Faela. Elle fit rouler le vieux fût sur le côté, puis montra à Davey le nouveau fût qu'il fallait encastrer à la place. Il inversa la procédure et manœuvra la chose à la verticale, sous la pompe, en faisant tinter le cul métallique comme la cloche d'un match de boxe.

Tandis que Faela s'occupait des raccordements, Davey retraçait le fil de ses propres hypothèses.

— Je continue de penser que le Taureau est le suspect le plus probable. Après tout, le corps de Sol a été retrouvé dans *son* entrepôt. Je n'ai pas encore trouvé le *pourquoi*, mais peut-être qu'il avait une dent contre les Bouchers, et que...

— Davey, tu vas te taire une seconde !

Il se tut. Il n'aurait pas su dire si Faela était en colère, ou juste au bout du rouleau – il était venu ici presque tous les matins de la semaine pour ressasser les mêmes choses sans arrêt. Mais lorsqu'elle se releva, son visage était plus doux. Ses cheveux roux étaient brossés, brillants et lisses.

— Écoute, Davey, je sais que ce que tu as vu dans cette chambre froide devait être *atroce*.

Elle fendit l'air avec sa main, comme pour souligner le mot.

— Mais pour ce qui est de savoir qui l'a vraiment tué...

Il remarqua que ses ongles étaient peints en rose vif.

— Je ne comprends vraiment pas pourquoi tu t'en soucies autant.

Les jours qui avaient suivi la bagarre au O'Connell's, Davey avait erré dans un état second. Tous les soirs, il était resté éveillé jusqu'au petit matin, puis était parti se promener. Et même quand ses oreilles cessèrent de siffler à cause du tonnerre de la rixe, la réalité de ce qu'il avait attendu de cette soirée refusait de faire silence. Il avait, très soigneusement, choisi ce qu'il voulait porter. Il avait, très patiemment, attendu Conor. À peine les Bouchers étaient-ils arrivés que son cœur avait, très rapidement, fondu. Et il avait gardé ses yeux grands ouverts, dans l'attente du moment où lui et Conor pourraient s'éclipser et faire... quoi – quelque chose ? Tout ? Plus qu'un tâtonnement confus dans une étable ou un rapide baiser sur les lèvres, c'est certain. Et même si la situation avait terriblement mal tourné (Davey se souvenait de la peur de l'impact, du bruit humide des poings frappant la chair), il ne pouvait certainement plus ignorer cette nouvelle hypothèse qu'il avait maintenant à son propre sujet.

Jusqu'à ce qu'un matin, alors qu'il se promenait, se débattant avec toutes ces questions sans réponse, il passe devant la chambre froide désaffectée et constate que la porte était restée entrouverte. Davey était entré, il avait vu les bottes bien rangées sur le côté, puis il avait vu le crochet et les pieds, les deux trous dans la chair. Donc, aussi *atroce* soit-elle, Davey essayait de rester concentré sur cette image – le reste, c'était une tout autre histoire. Qui, contrairement aux mythes antiques, se déroulait ici, maintenant, et le laissait terrifié.

— Eh bien, c'est quoi ce délire ?

La question émanait de l'entrée du pub. Avec la lumière du soleil dans son dos, la silhouette n'était rien de plus qu'une forme obscure. Ce ne fut que lorsqu'elle s'approcha que Davey put distinguer la masse musculaire et les couleurs du comté – le maillot blanc et bleu de la GAA, deux tailles trop petit.

— Turlough !

Il y avait une petite chaîne autour du cou de l'inconnu et un petit rictus sur ses lèvres. Il désigna la pile de couverts.

— On dirait que les deux tourtereaux sont bien occupés.

Faela vint à sa rencontre, pressa sa bouche rose contre la sienne. Davey remarqua que l'une des serviettes était dépliée.

Quand le couple se sépara enfin, Faela fit les présentations.

— Davey était juste de passage. Il m'a épargné un boulot titanesque !

Davey releva la référence à l'Antiquité. *Titanesque*. Il se demanda si c'était une façon d'être gentille, ou peut-être même de s'excuser.

Mais ensuite, Faela changea de sujet.

— On était en train de parler du corps qu'ils ont retrouvé.

— J'ai entendu dire que les résultats de l'autopsie n'allaient pas tarder, lança Turlough.

Puis il laissa son rictus se reformer.

— Même si, franchement, on s'en fout de comment c'est arrivé.

Malgré lui, Davey se garda de montrer trop vite les crocs.

— J'étais justement en train de dire à Faela qu'en fait je pense que le Taureau est le suspect principal. Étant donné l'endroit où le corps a été retrouvé – il faut admettre que ça sonne plutôt juste.

Le rire de Turlough sonna si faux qu'il ne ressembla pas à un rire du tout. Davey réalisa soudain que ce garçon lui disait vaguement quelque chose.

— Tu crois sincèrement que Goldsmith aurait le temps de s'occuper de ces gitans en ce moment ? Qu'il n'est pas plutôt occupé à essayer de garder ce pays à flot ?

— Ah, encore un fidèle.

Cette fois, ce fut au rire de Davey de sonner complètement faux.

— Dis-moi, Turlough, pourquoi est-ce que tout le monde *est* tellement dévoué à ce type ? C'est un ripou notoire. Tu penses sincèrement qu'il se soucie de quelqu'un d'autre que de lui-même ?

— Tu penses sincèrement que le principal suspect, ce n'est pas ton père ?

Davey était sur une bonne lancée, et d'un coup il était redescendu. Il se pencha en arrière et prit appui sur le bord du tabouret. Il regarda sa pile de couverts. Il pensa au fait que Faela lui avait dit que le nouveau menu était principalement composé de sandwichs toastés, alors pourquoi donc avaient-ils besoin de couteaux et de fourchettes ?

Bien entendu, au cœur de sa concentration, de ses interminables questions sans réponse, oui, Davey avait pensé à son père. Dans le chaos de la bagarre, ils avaient été séparés, chacun pour soi, un raz-de-marée de violence et de haine les projetant dans tous les sens. Quand Davey avait fini par s'enfuir du pub, la dernière chose qu'il avait vue, c'était Fionn debout sur un tabouret, criant comme un fou, le visage écarlate. Avec sa bonne vieille agressivité, toujours présente. Et bien que dernièrement Davey avait commencé à se dire que, peut-être – seulement peut-être –, son père était un homme nouveau, s'il était lié à la mort de Sol, ça viendrait encore une fois tout détruire. Davey posa ses mains sur ses genoux et écarta les doigts. C'était une autre raison pour laquelle il tenait tant à trouver la vérité.

*

Pour la peine, Faela lui dit de prendre une table pendant qu'elle lui préparerait à manger. Davey allait protester, puis il réalisa qu'il avait une faim de loup et demanda une pinte pour faire passer le tout. Il choisit une place dans un coin et regarda Turlough s'installer au comptoir, puis sortir de sa poche ce qui semblait être un téléphone portable. Davey se demanda qui avait bien pu lui acheter un truc pareil ; à quoi diable il pouvait même lui servir.

Après avoir englouti sa pitance, Davey filerait au poste, histoire de voir s'il y avait eu des nouvelles de la morgue. Puis il téléphonerait à *L'Anglo-Celt* – c'était une blague que l'affaire ne soit toujours pas couverte par les médias. Il pensa à cette journaliste morte, Veronica Guerin. À ce photographe qui voulait capturer les Bouchers « tels qu'ils étaient vraiment ».

Il savait, tout bien considéré, que « capturer » était un très malheureux choix de verbe.

Mais ça ne fit que le ramener à la question de qui *pourrait* vouloir capturer l'un des Bouchers au sens propre ? Qui diable pourrait bien faire une chose aussi tordue ? Sans parler de la question du *comment* – Davey aurait aimé voir de plus près le système de poulies. Il supposait que le crochet à viande avait été envoyé dans un laboratoire.

— Dis-moi, Faela, combien tu crois que ça pèse, un cadavre ?

Sur le plastique blanc du plateau de Faela, il y avait une pinte, un sachet de sauce et un toast jambon-fromage. Même si, très vite, Davey put constater que le terme « toast » était un peu exagéré – le pain semblait plus humide que particulièrement grillé.

— Est-ce qu'il faut être deux pour faire levier, ou est-ce que tu penses qu'une personne seule peut y arriver ?

Faela posa la pinte et l'assiette, mais garda les sauces en otage.

— Davey, lui répondit-elle, après ça, tu ne voudrais pas rentrer chez toi et te reposer un peu ?

Il réalisa qu'elle n'avait pas apporté de couverts du tout.

— Tu as dormi cette nuit ?

Comme il ne répondait pas, elle se retourna, emportant les sachets avec elle.

Le fromage, au moins, était légèrement piquant. Le jambon était salé et fort en goût – apparemment, les éleveurs de porc s'en donnaient à cœur joie en ce moment. Faute de serviette, le beurre coula sur le menton de Davey. Il prit une gorgée de bière et jeta un coup d'œil au comptoir, où Turlough en avait fini avec son téléphone et posait sa main sur la joue pâle de Faela, qui battait des paupières. Comme une de ces actrices américaines, dans l'un de ces films que la mère de Davey regardait toujours en boucle.

Et maintenant, Davey essayait de se souvenir – c'était il y a quelques mois à peine – s'il avait déjà posé une main sur la joue de Faela de cette façon. Si oui, est-ce que leur histoire avait si complètement changé depuis ?

Était-il trop tard pour la changer de nouveau ?

Davey vida sa pinte et s'essuya la bouche avec sa manche. Assez de ça – il devait rester concentré ; se focaliser sur d'autres questions. Il était sur le point de se lever quand la plaisanterie partit d'une mêlée d'hommes, à une table du coin opposé.

— Comment appelle-t-on un Boucher avec une grosse bite ?

— J'en sais rien, comment ?

— Un pendu !

La chute fut prononcée assez fort pour que tout le pub en profite. Dans la salle, les ricanements répondirent au centuple. Ce n'était qu'un peu de canaillerie, qu'un peu d'impolitesse, mais c'était suffisant pour faire savoir à Davey qu'il n'était pas le seul ici à avoir un cadavre en tête. Alors il décida qu'il commanderait un autre verre et resterait un peu plus longtemps ; qu'il attendrait qu'autour de lui les langues se délient un peu, juste au cas où il y aurait de nouvelles versions de l'histoire qui vaudraient la peine d'être écoutées.

— J'ai entendu dire que le cadavre avait été castré.

— J'ai entendu dire qu'il avait été accroché à un poteau comme un putain d'épouvantail.

— Eh bien, vous avez tout faux – moi j'ai entendu dire que le type avait été dénudé jusqu'au slip et crucifié comme notre Seigneur Jésus-Christ.

*

Des heures plus tard, Davey n'avait pratiquement pas bougé, sauf pour commander d'autres verres et aller faire un pipi translucide. Son esprit était tout de même un peu moins survolté. Et la conversation autour de lui n'était plus centrée sur la mort du Boucher elle non plus – au lieu de cela, il n'y en avait que pour les ventes du bœuf, qui étaient en train de baisser ; la saison des abattages qui approchait et les prix au kilo, qui étaient franchement merdiques. Le mot « boom » n'avait pas été prononcé depuis un moment. Sous les ronchonnements, on entendait à présent le tintement musical de la mitraille dans les poches, tandis que les hommes s'efforçaient de calculer le coût d'une autre pinte. Davey considérait lui-même ses propres perspectives.

Il avait une fringale. Pourquoi pas un autre toast ? Avec du ketchup cette fois, tu serais gentille. Il leva les yeux vers le bar pour attirer l'attention de Faela – peut-être qu'il se laisserait tenter par un whisky –, mais elle était occupée, rougissant tandis que son nouveau petit ami lui chuchotait quelque chose à l'oreille.

— Tiens-toi bien, Turlough Hynes !

Davey essaya de rouler des yeux, mais il se trouve qu'ils nageaient déjà quelque part dans un coin de sa tête, alors il se contenta de les déplacer vers Turlough et de penser à tous les gars du lycée. Il se demanda si leur rave de fin d'exams avait été un succès ; si les distributeurs de bonbons Pez avaient réussi à leur faire perdre la tête. Mais cela ne fit que relancer les interrogations, parce que n'était-ce pas le samedi après les examens ? Le même soir que la baston ici ? Et pourquoi pas une version dans laquelle une bande de jeunes de dix-huit ans en goguette tombe sur un vieil homme dans les bois ?

Une farce de fin de soirée qui aurait très, très mal tourné ?

La saison des abattages.

Davey ferma les yeux. Il repensa à la gentillesse de Sol, l'autre soir au campement des Bouchers.

La disparition de tout homme est une tragédie.

Dieu sait que ma bourgeoise ne s'en remettrait pas.

Quand il rouvrit les yeux, sa vision était plus que trouble. Il se servit de la télé au-dessus du comptoir pour retrouver son acuité. Même s'il lui fallut quelques clignements de paupières supplémentaires pour donner un sens à l'étrange image sur l'écran ; le brasier orange et brûlant, qui déferlait de part et d'autre. Davey pensa d'abord que ça avait probablement un lien avec les feux de joie annuels qu'ils allumeraient dans le Nord la semaine suivante. Une vieille tradition loyaliste de l'Ulster. Une série de brasiers rituels, empilés les uns sur les autres, pour célébrer la Onzième Nuit[1]. Mais quand la caméra zooma, Davey vit qu'au milieu des flammes il y avait des pattes de devant et de derrière ; il y avait des

1. Une fête populaire protestante de l'Irlande du Nord.

queues, et des yeux aussi, manifestement. Davey pensa donc ensuite à un tout autre rituel – les Grecs anciens faisant brûler leurs bêtes sur des autels. *Un bûcher.* Un sacrifice en hommage à leurs dieux sinistres.

La caméra s'éloigna pour montrer un journaliste debout dans les volutes de fumée, qui essayait très fort de ne pas respirer. Davey loucha sur la légende en dessous : *Destruction massive des troupeaux britanniques.* Alors, il pensa à la Bible et à cette putain d'Apocalypse – un pur délire de feu et de soufre, en mode Jugement dernier. Il savait qu'à ce rythme l'Irlande serait sans doute la prochaine sur la liste : les champs verdoyants noircis par le feu ; la boue saupoudrée de cendres et d'os.

— Davey. Te voilà.

Quand ses yeux se détachèrent de l'écran, l'image en face de lui n'était pas beaucoup plus attrayante.

— Qu'est-ce que tu... ?

Il essaya de dire quelque chose mais entendit le flou dans ses propres paroles. Il ferma la bouche, avala sa salive, puis recommença.

— Qu'est-ce que tu fais ici ?

La deuxième tentative ne fut pas beaucoup plus convaincante. Les coins de sa bouche se resserrèrent. Il prit son verre pour boire les dernières gouttes restantes.

— Faela m'a appelé.

Son père attrapa le tabouret d'en face.

— Elle disait... qu'elle était un peu inquiète.

Davey ouvrit son gosier et avala d'une seule traite la gorgée tiède.

Fionn poussa un soupir.

— Fais attention avec ce truc, mon garçon. Dieu sait que tu ne voudrais pas finir comme moi.

Quand Davey entendit cela, il alla à la rencontre des yeux de son père, pour lui dire qu'ils n'avaient rien en commun, mais sa vue était redevenue trouble. Il pouvait juste distinguer le visage barbu de Fionn, le gris moucheté d'éclats de cuivre. Il pensa à des braises ; à de petites étincelles qui, très facilement, pouvaient attraper la lumière.

Puis une autre pensée lui traversa l'esprit, et il s'en foutait de savoir s'il bafouillait ou non, ce coup-ci.

— Dis-moi, Fionn, murmura-t-il, tout en se penchant en avant. C'était toi ?

— Quoi ?

— C'est toi qui as assassiné le Boucher ? Après que j'ai perdu ta trace l'autre soir, est-ce que tu es sorti de tes gonds et tu as battu à mort ce bon vieux Sol ?

Alors même qu'il la formulait, Davey savait que cette version de l'histoire n'était ni la plus éloquente ni la plus cohérente. Mais il savait aussi qu'il y avait quand même assez de morceaux pour les faire tenir ensemble.

— Tu l'as traîné jusqu'à la chambre froide, et pendu par ses pauvres pieds ridés ? Parce, pour on ne sait quelle raison, ton cher Fergus t'a dit qu'il te donnerait un peu d'argent, pour la peine ?

Il ne savait pas quel genre de réponse il espérait en retour, mais le temps qu'il termine son histoire, le visage pâle de Fionn était en feu, et Davey sut qu'il avait tapé là où ça faisait mal.

Il sut qu'il n'y aurait pas de retour en arrière.

— Bonsoir tout le monde !

La porte du pub s'ouvrit et trois hommes, l'un après l'autre, entrèrent. La salle resta en suspens quelques instants puis devint complètement silencieuse. Quelqu'un éteignit la télévision, bien que l'homme qui se tenait soudain devant eux y fasse régulièrement son apparition.

— Navré de vous interrompre.

Le Taureau était nettement plus beau en vrai. Son visage était bronzé et rasé de près. Il portait un costume trois pièces avec une cravate nouée à la Windsor et une pochette de soie qui dépassait impeccablement de sa poche.

Derrière lui se tenait le *garda* à l'horrible moustache, qui ôta sa casquette, et la posa contre sa poitrine. Le troisième homme avait des cheveux noirs, avec un toupet blanc sur le devant. Davey jeta un coup d'œil à Turlough et réalisa que c'était vrai, on pouvait lire beaucoup de choses dans la façon dont un père apprenait à son fils à se comporter.

— Pour ceux d'entre vous qui ne me connaîtraient pas, mon nom est Eoin Goldsmith. Je suis... Mon travail a, comme qui dirait, un peu à voir avec le bifteck.

Le silence fit place à un tonnerre de rires, la salle mangeant déjà dans le creux de la main du baron.

— Je ne vous retiendrai pas longtemps, mais on m'a signalé que certains clients du O'Connell's avaient fait quelques *insinuations*. Donc, je voulais simplement passer clarifier les choses, si tout le monde est d'accord ?

En soufflant, Davey laissa s'échapper un bougonnement. Quand bien même vous ne le sauriez pas déjà, cela ne faisait aucun doute que ce type fréquentait les politiciens. Les euphémismes ; la fausse sollicitude ; le lustre exceptionnel des chaussures et le vert émeraude de la pochette...

— Ce week-end, une découverte a été faite dans l'un de mes anciens locaux. Personne, permettez-moi de vous le dire, n'a été plus surpris que moi. Mais je suis *à 100 %* pour l'honnêteté, donc j'ai aidé les *gardaí* à mener leur enquête et maintenant, ils ont d'importantes révélations à partager.

S'il y avait eu de l'agitation auparavant, il n'y en avait plus la moindre trace maintenant. Davey se demanda si les hommes avaient fait des paris sur la cause du décès. Ce serait au moins un moyen de récupérer un peu d'argent ; de réduire le coût de la prochaine tournée de pintes.

Le Taureau recula, mais le *garda* n'avança pas. Lui, en revanche, détestait clairement le feu des projecteurs.

— Nous avons reçu les résultats de l'autopsie, balbutia-t-il, toujours en serrant sa casquette sur le côté gauche de sa poitrine. Davey se demanda si c'était un réflexe ou si c'était quelque chose qu'on lui avait appris à faire à l'école de police. Et si oui, était-ce un signe de défense, ou de respect ?

— Le cœur, dit le *garda*, comme s'il avait lu dans les pensées de Davey. C'était une crise cardiaque. Une mort naturelle, en somme. Rien de plus.

À peine le verdict eut-il été prononcé que le *garda* fit un pas en arrière, le visage couvert d'une fine pellicule de sueur.

— Bien, n'est-ce pas un soulagement ?

Quand le Taureau tapa dans ses mains, tout le monde sursauta. Il reprit sa place au centre de la scène.

— Dieu sait que nous avons bien assez de soucis en ce moment. Charmante demoiselle ?

Ensuite, il haussa très haut les sourcils. Il fallut un petit moment à Faela pour lui rendre la pareille.

— Que diriez-vous d'une pinte pour tout le monde ? Mon ami Fergus va s'en occuper.

Puis le Taureau jeta en avant ses deux mains jointes, comme s'il libérait un pigeon ou une colombe blanche comme neige. Davey suivit la ligne de vol invisible en pensant à l'orgueil, à Icare et à la possibilité de s'élever assez haut pour se tenir parmi les dieux.

Quand il se retourna, le Taureau était déjà quasiment rendu au niveau de la porte. Davey s'attendait à ce qu'il y ait une file d'attente pour toucher ses vêtements ; une file d'attente autour du pâté de maisons pour baiser ses pieds exceptionnellement polis.

— Monsieur Goldsmith.

Mais d'entre tous, Davey était celui qui n'en avait pas encore fini avec lui. Il se leva et regarda le Taureau se figer à mi-parcours.

Fionn tendit une main pour avertir son fils, mais Davey la repoussa.

— Et ce qu'ils lui ont fait *après* sa mort ?

Si la salle s'était détendue, elle se tendit brusquement de nouveau. Davey passa sa langue sur ses dents. Ses pieds étaient vissés au sol, mais il sentait son corps osciller en dessinant de petits cercles.

Le sourire du Taureau avait l'apparence singulière d'une grimace.

— Ah, oui, vous devez faire référence aux rumeurs sur la *posture* du cadavre. J'ai entendu dire...

— Ce ne sont pas des rumeurs, lança Davey. Je l'ai vu.

Lentement, le sourire se transforma en un plissement des yeux. Le Taureau jeta un regard vers le bas, à la droite de Davey.

— Mais oui, dit-il, bien sûr. Le jeune McCready. Je crois que c'est *vous* qui avez eu la malchance de devoir appeler la police. Nous vous sommes tous *très redevables* pour cela.

Même à travers le brouillard dans sa tête, Davey pouvait entendre la menace dans le ton de sa voix, sentir l'inquiétude de son père à côté de lui. Mais il avait une dernière chose à ajouter.

— Même si *c'était* une crise cardiaque, ça reste de la diffamation… de la *profanation* de cadavre. Ça reste un crime. On ne peut certainement pas se contenter d'en rester là ?

D'entre tous, cependant, ce fut le *garda* qui porta le coup fatal.

— Le corps a été remis à la famille. Ils ont accepté qu'il n'y ait pas d'investigations complémentaires.

Il reposa sa casquette sur sa tête et disparut élégamment par la porte.

Fergus Hynes disparut lui aussi – pas un mot d'adieu à son fils –, alors que le Taureau décida de s'attarder un peu plus. Il poussa un soupir, son visage se détendant pour la première fois de la soirée ; ses yeux se remplissant de regrets sincères.

— Écoutez, dit-il. Peut-être ne comprenons-nous pas ces hommes étranges, peut-être ne sommes-nous pas *d'accord* avec leurs vieilles traditions. Mais quels que soient les *rituels* qu'ils choisissent de pratiquer sur leurs morts, nous devons les respecter.

Il attendit que l'insinuation fasse son chemin dans la salle, jusqu'à ce que cette version des événements s'y installe pour de bon. Puis il partit, et Davey sut que l'histoire ne serait plus jamais racontée d'une autre façon.

*

Quand ils furent de retour à la ferme, Fionn l'aida à monter à l'étage et à s'allonger sur son lit. Davey se coucha sur le dos et regarda la pièce tanguer. Il pensa un peu aux dieux et à la façon dont un homme décide de ce en quoi il croit vraiment. Il pensa au fait d'aimer un homme qui pense qu'il est acceptable de souiller le corps d'un autre homme.

Et un peu au fait d'aimer un autre homme.

Quelques heures plus tard, il se réveilla et le crépuscule s'était paisiblement installé autour de lui. Sa tête s'était un peu apaisée elle aussi. Sa bouche était sèche et son haleine fétide, alors, très lentement, il se leva et alla jusqu'à la salle de bains pour boire un verre d'eau. En retournant dans sa chambre, il entendit son nom.

Il trouva sa mère assise sur son lit, les doigts en éventail sur la couverture.

— Tu as l'air fatigué, mon amour.

Comme toujours, elle alla droit au but.

— Je sais que ces derniers jours ont été difficiles – il s'est passé énormément de choses.

Davey hocha la tête mais ne répondit pas tout de suite. Au lieu de cela, il fit un pas vers la fenêtre. Dans la cour, en bas, Blackfoot était allongé de tout son long et mâchonnait un gros objet entre ses pattes. Davey n'arrivait pas à voir s'il s'agissait d'un os ou d'autre chose. Il réalisa qu'il avait faim.

Mais sa mère continua.

— Il était terrifié quand Faela a appelé pour dire que tu étais ivre. Il s'en veut, tu sais ?

Elle devint plus pensive, puis :

— Il s'en veut plus que nous ne pourrions le faire. Tout ce que je te demande, c'est d'essayer de t'en souvenir parfois.

Davey fit un pas de plus. Derrière le chien, il vit la Fiesta bleue. Dans la pénombre, on aurait dit que les pneus venaient tout juste d'être gonflés. Il se demanda pourquoi son père se donnait encore la peine de la garder.

— Bon, tu vas rester planté là toute la nuit, ou bien tu vas finir par parler à ta mère mourante ?

Cette fois, Davey ne bougea plus. Il ferma les yeux, comme si ça pouvait tenir les mots à distance, même si le son du mot « mourante » résonnait encore dans la pièce.

Le son du mot « parler » s'y attarda lui aussi. Il savait que sa mère ne cherchait pas de bavardages inutiles ni à connaître les derniers ragots du pub. Non, il savait qu'elle cherchait bien plus que ça.

Davey pensa donc à « parler » à sa mère mourante des Bouchers, et de la façon dont le Taureau venait de prétendre qu'*ils* étaient responsables de la posture dans laquelle on avait retrouvé le corps de Sol ; il voulait lui demander ce qu'elle savait de leurs coutumes, et s'il était vraiment important de savoir si c'était vrai. Il pensa à « parler » de son père, et de combien, vraiment, il était difficile pour lui de le laisser entrer, de peur que son père n'aime pas ce qu'il trouve en se rapprochant de son fils. Mais aussi de comment il essayerait encore, ne serait-ce qu'un petit peu, ne serait-ce que pour elle. Et plus il restait là, plus il réalisait qu'il voulait aussi « parler » à sa mère mourante de quelque chose d'autre – d'un certain penchant. Il voulait « parler », enfin, de la vérité. Il rouvrit les yeux et se retourna, s'avança vers le lit et s'assit à côté d'elle. Son corps sentit l'accueil moelleux du matelas.

Davey commença par le tout début et raconta son histoire, le genre d'homme qu'il était devenu. Ou plutôt, soupçonnait-il, le genre d'homme qu'il avait toujours été. Il raconta l'histoire de Conor et comment Conor avait été l'étincelle qui avait finalement donné vie à tout ça. Il lui dit que la brûlure en lui ne ressemblait plus à de la honte.

Quand il eut terminé, Davey se sentit plus léger, vidé. Bien que la chambre ait soudain semblé vide elle aussi – il n'y eut pas de mot d'approbation ou d'acceptation ; pas de larmes ni de honte ni de déception brutale. Davey regarda sa mère et se demanda si elle avait écouté ou si, peut-être, son pauvre cerveau n'avait pas décidé d'avoir un problème au moment le plus parfaitement imparfait.

Il se demanda si les histoires pouvaient se transmettre de génération en génération. Sans jamais être racontées à voix haute.

— Tu ferais mieux d'appeler les médecins.

Quand, enfin, elle attrapa sa main, Davey se sentit de nouveau rempli, mais de peur cette fois ; de la chose qu'il redoutait depuis maintenant si longtemps. Il se demanda si son père était au champ ou s'il attendait derrière la porte ; s'il avait en quelque sorte réussi à tout entendre.

— Dis-leur que mes maux de tête sont partis.

La mère de Davey posa la main de son fils sur le côté de son visage.

— Dis-leur – elle sourit – que mon fils veut me guérir.

Elle laissa son crâne retomber contre sa paume et ferma ses yeux verts. Davey pouvait sentir son pouls, sa chaleur, son soulagement.

Úna

Comté de Cavan, juillet 1996

À dix heures précises, Úna attendait sa mère devant la porte d'entrée, pour qu'elles puissent enfin se mettre en route vers chez Mme P. Il fallait marcher environ quarante minutes, en fonction du temps, de la circulation et des quelques troupeaux de moutons qui encombraient la route, comme un bouchon de coton dans le goulot d'une bouteille. Depuis le retour des Bouchers, c'était devenu un pèlerinage presque quotidien. Úna ne s'en plaignait pas – à défaut du collège, c'était bien d'avoir une raison de se lever chaque matin, de prendre le petit-déjeuner et de s'habiller. Non que sa mère se laisse tenter par un porridge avec sa fille ; Úna avait remarqué qu'elle mangeait moins que jamais ces derniers temps. Elle avait remarqué que l'ami de sa mère, Ronan, avait disparu sans laisser de trace.

Pour être tout à fait honnête, si les visites chez Mme P. avaient quelque chose de plaisant, c'était aussi parce qu'elles étaient une échappatoire à la tension qui régnait à la maison. Depuis le retour de son père, ils marchaient tous sur des œufs, chuchotaient derrière les portes à voix basse et pressée. Il avait des bleus sur le visage et sur tout un côté du corps, mais il refusait de dire comment et pourquoi c'était arrivé. Il refusait, malgré les supplications de sa femme, de voir un docteur.

Il se trouve que le matin même, au petit-déjeuner, Úna avait entendu un autre genre de docteur à la radio. Il parlait de l'ESB, mais aussi d'autres maladies animales. Il y avait la tremblante, qui touchait les moutons et qui les rendait fous eux aussi. Puis une autre, la fièvre aphteuse, qui provoquait des aphtes dans la bouche et des lésions aux pattes. Même si, en réalité, elle était quand même un petit peu plus inspirée que ça et s'attaquait parfois à d'autres parties du corps. Le docteur avait tenté d'expliquer que certaines de ces maladies étaient génétiques – transmises par un animal parent –, ce qui voulait dire que, dès le départ, la progéniture était condamnée à naître de travers.

Úna poussa un soupir. Qu'est-ce qui prenait autant de temps à sa mère ? Elle se retourna pour s'examiner dans le miroir en attendant ; vit les cheveux filasse que lui avait transmis son père et les yeux verts que lui avait transmis sa mère. Elle s'interrogeait parfois sur les parties qu'elle ne pouvait pas voir – par exemple, est-ce qu'elle avait les reins de sa mère, ou les poumons de son père, ou peut-être un de chaque ? C'était le cœur qui l'intéressait le plus.

Mais après, le docteur avait tenté d'expliquer que, pour certaines maladies, la génétique n'était finalement qu'une partie de l'histoire. Parce qu'un animal pouvait naître d'une certaine façon, et ensuite, avec le temps, les choses pouvaient changer – il n'était plus seulement question de la Nature, mais aussi de « l'intervention de l'Homme qui venait changer la donne ».

— Excuse-moi, ma chérie.

Il y eut un craquement dans l'escalier. Sa mère avait le contour des yeux rouge.

— Tu n'as rien oublié ?

Úna jeta un dernier coup d'œil dans le miroir, mit ses cheveux derrière ses oreilles, puis disparut derrière la porte.

*

Avant de devenir veuve, Mme P. les avait toujours accueillies chez elle avec le sourire, se hâtant de les faire entrer avec des ragots et des assiettes encore chaudes de douceurs maison. Mais ces derniers temps, elles avaient plutôt tendance à se faufiler discrètement à l'intérieur, puis à passer une heure à boire du thé au lait et des silences. Úna ne savait pas lequel des deux rendait son estomac le plus aigre.

Mais ce matin, l'accueil n'avait absolument rien de paisible.

— Entrez, entrez ! les pressa Mme P., les mains couvertes de taches sombres d'un noir de jais aux reflets brillants. Úna fronça les sourcils, puis pensa à de la mélasse, ou à du sirop, et en conclut que la veuve avait dû finir par retourner à ses livres de recettes. Les *flapjacks*[1], c'était une bonne entrée en matière.

La table de la cuisine était tellement recouverte de journaux qu'on ne distinguait même plus une seule écharde. Les titres et les articles s'entrecroisaient pour former une tapisserie en noir et blanc. Úna repéra une photo du Taureau, qui occupait la moitié de la première page d'un journal grand

1. *Flapjacks* – des biscuits traditionnels irlandais aux flocons d'avoine et à la mélasse.

format. Ces derniers temps, il semblait être le seul à réussir à garder le sourire.

— Excusez la pagaille.

Mme P. s'essuya le front avec le dos de son poignet.

— J'ai travaillé d'arrache-pied toute la matinée.

Úna jeta un coup d'œil au four, mais la lumière était éteinte. Elle respira le fond de l'air. La cuisine avait une odeur étrange, mais pas particulièrement sucrée. À quoi donc Mme P. avait-elle travaillé « d'arrache-pied » toute la matinée ? Puis Úna se souvint de la révélation qu'elle lui avait faite au lac – qu'elle avait été journaliste –, alors peut-être que tous ces journaux avaient quelque chose à voir avec tout ça ?

Quand Úna aperçut les bottes, l'une d'elles était brillante et l'autre pas. Elle savait que les deux avaient appartenu à Sol.

— Je pensais avoir terminé avant votre arrivée, mais elles étaient absolument dégoûtantes.

Mme P. attrapa un petit pot et une brosse à poils durs.

— Grá, pourrais-tu être un ange et commencer à préparer le thé ?

La mère d'Úna, cependant, ne bougea pas d'un pouce. Autour d'elles, l'odeur étrange avait finalement pris sens. Le cirage dégageait un parfum âcre et entêtant, pareil à celui de l'eau de Javel, ou du désinfectant pour les plaies.

— J'aurais juré qu'il y avait quelque part une autre paire dans une taille plus grande – vous saviez que les orteils rétrécissaient avec l'âge ?

Mme P. se mit à frotter le bout des bottes.

— Je pourrai monter voir au grenier plus tard, proposa Úna.

Sa mère prit une profonde inspiration.

— Ma chérie, je... je pense qu'il n'aura plus besoin de ses bottes.

Elle avait déjà expliqué à Úna que le deuil passait par plusieurs phases, plusieurs états.

— Tu te souviens que Sol... je suis vraiment désolée, mais Sol est parti.

Le jour de l'enterrement, Mme P. traversait manifestement sa phase de silence. Elle avait à peine prononcé un mot ; à peine versé une larme en regardant le corps de son mari être mis en terre. Les Bouchers avaient chacun posé une main sur le cercueil en osier, le guidant tout du long – trois hommes de chaque côté et le père d'Úna pleurant à chaudes larmes en tête.

Ce n'est qu'après, à la maison, en dégustant des sandwiches et des scones au blé complet, que la veuve avait fini par revenir à la vie. Elle disait que les maladies cardiaques avaient toujours été présentes dans la famille de Sol – juste à Noël, il s'était plaint de douleurs dans la poitrine –, mais elle disait aussi que cela n'expliquait pas vraiment le reste.

— Je veux dire les *trous*...

Elle avait hésité.

— Ceux de ses pieds. Je les ai vus en lui donnant son dernier bain.

Tout son corps s'était mis à trembler.

— L'eau... elle a coulé directement à travers, avait-elle ajouté avant de s'effondrer dans le fauteuil, les deux mains pressées contre sa bouche.

Úna avait relâché la sienne en regardant les autres endeuillés se précipiter avec des mots apaisants et des gorgées de whisky. Elle s'attendait à ce que Mme P. se redresse et s'excuse d'avoir l'esprit aussi confus. Mais apparemment, ce qu'elle venait de dire n'était pas confus du tout. C'était la vérité. Et personne n'avait d'explication à fournir – ni cet après-midi-là ni les jours et les semaines qui suivirent. C'était la chose à propos de laquelle Úna entendait ses parents se disputer le plus, avec des murmures anxieux, qui filtraient à travers les murs de la chambre.

— Cúch, qu'est-ce qu'il lui est *arrivé* ?

— Je n'en sais rien.

— Alors retourne là-bas et essaye de le découvrir !

— On en a déjà parlé, je ne peux pas.

— Pourquoi es-tu toujours aussi borné ?

— Grá, je te l'ai déjà expliqué – si les *gardaí* restituaient le corps, il n'y aurait plus de questions –, c'était le marché. D'autant que le fils de Wyn est médecin, et il a dit que c'était bien une crise cardiaque. Quant au reste... mieux vaut laisser tomber.

— Je m'en *souviens* très bien, inutile de me le rappeler.

Dans la cuisine de Mme P., le bruit des brosses avait cessé.

— Maintenant que les Bouchers doivent désigner un huitième membre, j'aimerais que celui qui remplacera Sol porte ses bottes.

Mme P. leva le pied gauche pour examiner son ouvrage. Úna pensa à combien il serait incongru que les bottes aient une langue à elles.

— Mon mari est peut-être « parti », comme vous le dites si *délicatement*, mais les vieux rituels doivent continuer à vivre.

— Et je suis sûre qu'ils continueront...

À présent, Úna pensait à combien il était étrange de voir sa mère choisir ses mots avec tant de précautions.

— Mais vous n'avez pas besoin de vous inquiéter de tout ça, Aoife. Le plus important, c'est de vous reposer, et de juste…

— De juste *quoi* ?

La botte claqua contre la table à toute force. Úna n'avait jamais entendu la vieille dame élever la voix de toute sa vie. Elle n'avait jamais entendu son prénom non plus, n'avait même jamais envisagé qu'elle puisse en avoir un.

— De juste passer mon temps à faire des gâteaux que vous ne mangez même pas ? En imaginant toutes les façons dont ils auraient pu arracher des lambeaux du corps de mon mari ? Non, je préfère faire quelque chose d'utile. Merci bien.

Les brosses reprirent leur cadence agitée.

— Vous vous *souvenez* qu'il s'agit tout de même de nos croyances ?

*

Quand elle eut enfin terminé sa tâche, Mme P. monta à l'étage pour frotter le noir de ses ongles. La mère d'Úna sortit pour mettre les journaux sales à la poubelle. Úna resta toute seule pour faire le thé. Pendant que la bouilloire chauffait, elle réfléchit à tout ce que venait de dire Mme P. Ou plutôt, cette nouvelle femme appelée Aiofe, qui faisait briller une vieille paire de bottes et hurlait sur de vieux amis.

Toutes les façons dont ils auraient pu arracher des lambeaux du corps de mon mari…

Úna essaya de deviner ce qu'« ils » pouvait bien vouloir dire. Elle essaya de deviner si c'était ce même « ils » qui avait couvert de bleus le visage de son père.

Vous vous souvenez qu'il s'agit tout de même de nos croyances ?

Mais Mme P. avait dit une autre chose encore, qu'Úna n'avait pas besoin d'essayer de deviner.

Maintenant que les Bouchers doivent désigner un huitième membre…

Elle se souvint du fils de Wyn et se demanda si le fait d'être docteur vous rendait plus habile avec les couteaux et le sang. Elle se demanda si l'enfant d'un Boucher avait statistiquement plus de chances d'être un garçon ou une fille.

… j'aimerais que celui qui remplacera Sol porte ses bottes.

Elle regarda la paire de bottes qui séchaient côte à côte près du radiateur. Les lacets défaits, longs comme la queue de quatre souris. Elle se pencha en arrière et jeta un coup d'œil dans le couloir ; la voie était libre. Elle retira ses chaussures, ses chaussettes, puis, l'un après l'autre, elle mit ses deux pieds dedans.

Dans l'espace vide, Úna recroquevilla ses orteils jusqu'à ce que la chaleur commence à monter. Elle monta le long de ses os et jusqu'à ses mollets ; jusqu'à ses hanches puis jusqu'à l'entrejambe de son pantalon. Quand elle atteignit sa poitrine, où ses seins, qu'elle détestait tant, avaient commencé à pousser, Úna avait répondu à au moins une de ses questions. Parce que si le docteur de la radio avait raison, alors tout ne devait pas être défini par la Nature. Tout n'était pas lié à la génétique – non, l'Homme pouvait intervenir et changer la donne.

Úna ferma les yeux et prit une inspiration, laissant le constat l'imprégner complètement.

On pouvait naître d'une certaine façon et, ensuite, les choses pouvaient changer.

*

Au dîner ce soir-là, ses pieds étaient de nouveau nus, mais son corps était plus chaud que jamais. Sur la table, il y avait trois steaks – depuis le retour de son père, ils avaient puisé presque tous les soirs dans la réserve du congélateur. *C'est quoi la surprise du chef ce soir ? Plus de bœuf, ma chérie !* À ce rythme, ils seraient bientôt à sec. Úna se demanda si les Bouchers avaient rapporté des morceaux de viande fraîche de leur périple, ou seulement un corps avec des plaies inexplicables sous les orteils.

Elle avait passé l'après-midi dans la salle de bains, pendant que son père était sorti et que sa mère était dans le jardin. Elle s'était regardée dans le miroir, se creusant la tête et se triturant les méninges. Chaque fois qu'elle appuyait sur cette chair nouvelle au niveau de sa poitrine, elle la voyait rebondir.

Elle s'était figée un instant. Ça n'allait pas du tout.

Puis elle s'était souvenue de l'autre matin, quand elle avait épié son père qui changeait les bandages de son torse, son bras gauche levé vers le ciel. Le tissu s'enroulant tout autour de lui, encore et encore, comme l'enveloppe d'une momie. Alors Úna était retournée dans sa chambre et avait cherché une paire de collants dans son tiroir, puis les avait tendus au maximum. La sensation du tissu tiré à plat sur ses tétons l'avait d'abord fait frémir, mais la douleur ne faisait que l'inciter à tirer encore plus fort. Elle avait fait une boucle, lentement, patiemment ; un triple nœud au bout, et s'était regardée dans le miroir.

Elle avait souri. La première moitié de son plan était enfin terminée.

À présent, assise à la table de la cuisine, elle pouvait sentir le nylon lui picoter la peau. Elle baissa les yeux, se délectant de la vue des collants jusqu'à ses genoux. Elle coupa une autre bouchée de steak, bien trop grosse, mais elle l'avala quand même en une seule fois. Le bruit de la mastication lui emplissait la tête. Aucun de ses deux parents n'avait dit un mot. Sa mère n'était pas du genre à boire, mais ce soir, elle s'était resservie jusqu'à ce que la bouteille de vin soit presque vide. Finalement, ce fut le père d'Úna qui se risqua à briser le silence.

— J'ai vu les autres aujourd'hui. On a suivi ton conseil : deux de nos plus jeunes vont retourner à la frontière demain, pour voir s'ils peuvent trouver quelque chose de plus.

Úna vit sa mère baisser son verre.

— Ah ?

— Je veux dire, sur ce qu'ils... Sur ce qui est arrivé à Sol. Après sa crise cardiaque.

Ensuite, Úna vit le visage délicat de sa mère se débattre – toutes les choses qu'elle voulait dire ; toutes les choses qu'elle voulait demander ou même exiger.

— Qui va y aller ?

— Conor s'est porté volontaire. Mik a dit qu'il serait heureux de lui tenir compagnie. J'ai juste... On a peur que ce soit un peu dangereux...

— Tout se passera bien, le coupa sa mère avec assurance, comme si elle pouvait en être certaine. Et de toute façon, vous le devez à Mme P. Quand on est passées la voir tout à l'heure... Oh, Cúch, elle est dans un état catastrophique. Des réponses, ça pourrait au moins lui apporter un peu de paix.

Puis elle descendit son verre d'une seule traite, avant de se radoucir, juste un peu.

— Tu as dit que vous aviez suivi mon conseil, c'est ça ?

Son père fit oui de la tête, essayant de deviner ce que la question signifiait vraiment, tandis qu'Úna vit qu'il avait à peine touché à son steak. Elle priait pour que sa mère ne l'ait pas remarqué. Mais bien entendu, Úna n'avait plus besoin de prières, parce qu'il était temps de passer à la seconde moitié de son plan. Elle s'excusa de devoir se rendre à la salle de bains, puis monta les escaliers à pas feutrés. Un peu plus tôt, elle avait volé les petits ciseaux du tiroir, pendant que sa mère était occupée dans le jardin. Ça lui avait rappelé le vol du couteau, quelques mois auparavant, pour la souris.

Dans la salle de bains, elle se regarda dans le miroir. Ses cils étaient très longs. Si elle avait eu le temps, elle aurait pu leur faire une petite coupe à eux aussi. Elle attrapa une première mèche de cheveux entre ses doigts. Celle-ci était légèrement bouclée, et elle réalisa que le mot était parfaitement adapté. *Bouclé*. Parce qu'il vous emprisonnait à l'intérieur de choses auxquelles vous pourriez vouloir échapper. Elle coupa avec délicatesse, tout droit, comme sa mère le lui avait appris. La mèche tomba dans le lavabo en une seule torsade. Elle continua. La lame était froide contre son cuir chevelu, mais elle savait que ça voulait dire qu'elle prenait les choses à la racine. Elle pensa au jardin et à combien il était devenu hirsute. Elle pensa à sa mère, à quatre pattes, essayant de voir ce qui pouvait encore être sauvé.

*

Quand elle eut terminé, elle remit les ciseaux dans sa poche, souleva son T-shirt et réajusta les collants. Ils avaient déjà commencé à creuser un sillon sur sa poitrine, comme une ligne tracée au stylo rouge. Elle ne se donna pas la peine de descendre les escaliers à pas feutrés, et sa mère ne se donna pas la peine de dire quoi que ce soit quand elle la vit, attendant simplement que son mari se retourne et suive son regard. Il lui fallut un moment – et un peu de douleur – pour exécuter la manœuvre. Úna se demanda ce qui était le mieux, des collants ou des bandages, pour réparer un corps ; pour intervenir et changer la donne.

— Papa, j'ai un plan.

Quand elle prit la parole, elle baissa d'un ton ; sentit les cheveux perdus le long de son dos comme une fourrure. Elle réalisa qu'elle n'avait jamais pensé à vérifier si la souris était une femelle ou un mâle.

— Maintenant que Sol est mort, je sais que vous allez avoir besoin de trouver quelqu'un d'autre avant de reprendre la route, alors je postule comme Boucher remplaçant.

Elle marqua un silence et adressa à sa mère un hochement de tête, à la fois en signe de reconnaissance et d'excuse.

— Ne t'inquiète pas, maman m'a expliqué les règles. Mais comme tu peux le constater, j'ai décidé de changer.

Elle haussa les épaules et prit une dernière inspiration. Elle était prête.

— J'ai décidé que je n'avais plus besoin d'être une fille.

Quand les larmes de sa mère apparurent, elle pensa à elle l'autre jour, disparaissant sous la surface du lac. Quand son père se leva, elle pensa qu'il était vraiment gigantesque. Elle lui adressa un sourire. Peut-être qu'ils la laisseraient boire un verre de vin pour fêter ça. Dans tous les cas, elle était vraiment prête.

— Úna, si les autres et moi nous sommes retrouvés cet après-midi, c'était pour décider de l'avenir du groupe. Entre Sol et tout le reste... C'est devenu dangereux pour nous...

Il toussota pour s'éclaircir la gorge et Úna réalisa qu'il devait s'agir d'un morceau de gras – c'est pour ça qu'il n'avait pas touché à son dîner –, on avait dû lui servir une pièce plus tendre.

— Et à présent, les fermiers disent qu'ils ne veulent plus faire appel à nous. Le gouvernement a mis en place ce nouveau système de contrôle – une sorte de technologie « moderne », pour suivre la trajectoire de chaque animal, de la naissance jusqu'à l'abattoir...

Sa gorge se serra de nouveau. Ses mots furent expulsés par la toux.

— C'est pourquoi nous avons décidé, Úna – et crois-moi, ça a été une décision très difficile –, mais les Bouchers ont décidé de se dissoudre.

Le temps que son père termine, la chaleur du corps d'Úna s'était complètement évaporée. Il s'avança et lui tendit son bras. Une consolation de chair, de chaleur et de pur regret. Mais elle s'était déjà détournée de lui, de ses mots, et se dirigeait maintenant vers la porte d'entrée. Elle s'assura de ne pas regarder son reflet dans un quelconque miroir tandis qu'elle sortait en courant.

*

L'habitude – ou était-ce la tradition ? – voulait l'entraîner à gauche, vers chez Mme P. Mais Úna rompit avec tout cela et tourna à droite, en direction de la route. Elle courut en agitant ses bras et ses jambes, et ne regarda pas derrière elle

– elle savait que ses parents ne la suivraient pas. Ce qu'elle ne savait pas, c'est si ça la faisait les détester un peu plus ou un peu moins.

La lumière diminuait mais ne disparaissait pas tout à fait, les pies volaient de branche en branche, avalant les insectes de fin de soirée qu'elles attrapaient en plein vol. Le bitume avait gardé la chaleur persistante du soleil de l'après-midi. Úna se rappela soudain qu'elle ne portait pas de chaussures.

Une moto passa à toute allure, trop près, alors elle se rapprocha un peu plus du fossé. Le conducteur d'une camionnette klaxonna et cria par la fenêtre quelque chose à propos de son cul. Úna sentit les collants la gratter un peu plus fort ; son corps bouger un peu plus vite, tandis que la morsure du vent asséchait ses yeux.

Elle aperçut le virage vers la cour de récréation et décida de le suivre. Sous ses pieds, le chemin avait à présent une texture légèrement différente. À l'époque où elle était scolarisée à domicile, sa mère l'emmenait ici une fois par semaine, pour suivre des cours d'éducation physique. Mis à part un toboggan cabossé, quelques barres de singe et deux balançoires rouillées, il n'y avait pas grand-chose à dire. Úna aimait faire tourner la balançoire sur elle-même, que les chaînes s'enroulent, de plus en plus serrées, puis les relâcher et se laisser virevolter comme une toupie, la tête flottant en arrière.

Quand elle aperçut Car McGrath sur l'une des balançoires, la première chose qu'elle remarqua, ce fut l'état de ses cheveux. La couleur était devenue incroyablement criarde pendant l'été, avec de grosses taches orange, à force de vaporiser trop de cet infâme décolorant bon marché.

La deuxième chose, ce fut son dîner. Úna n'en revenait pas que McDonald's ait encore le culot de vendre des hamburgers. Elle n'en revenait pas que quelqu'un soit assez stupide pour continuer à en acheter.

Elle ralentit le pas, jusqu'à s'arrêter. Elle avait l'impression que sa poitrine était en feu, surtout à l'endroit où la ligne rouge vif traversait son cœur.

C'est son souffle haletant qui avait dû la trahir.

— Le monstre ?

La voix de Car détonna dans le crépuscule.

— Oh mon Dieu, c'est vraiment toi ?

Úna regarda tout autour d'elle. Ils étaient complètement seuls. Autant qu'elle se souvienne, elle avait toujours détesté ce mot – et rêvé que Car et sa bande l'appellent par son vrai prénom. Ce soir, cependant, elle songea que ce n'était peut-être pas si mal, après tout. Parce que les monstres pouvaient autant être des filles que des garçons, ce qui voulait peut-être dire que les monstres pouvaient décider par eux-mêmes.

— C'est un nouveau cérémonial ? poursuivit Car. Les Bouchers chauves ? ricana-t-il, tout fier de son allitération, les épaules frémissantes, en faisant tinter les chaînes de la balançoire comme des pièces de monnaie.

Mais Úna savait qu'il faisait fausse route – qu'apparemment les Bouchers n'existaient même plus.

Un point de côté lui transperça la poitrine. Elle avait besoin de s'asseoir.

Tandis qu'elle s'approchait de l'autre balançoire, elle entendit les chaînes s'immobiliser. Elle pouvait sentir les yeux de Car suivre chacun de ses mouvements. Ça faisait du bien de se libérer du poids de ses pieds noircis ; de se concentrer sur l'équilibre de son souffle. Elle déplaça les ciseaux dans sa poche, pour qu'ils ne s'enfoncent pas dans ses côtes. Elle remarqua ensuite l'odeur.

— Je peux en avoir un peu ?

Les yeux de Car se dirigèrent alors vers le hamburger dans sa main, comme s'il essayait de se rappeler comment il s'était retrouvé là. Il le lui tendit, timidement. Ses dents avaient laissé dans le pain de petites marques crénelées.

La première bouchée était beaucoup plus suave qu'Úna l'aurait imaginé, comme si une cuillère de sucre avait été saupoudrée sur le dessus du steak haché. La suivante contenait un peu plus de ketchup, une pointe de cornichon et un peu de fromage plastique. Elle se demanda si elle pouvait goûter à la folie immédiatement ; si elle faisait son chemin à travers son estomac, ou si elle montait directement jusqu'à son cerveau. Quand elle eut fini de manger, elle s'essuya les mains sur les cuisses.

— Waouh !

Cette fois, le rire de Car avait quelque chose de beaucoup plus aimable.

— Je ne m'attendais *pas* à ça.

Úna ressentit une bouffée de panique.

— Je suis désolée, dit-elle. Je t'en achèterai un autre quand...

— T'inquiète pas pour ça. C'était vraiment qu'un prétexte pour mettre le nez dehors.

Ce n'était pas seulement le rire de Car qui était différent maintenant, c'était sa voix – elle semblait plus normale, naturelle. Úna supposa que, sans sa bande tout autour pour regarder, il n'avait plus besoin de rouler des mécaniques.

— Je mange ici presque tous les soirs. Pour éviter les deux vieux croûtons, disons. Mais on s'ennuie un peu, quand même. Et toi, pourquoi t'es là ?

Úna entendit la question et se dit qu'elle semblait plutôt normale, naturelle, comme si Car était vraiment intéressé par les raisons de son arrivée impromptue. Mais elle entendit aussi tout ce que son père avait dit juste avant.

Une décision très difficile...

Les Bouchers ont décidé de se dissoudre.

Elle ne savait même pas par où commencer.

— Tu as coupé tes cheveux toi-même ?

Elle ne savait pas non plus comment répondre à cette question.

— Ça me fait penser à Demi Moore, poursuivit Car, dans le film *Ghost*. Tu l'as vu ?

Cette fois, Úna réussit à faire vaguement non de la tête.

— Ah ? Pas possible ! C'est une vraie bombe, ce film !

Les chaînes de la balançoire reprirent leur petite musique, pour le plus grand plaisir de Car.

— Tu as au moins entendu parler de la fameuse scène ? Celle où ils deviennent férocement pervers avec l'argile ?

Úna s'efforça finalement de répondre. Elle répondit que non, elle n'avait pas entendu parler de la fameuse scène. En fait, elle n'y connaissait pas grand-chose aux films, parce que sa famille ne possédait pas de télévision. Car n'en revenait pas – que *faisait*-elle de ses journées ? Elle lui dit qu'elle écoutait la radio et qu'elle aidait à préparer le dîner ; qu'elle avait déjà terminé ses devoirs de vacances. Mais elle ne lui dit rien de ses jeux avec les Lego.

Ça faisait du bien de parler de choses banales – de se distraire de son père, de ses paroles ; de se distraire même du simple fait que c'était à Car McGrath qu'elle parlait. Car n'avait pas commencé ses devoirs de vacances. À vrai dire, il envisageait de ne pas retourner au collège du tout. Il disait que les professeurs en avaient après lui, parce que son frère aîné avait été une vraie petite merde.

— Tu y crois, toi, aux rumeurs ?

Il gloussa de nouveau.

— C'est confirmé : Feary et Donoghue couchent bien ensemble.

Úna imagina son professeur d'éducation civique brandissant des portraits de politiciens.

— Quoi, quelqu'un les a surpris dans la salle d'arts plastiques en train de se défouler avec de l'argile ?

Cette fois, le rire de Car fut une vraie éruption.

— Waouh, Úna ! Tu es vraiment *pleine* de surprises, ce soir.

Le son de son prénom lui réchauffa les joues.

— Et aussi assez... mignonne quand tu rougis.

Mais la complimenter le fit bafouiller. Sa voix redevint différente, moins assurée tout à coup.

— Bien que tu aies un peu de ketchup sur la bouche.

Puis sa main s'avança, traversant l'espace entre eux deux, et vint se poser sur son visage. Úna se raidit. Car frotta, très doucement, son pouce contre le coin de sa lèvre. Dans un premier temps, Úna détesta. Puis juste un instant, elle détesta un peu moins. Elle se dit que, tout compte fait, c'était plutôt agréable.

Mais cet instant ne dura pas, parce que, même si son corps était frigorifié, son esprit avait commencé à s'activer. C'était Car McGrath, nom de Dieu, ça n'avait aucun sens ! Elle détourna le visage et attrapa la chaîne pour se stabiliser.

Le tourbillon dans sa tête lui fit penser au hamburger et à la folie. Si ça se trouve, elle pouvait se mettre au travail encore plus vite qu'elle ne l'imaginait.

— Eh, tout va bien ?

Car glissa de sa balançoire puis vint se planter en face de la sienne.

Les Bouchers ont décidé de se dissoudre.

Non, tout n'allait pas bien.

Ceux de ses pieds. Je les ai vus en lui donnant son dernier bain.

Non, plus rien n'avait de sens.

— Úna, je me disais...

Elle ferma les yeux. Son cerveau allait tellement vite qu'elle se demanda s'il n'allait pas jaillir de son crâne. Elle se demanda, pendant une fraction de seconde, si Demi Moore de *Ghost* était jolie.

— On peut oublier tout ce qui s'est passé avant ?

Elle sentit la main de Car une fois de plus, qui lui prenait le menton et inclinait son visage vers le sien.

— On peut peut-être recommencer à zéro ?

Mais de toute cette histoire, c'était, de loin, la partie qui avait le moins de sens. Parce que pouviez-vous vraiment vous contenter de claquer vos doigts couverts de graisse et oublier le passé ? Passer d'ennemis à amis ? D'un groupe de Bouchers à n'importe quel autre groupe d'hommes ?

Crois-moi, ça a été une décision très difficile...

Pouviez-vous vous contenter d'effacer tout ce en quoi vous aviez cru toute votre vie ?

— Non.

Qu'il ait entendu ou pas, Car se pencha quand même pour l'embrasser. Úna pouvait sentir le poids de son corps, le sel de son haleine.

— S'il te plaît, arrête.

C'est devenu dangereux…

— Laisse-moi tranquille.

— C'est bon, murmura Car.

Ils ne veulent plus faire appel à nous…

— Sois pas timide.

Crois-moi…

— Je te dis de me lâcher maintenant !

Le temps qu'elle rouvre les yeux, Úna se tenait derrière lui, et la main de Car ne touchait plus son visage. Au lieu de cela, c'était son bras à elle qui s'était enroulé autour du corps de Car, les muscles tendus par la prise, le contrôle.

— Sérieux ?

Le cou de Car se dévissa vers l'arrière pour pouvoir la regarder. Ses tendons comme les chaînes entortillées d'une balançoire.

— Je croyais que tu voulais…

Ses mots étaient un mélange pantelant de confusion et de douleur.

— La plupart des filles seraient…

Mais ensuite, son souffle se figea, et ses mots prirent une tout autre tournure.

— Mais c'est quoi ce bordel ?

Il fallut un moment à Úna pour comprendre que c'était de la peur.

Elle suivit les yeux de Car jusqu'à l'endroit où son autre bras était replié vers l'intérieur, pressant les ciseaux contre la gorge de sa nouvelle proie. Elle sentit les membres de Car se mettre à trembler. Elle pensa à un rouleau de ruban adhésif, pour les maintenir en place.

— Je t'ai *demandé* d'arrêter.

Quand elle prit la parole, elle n'essaya pas de baisser d'un ton comme tout à l'heure. Elle se sentait étrangement calme. À l'opposé de la panique de Car. La seule chose qui bougeait, c'était ses doigts, tandis qu'elle faisait pivoter les ciseaux d'un tour complet en les éloignant de lui, avant de revenir les poser contre son cou.

— Je t'ai *dit* de me laisser tranquille.

Le métal de la lame attrapa la lueur d'un lampadaire voisin. La peau de la gorge de Car était tendue, blanche, prête.

— Úna, s'il te plaît.

Sa voix se brisa.

— Úna, je suis désolé.

Ses yeux et son nez commencèrent à couler.

Elle fit faire aux ciseaux un troisième et dernier tour. Elle était prête.

— Car !

La voix venait de l'autre côté de l'aire de jeu ; deux types débarquèrent de concert, mais pas avant que le tranchant de la lame n'ait entaillé la peau sous la mâchoire de Car. Úna le regarda toucher la coupure avec sa main puis observer le sang sur son doigt, comme si, une fois de plus, il essayait de comprendre comment il s'était retrouvé là. Une autre voix se fit entendre :

— Oh mon Dieu, c'est la *cowgirl* ?

— Putain, je crois bien que oui.

— Hihi ! Haaaa !

Úna maintint son regard sur Car. Il essuya la tache rouge sur son jean et se frotta le visage avec le creux de son bras. Quand il croisa son regard une dernière fois, il y avait dans ses yeux une expression qu'elle n'avait jamais vue auparavant.

— Ça va… les pédés ?

Il balança la question par-dessus son épaule. Un bref moment d'égarement, avant d'en revenir à la pure fanfaronnade.

— Vous avez faim ?

— Quoi ?

— Mais c'est pas fer…

Oui, eut envie de dire Úna, *je me sens affamée tout à coup*.

— Eh bien, je ne sais pas pour vous, mes petites chattes, mais moi, je tuerais pour un milk-shake. Alors dépêchez-vous avant qu'ils ne ferment les portes de ce foutu resto.

Car passa devant ses amis avec dédain, ignorant leur perplexité et prenant la tête de la troupe en direction du village.

Úna se tenait debout dans la poussière. Elle tendit l'oreille jusqu'à ce que leurs voix paillardes s'estompent dans la nuit. Elle savait qu'une fois seule il faudrait trouver un buisson et s'enfoncer deux doigts dans la gorge pour se faire vomir. Mais au lieu de cela, son corps resta immobile, trop occupé à essayer de donner un sens à ce qui venait de se produire ; à ce qu'elle venait de faire ou peut-être même d'accomplir.

Elle finit par remettre les ciseaux dans sa poche et vérifia où en était la lune. Elle était très pleine. Elle vérifia où en était sa tête, qui avait cessé de s'emballer. Elle était très calme.

Interlude

New York, janvier 2018

— Quand vous êtes devenu célèbre, je n'arrivais pas à croire que ce soit vraiment vous.

Si elle a paru un peu hostile à un moment, il semblerait qu'Úna soit de nouveau tout sourire, maintenant qu'ils ont conclu qu'ils se connaissaient – ou, plus précisément, qu'ils s'étaient connus dans une vie antérieure.

— J'ai lu un article sur votre première exposition, à Dublin. Puis sur celle de Londres, quelques années plus tard. Vous avez dit dans une interview que vous ne vous entendiez pas avec vos parents, mais finalement, la double nationalité vous a bien rendu service, non ?

Bien qu'il ait fini par la reconnaître, son insolence ne facilite pas le rapprochement. Úna ? Cette enfant maigrelette et maladroite qui rôdait au fond de cette cuisine du comté de Cavan ? Quand il la regarde à présent, c'est toujours sa mère qu'il voit à la place – le regard brillant, le ton chantant, le plaisir ponctuel de voir son visage se tordre de gêne.

Même après tant d'années, Ronan se souvient encore de l'effet apaisant que Grá avait eu sur lui cet été-là. Surtout vers la fin de son projet de reportage, alors qu'il se gavait de médocs pour conjurer le pire de la dépression. Il se souvient à quel point la quête de ce cliché final l'avait obsédé, désespéré à ne plus s'autoriser à dormir, pendant des jours.

— Et puis j'étais ici, chez mon cousin, quand j'ai vu qu'ils faisaient une rétrospective de votre travail. Alors je suis venue, Dieu merci ! Parce que sinon je n'aurais jamais su. Pour la photographie, je veux dire. *Le Boucher*.

Et curieusement, tout cela a tout sauf un effet apaisant. Ronan réalise l'ironie de la situation – après la déception initiale de ne pas avoir vu la photo mystère attirer l'attention du public.

Alors qu'Úna, elle, est l'attention même.

— Je trouve que c'est un cliché exceptionnel.

Il la regarde, perplexe.

— Non, vraiment, je le pense. C'est stupéfiant.

— C'est gentil.

— Un vrai chef-d'œuvre, quoi. Ce qui soulève la question, bien entendu, du pourquoi vous ne l'aviez encore jamais révélé au public ?

La serveuse présente l'addition sur un plateau en argent, accompagnée de deux bonbons à la menthe. Ronan est tenté d'en prendre un et de le fourrer dans sa bouche, pour la rendre inopérante. Mais bon, quand il s'agit de photographie, il peut toujours s'en sortir en racontant deux ou trois conneries.

— C'est juste que je ne me sentais pas bien, vous savez... *Exploiter* la tragédie. En *profiter*... Tirer avantage du sort de ce pauvre type.

Mais Úna n'est pas si facile à duper.

— Une tension qui est sûrement au cœur du métier ? J'ai entendu des photographes de guerre en parler – est-ce qu'il faut se contenter de documenter les événements, ou intervenir ? Vraiment, pourquoi vous sentir mal ? Vous n'avez fait qu'appuyer sur le bouton, n'est-ce pas ?

Cette dernière question n'en est pas vraiment une et pourtant, à cause de ce qui va suivre, elle semble s'attarder entre eux. Úna attrape un élastique sur son poignet, rassemble ses cheveux et les dégage brusquement de sa nuque. Elle les attache, un tour, deux tours, trois tours, jusqu'à ce qu'ils forment une queue à l'arrière de son crâne. Elle a l'air plus masculine comme ça ; plus belle, en quelque sorte.

— C'*était* une tragédie, vous avez raison.

Quand elle soupire, elle dégage aussi quelque chose de plus innocent. Il la reconnaîtrait à un kilomètre.

— Je veux dire, la mort de Sol. Pauvre Aoife – sa femme – quand elle a su l'état dans lequel il a été retrouvé, elle ne s'en est jamais vraiment remise. La déchéance totale, vous voyez le genre ?

Elle lèche son doigt et presse une miette sur la table ; porte les restes de tarte à ses lèvres.

— Puis, toutes ces rumeurs ont commencé à circuler, disant que c'était les Bouchers qui avaient suspendu le corps ; que c'était un de leurs *rituels*. Est-ce qu'on n'a jamais entendu quelque chose d'aussi absurde ? Mais les gens y croyaient sincèrement. Ou du moins y croyaient suffisamment pour ne plus inviter les Bouchers chez eux. Après des centaines d'années de service – se contenter de leur tourner le dos.

À présent, le nœud dans l'estomac de Ronan commence à se transformer. Il détourne le regard et aperçoit la serveuse sur le côté. Elle fait défiler l'écran de son téléphone, cliquant sur des petits cœurs sous des images de vies bien plus belles que celle-ci. Soudain, un autre souvenir lui revient. Il en rirait presque – comment avait-il pu ne pas y penser avant ? La toute dernière fois qu'il l'avait vue, dans son jardin, un après-midi du mois de mai. Elle avait les cheveux fous, et les yeux verts encore plus fous, tandis qu'elle envoyait valser la viande congelée depuis la remise familiale, en rugissant comme un animal sauvage.

Il sourit en réalisant, deux décennies trop tard – c'était *ça*, la photo magique dont il avait besoin depuis le début –, celle qui aurait fait le lien entre toutes.

Ronan fouille dans sa poche, plie les billets et les dépose sur le plateau en argent.

— Allez, dit-il en se levant. Venez, il y a quelque chose qu'il faut que je vous montre.

D'une main, il attrape les bonbons à la menthe et de l'autre, il attrape la sienne, s'attendant à ce que la peau soit lisse. Au lieu de cela, elle est dure, calleuse. Comme du cuir.

Grá

Comté de Cavan, août 1996

Pendant tout le trajet, elle ne cessa de ressasser cette phrase horrible.

Le hoquet de la mort.

Elle se demanda s'il y avait un équivalent pour la naissance. Et si oui, lequel des deux faisait le plus mal.

Puis il y eut une violente secousse, les suspensions et le châssis accusèrent le coup, et les fenêtres du bus menacèrent de se briser et de laisser entrer la puanteur de l'ensilage. Le fait que le service ne soit assuré que deux fois par jour ne semblait soudain plus aussi farfelu – c'était tout ce que le véhicule pouvait se permettre pour essayer de maintenir ses os en place.

Grá tenait la main de sa fille avec une force incroyable. Elle y pensa une fois de plus.

Le hoquet de la naissance.

Elle essaya très fort de ne pas fermer les yeux.

Le chauffeur fit de son mieux, passant les vitesses et contournant les nids-de-poule ; freinant juste à temps pour éviter le *paf* sourd et duveteux des lièvres suicidaires qui s'élançaient sur la route. Plus d'une fois, ils croisèrent une victime qui n'avait pas bien chronométré son escapade. La langue à l'air, rose. L'intestin violet se répandant comme une cordelette.

Grá jeta un coup d'œil à Úna, à ses cheveux fous éparpillés n'importe comment autour de son visage. Elle avait failli lui proposer de les arranger, lui proposer un chapeau. Au lieu de cela, elle avait assuré à sa fille qu'elle était plus belle que jamais.

Elle avait entendu son mari dire exactement la même chose.

Et elle avait dit à sa fille que cette virée en ville, c'était pour célébrer son anniversaire, qui approchait à grands pas. Treize malheureuses bougies – enfin une adolescente ! Mais évidemment, l'escapade représentait bien plus que ça – des excuses, une trêve, une tentative désespérée pour essayer de compenser la déception de la semaine dernière.

Je postule comme Boucher remplaçant.

J'ai décidé que je n'avais plus besoin d'être une fille.

Ses doigts se crispèrent plus que jamais.

Ces derniers jours, Úna semblait presque être redevenue elle-même – sourires, jeux, questions sorties de nulle part. Mais Grá se gardait bien de se fier aux apparences. N'avait-elle pas passé toute sa vie à avoir l'air heureuse ? À avoir l'air, tout bien considéré, satisfaite ?

Finalement, les nids-de-poule commencèrent à se faire plus rares. Ils passèrent devant des feux de signalisation et deux stations-service. Au loin, on voyait s'élever une rangée de bâtiments plus hauts, couleur blanc cassé ; une croix gris-noir au sommet d'un clocher gothique. Mais ce qui s'élevait le plus haut, c'était les grues jaunes des différents chantiers qui bordaient la ville – la modernité en cours de construction, ne faisant sortir de terre qu'un seul bloc de béton à la fois. Grá s'interrogea sur le fait de vivre sur la ligne de front, là où l'Homme et la Nature se rencontrent. Elle se demanda si toutes les frontières menaient, à terme, à la guerre. Elle remercia le chauffeur quand elles descendirent du bus et se demanda aussi, si un jour c'était le cas, qui finirait par gagner celle-ci, en fin de compte.

*

Ce n'était qu'un mardi matin, donc Grá savait que la rue principale aurait pu être beaucoup plus animée, mais pour elles, l'agitation ambiante était déjà plus que suffisante. Un musicien reprenait les Boyzone à la guitare. Un groupe d'Américains montait à bord d'une voiture avec des sièges en Skaï. Quelque chose vint frôler sa cheville. Et la fit tressaillir. Le sac en plastique s'envola en un seul coup de pied.

Quand elles atteignirent le *charity shop*, elle dit à Úna qu'elle pouvait choisir ce qu'elle voulait. L'ambiance était plus feutrée ici, plus calme – un vrai petit chez soi, loin de chez elles. Grá remarqua qu'il n'y avait que des femmes dans le magasin, alors elle imagina un monde où les femmes ne pouvaient lire et utiliser les choses qu'une fois que les hommes les auraient lues et utilisées en premier. Elle tripota le dos d'un vieux livre de poche, essayant d'imaginer les choses autrement.

Elle regarda les étagères de bibelots ébréchés, les rangées de vestes chics, les posters défraîchis dans leurs cadres. Il y avait la Vierge Marie et une vieille carte de l'Ulster. Il y avait Audrey Hepburn dans *Diamants sur canapé*. Grá pensa instantanément à l'amour de Lena pour les vieux classiques, puis elle essaya de chasser cette idée de son esprit. À la place, elle pensa à combien il était étrange d'imaginer Audrey Hepburn, la belle idole, gisant six pieds sous terre.

— J'ai trouvé ! J'ai trouvé !

Il ne fallut pas longtemps pour qu'Úna revienne au pas de course.

— La dame de la caisse a juré qu'il marchait encore. Elle a dit qu'il avait juste besoin d'un nouveau rouleau de pellicule.

Grá entendit la joie dans la voix de sa fille et vit la lueur sur son visage. Un jour ou l'autre, elle finirait par redevenir vraiment elle-même. Absorbée par ses pensées, Grá posa distraitement sa main sur la barre de son caddie. Les roues dérapèrent, menaçant de s'envoler ; de l'envoyer s'effondrer par terre. Et elle resterait longuement allongée au milieu des pulls mités, se demandant comment diable elle avait pu être aussi bête. Parce que, allez savoir, sa sœur aurait pu mourir. Malgré toute son idolâtrie, Lena pourrait déjà être morte depuis des années, gisant six pieds sous la terre noircie.

*

Deux heures et un petit pain poisseux plus tard, il était temps de rentrer à la maison. Úna avait choisi un appareil photo Polaroid. L'ironie aurait presque réussi à faire sourire sa mère. Elles arrivaient avec vingt minutes d'avance à l'arrêt de bus qui faisait l'angle, quand Úna montra du doigt la Maison des Fleurs. Sur un panonceau en vitrine on pouvait lire « OUVERTURE RÉCENTE ».

— On y va.

— Úna, attends.

Mais on entendait déjà carillonner les clochettes au-dessus de la porte.

À l'intérieur, l'air était humide et doux. Il y avait des freesias et des gerberas, des iris violets striés d'un jaune tellement vif qu'ils avaient dû le piquer aux tournesols du seau voisin. Il y avait des plantes que Grá avait déjà vues et cultivées auparavant – de grandes grappes de giroflées, avec leur parfum capiteux, presque synthétique – et puis il y avait d'autres fleurs, des pétales de magnolias épais comme les feuilles d'un papier coûteux, destiné exclusivement à l'encre de stylos-plume.

— Je peux vous aider ?

La femme surgit du fond de la boutique, une botte de feuillage emmailloté sous le bras. Elle portait des lunettes rouges accrochées à une chaîne.

— Je regarde juste, merci.

— Prenez votre temps. Vous constaterez que j'en ai commandé beaucoup trop – je voulais commencer en beauté, mais si je laisse faner tout ça, je vais devoir fermer boutique avant la fin de la semaine.

Grá sentit rôder le spectre d'un discours commercial, et pourtant, elle était curieuse.

— C'est vous la propriétaire ?

— Tout à fait.

La femme posa les feuilles sur le comptoir et commença à arracher tout ce qui avait séché.

— J'ai quitté Dublin le mois dernier. Je voulais...

— Je pense que Mme P. les aimerait bien, celles-ci.

Assise sur le côté, Úna avait les yeux rivés sur une gerbe de nigelles bleues.

— Des Miss Jekyll, firent les deux femmes d'une seule voix.

Grá regarda l'inconnue.

— Je m'appelle Hélène, lui dit-elle.

— Moi, c'est Grá. Et voici ma… Voici Úna.

Les clochettes au-dessus de la porte se remirent à carillonner.

*

Sur le trajet du retour, elles s'assirent à l'avant, ce qui permit d'atténuer un peu les secousses. Ce qui voulait aussi dire qu'elles se tenaient un peu plus près de la radio du chauffeur. Le talk-show de l'après-midi réunissait tout un panel d'experts. Tous des hommes. Tous pourvus d'un accent dublinois. Grá tenait les fleurs sur ses genoux, tandis qu'Úna s'était assoupie contre la vitre.

Grá se sentait elle-même épuisée – raison pour laquelle elle se rendait rarement en ville. Les longues promenades à travers les champs des régions frontalières étaient une chose, mais la ville, ça demandait une autre forme d'énergie. Alors qu'elle était sur le point de s'assoupir, elle entendit l'annonce, qui la ramena à elle et la réveilla totalement. Elle se pencha en avant sur son siège pour attraper tour à tour les trois lettres sinistres.

F-V-O.

Ça venait tout juste d'être confirmé – l'origine de l'ESB en Irlande, c'était les FVO, depuis le début. Le hoquet de Grá reprit, plus fort que jamais, une variété de mort et de naissance à la fois. Parce qu'elle bouillonnait – n'avaient-ils pas interdit ce machin il y a des années déjà ? N'avaient-ils pas réalisé que nourrir le bétail avec des résidus d'autres bovins était contre-nature ? Transformer ces pauvres choses en cannibales ?

Mais les hommes à la radio essayaient d'expliquer que la « Nature » n'était pas vraiment rentrée en ligne de compte – les FVO étaient tout simplement beaucoup moins chers à produire. Quelqu'un (les autorités ouvraient une enquête pour savoir qui) avait donc décidé d'ignorer la loi et de recommencer à en produire en cachette – c'était une bête histoire d'argent, une priorité « moderne ». Grá baissa les yeux sur ses genoux, où les fleurs étaient posées sur son sac à main vide. Un des experts fit une remarque spirituelle et les autres se mirent à rire. Puis ils rendirent l'antenne – c'était l'heure d'un peu de musique, un groupe américain appelé les Fugees. Avec des paroles très à propos : « Killing Me Softly », la mort à petit feu.

*

Quand elles arrivèrent à la maison, il n'y avait pas la moindre trace de Cúch, et Grá fut indéniablement soulagée. Elle savait que c'était insensé de ressentir ça. Elle avait la bouche sèche. Elle aurait dû commander quelque chose à boire au café – un verre d'eau n'aurait pas fait de mal.

— Merci pour aujourd'hui.

Elle sentit le baiser humide sur sa joue, mais le temps qu'elle se retourne, Úna avait déjà gravi la moitié de l'escalier.

— Tu es sûre que ça va, ma puce ?

Úna leva les yeux au ciel.

— Maman, oui, je vais *bien*.

Grá supposa que c'était bon signe.

— Je vais lire la notice.

Elle brandit le sac avec le Polaroid.

Grá la regarda s'éloigner puis baissa les yeux. Il lui fallut quelques instants pour réaliser que la flaque d'eau provenait des tiges. Elle savait qu'elles étaient destinées à être offertes, mais elle décida qu'elle les mettrait dans un vase pour le moment. Ce serait une honte de les laisser dans leur linceul en papier. Elle fit couler le robinet et alla chercher les ciseaux dans le tiroir, et ce ne fut qu'au dernier moment qu'elle la vit. La goutte de sang avait durci et était devenue noire. Sa fille avait dû se couper les cheveux de trop près.

Je postule comme Boucher remplaçant.

J'ai décidé que je n'avais plus besoin d'être une fille.

Grá se dépêcha de passer la lame sous l'eau, désespérant d'effacer toute trace de cette horrible soirée. Elle se souvint des cheveux qu'elle avait trouvés dans le lavabo, à l'étage, et de son empressement à les voir disparaître dans le siphon eux aussi.

Mais à présent elle réalisait qu'elle aurait dû en conserver quelques-uns – les enrouler et les mettre dans un médaillon, à côté de son cœur.

Elle réalisait qu'elle n'aurait pas dû épouser un Boucher.

Elle n'aurait pas dû coucher avec Ronan.

Elle n'aurait pas dû devenir une mère aussi contre-nature ; une épouse aussi contre-nature.

Elle posa sa main sur sa bouche pour retenir un sanglot. Le jet du robinet faillit presque le noyer. Et le vacarme était tel qu'elle faillit presque rater la sonnette de la porte d'entrée. Elle coupa l'eau et se sécha les mains sur son jean. Elle n'avait toujours pas bu la moindre goutte.

Elle se demanda si quelque part Mme P. avait senti les fleurs et su qu'elle devait passer. Elle n'était pas vraiment venue à la maison depuis la mort de Sol. Grá ne l'avait pas vraiment invitée. Une partie d'elle croyait qu'il était plus facile pour eux d'aller rendre visite à la veuve, mais une autre partie savait que les choses étaient bien plus complexes que ça ; qu'en vérité c'était plutôt une question de honte.

Voici ma maison avec mon mari et mon enfant.

Voici les choses que j'ai et que tu n'as pas.

Voici les choses que j'ai et que je ne mérite pas.

— Grá ?

Mais la femme sur le pas de la porte n'était pas son amie, elle était tellement plus. Ou peut-être, après toutes ces années, tellement moins. Et il y avait tellement moins d'elle à présent – son corps avait rétréci, ses cheveux étaient clairsemés –, pourtant c'était bien elle, là, comme si c'était une évidence.

— Lena.

Sa sœur regarda par-dessus son épaule, où une petite voiture bleue était garée de travers dans l'allée.

— À vrai dire, c'est Eileen maintenant.

*

Son hôte avança lentement dans le couloir, examina le tapis, la crédence de l'entrée, la rampe en bois qui menait à l'étage. Grá se demanda si elle devait faire descendre Úna ; si elle avait déjà pris sa première photo, observant les couleurs apparaître comme des bleus sur la surface du papier. Dans la cuisine, elle prit la bouilloire comme excuse pour se rendre de l'autre côté de la pièce. Les fleurs étaient étalées sur le plan de travail. Mais quand elle se retourna, Lena – avait-elle vraiment dit Eileen ? – n'était plus là.

— C'est très beau.

Le cœur de Grá fit un bond.

Sa sœur se tenait dans l'embrasure de la porte.

— Merci.

Son cœur commençait tout juste à redescendre.

— Mon mari l'a héritée de ses parents.

Mais ensuite, elle passa directement à la question cruciale.

— Comment l'as-tu trouvée au juste ?

Elle n'eut pas le temps de se demander pourquoi elle avait dit « la trouver » et pas « me trouver ».

— Les Bouchers.

Ce fut seulement à ce moment-là que Grá remarqua que Lena portait du rouge à lèvres. Il semblait que son instinct glamour n'ait pas bougé d'un pouce.

— J'ai réalisé que, si j'arrivais à leur parler, je pourrais leur demander s'ils savaient ce qu'il était advenu de notre famille, de toi. Alors j'ai planté la graine dans la tête de mon mari et de mon fils, et finalement ils ont invité les Bouchers à passer à la maison. Puis j'ai pris le vieil homme à part – Sol, c'est ça ? – et je lui ai montré ta photo. Je n'ai pas été surprise qu'il sache exactement où tu habites. J'ai supposé qu'il ne restait plus beaucoup de familles.

En dépit de l'heureuse coïncidence, de la douleur profonde à l'évocation de Sol, il y avait un détail dans toute cette histoire qui soulevait plus de question. *Ta photo.* Elle se retourna vers le comptoir et ferma les yeux. Sa sœur avait disparu depuis vingt-cinq ans. Elle avait porté son image avec elle pendant tout ce temps.

Quand l'eau eut fini de bouillir, elles se dirigèrent vers les chaises de la cuisine, tasses en main. La table restait une solide ligne de démarcation entre elles deux. Grá se souvint qu'un jour Lena s'était plainte auprès de leurs parents du flot de thé incessant.

On ne pourrait pas boire du café pour une fois ?

On n'est plus au début du siècle, bordel.

L'un des premiers signes, peut-être, de rébellion.

Grá voulut partager ce souvenir, mais ça semblait être une entrée en matière tellement stupide. Ou peut-être, en un sens, une entrée trop chargée en matière. Alors, au lieu de cela, elles restèrent assises en silence devant leurs tasses et n'entrèrent absolument nulle part.

— Tu as entendu parler de cette horloge au-dessus de la Liffey ?

Ce fut Lena qui finit par se jeter à l'eau. Ce n'était pas si stupide, juste une entrée par un endroit bizarre.

— Le compte à rebours du nouveau millénaire, précisa-t-elle. J'écoutais quelque chose à ce propos sur le trajet – apparemment, elle est encore cassée. Les algues continuent de mettre des bâtons dans les roues de la technologie.

— Ils ne peuvent pas la réparer ? essaya Grá.

— Je l'espère, sinon nous serons en retard.

— Pour un rendez-vous très important.

Elles échangèrent un regard plus stupéfait que complice.

— Alors, tu vis à côté ? poursuivit Grá.

— Comment ça ?

— De l'horloge ?

— Mon Dieu, non. On est dans le comté de Monaghan, dans l'exploitation familiale de Fionn. Même s'il a vendu la quasi-totalité de son terrain, donc maintenant c'est à peine une ferme, c'est... Qu'est-ce qu'il y a de si drôle ?

Grá avait essayé de contenir son rire, mais le poids de la journée avait fait disparaître toute trace de retenue.

— Tu vis dans une ferme ? demanda-t-elle. Dans le comté de Monaghan ?

— Oui.

— Depuis tout ce temps ?

— Oui.

Sur ce oui-là, il y eut une pointe d'agacement. Puis :

— Pourquoi ?

Mais Grá se mit à rire deux fois plus et ne fut plus en mesure de répondre.

Voici les choses que j'ai et que tu n'as pas.

Voici les choses tu n'avais pas en fin de compte.

— Grá, je t'ai écrit, soupira Lena. Et j'ai essayé de t'appeler, mais ils avaient dû changer de numéro. J'ai supposé que tu étais trop en colère contre moi pour répondre.

Grá cessa de rire. Même si ce n'était plus le cas aujourd'hui, elle savait qu'à l'époque elle aurait mérité beaucoup plus que ça.

— Je n'ai rien reçu. Est-ce que tu as la moindre idée de...

Mais elle cessa aussi d'être en colère. La journée était bien trop avancée pour se mettre à escalader des montagnes.

Malgré sa fébrilité, sa sœur était pourtant prête à tenter le coup.

— Grá, je suis désolée. Je sais que c'était égoïste de partir, mais je...

— Tu es toujours avec lui, alors ?

Grá l'interrompit sur un ton plus badin. C'était le mieux qu'elle puisse faire.

Lena ne répondit pas tout de suite, comme pour protester contre la dérobade.

— C'est à peu près ça.

Mais ensuite, ce fut à son tour de rire.

— Tu sais comment sont les hommes, bien entendu ! Ils te font tourner en bourrique !

Et Grá vit bien que sa sœur était en train de se dérober elle aussi – de dissimuler tant d'autres choses. Elle n'arrivait pas à décider si ça la faisait se sentir mieux ou pire.

— Tu as parlé d'un fils. Tu as d'autres enfants ?

— Non. Seulement Davey. Un véritable amour. Remarque, la semaine prochaine il va avoir les résultats de son examen d'entrée à l'université. Donc si tout va bien, il me laissera bientôt loin derrière lui. Et toi alors ? Je n'ai pas eu le temps de beaucoup parler avec Sol, il ne m'a pas dit grand-chose, à part où tu vivais. Et bien entendu, qui tu avais fini par épouser.

— Ça t'a surprise ?

Curieusement, Grá eut l'impression que la réponse avait de l'importance.

Sa sœur n'avait pas bu une goutte de thé.

— Tu sais, quelque part, je crois que je m'en doutais.

Grá hocha la tête, sans être certaine d'y croire complètement.

— Mais les Bouchers viennent d'annoncer qu'ils fermaient boutique.

— Quoi ?

— Je sais.

— Après tout ce temps ?

— Je sais.

— C'est vraiment dommage.

— Je sais.

Même après trois tentatives, ça n'eut toujours pas l'air beaucoup plus convaincant.

— Et qu'est-ce qu'il va se passer maintenant ?

Grá cligna des yeux. C'était la plus cruciale de toutes les questions.

L'air ambiant était devenu moite. Elle voulut aller examiner les nigelles – à chaque minute, le bleu devenait de plus en plus brun. Il allait falloir essayer de les ressusciter avec un grand verre d'eau – les fleurs et elle.

Elle n'essaya même pas d'expliquer que Sol était mort.

— J'étais en ville tout à l'heure, proposa-t-elle à la place. On y va rarement, mais j'ai rencontré cette femme qui venait d'ouvrir une boutique de fleurs. Elle est revenue de Dublin et l'a lancée toute seule.

Grá s'interrompit. Elle n'était pas certaine du pourquoi de cette étrange anecdote.

Elle n'était pas certaine que sa sœur la trouve étrange.

— Tu pourrais faire ça toi aussi, répondit-elle.

— Comment ça ?

Lena hocha la tête.

— Pourquoi pas ?

— Ne fais pas l'idiote.

Et pourtant, c'était la première fois de la journée que son diaphragme ne s'était pas contracté.

*

Au bout d'un moment, elle remplit de nouveau la bouilloire et alla remuer les profondeurs des placards. Quand elle mit la main sur le pot, elle vit que les grains de café à l'intérieur s'étaient agglomérés, mais elle en détacha quelques-uns et les disposa, tout mous, sous les yeux de sa sœur.

Elles éclatèrent d'un même rire, au même moment.

Lentement, leur conversation devint un peu plus facile – ça ne ressemblait pas plus à d'importantes retrouvailles qu'à deux femmes en train de discuter. Elles parlèrent de leurs vacances enfants, dans le Connemara – comment une Lena audacieuse avait réussi à apprendre à nager à une Grá timide. Elles parlèrent de la nouvelle pièce de théâtre dont tout le monde parlait – *La Reine de beauté de Leenane* – et du nouveau projet de loi sur les violences domestiques qui venait d'être adopté, grâce auquel une femme pouvait enfin demander un ordre d'éloignement contre son mari pour agression. Pour la première fois, Lena devint un peu évasive.

Grá laissa la conversation se poursuivre. Elles parlèrent des révélations sur les FVO, se demandant qui s'abaisserait encore à produire et à vendre de telles saletés, quand on en connaissait les horribles conséquences. Elles parlèrent de l'endroit où elles partiraient en vacances, si jamais elles gagnaient au Loto. Grá se surprit à répondre « au Japon ». Elle imagina les cerisiers en fleur – c'était supposé vous couper le souffle. Elle s'imagina dans les rues de Tokyo, avec huit millions de personnes qui circulaient au pas de course.

Mais malgré tous leurs efforts – malgré toute la diversité de leurs préoccupations –, elles semblaient ne pas pouvoir dépasser le stade où en était arrivée la conversation. Ou plutôt, le stade où *elles* en étaient arrivées – deux femmes qui avaient fait, longtemps auparavant, deux choix très différents ; deux vies définies par un sentiment appelé « amour ». Ou était-ce simplement « les hommes », ou juste un désir d'évasion ?

Et se sentaient-elles, au bout du compte, libres ?

— Grá, je suis malade.

Quand Grá leva les yeux vers le visage creusé de sa sœur, elle comprit que cette annonce prenait tout son sens.

— Ah ?

— J'ai une tumeur au cerveau, expliqua-t-elle. Ils me l'ont enlevée, mais apparemment, elle va revenir très vite. Entre-temps, je prends ces misérables médicaments censés m'empêcher de faire des crises, mais ils me rendent… Je me sens très mal…

En écoutant, Grá savait qu'elle était supposée accuser le coup, être atterrée. Ou perplexe – une tumeur au cerveau, à quarante-six ans ? C'est impossible. Mais au lieu de cela, elle ressentait un étrange soulagement à l'idée que c'était *là* la raison pour laquelle leurs retrouvailles avaient été si inconfortables ; la raison pour laquelle elles n'étaient pas à la hauteur de toutes ces années de fantasme. Sa sœur était malade. Les misérables médicaments la rendaient… Elle se sentait très mal…

Grá sentit le besoin impérieux de demander quels seraient les mots suivants.

— Et mon mari n'arrête pas de me rebattre les oreilles avec une clinique de luxe à Dublin, mais les médecins n'en ont jamais entendu parler, donc je soupçonne que c'est un vœu pieux de son cru. Bref, j'ai pensé qu'il valait mieux que tu saches – cinq pour cent des tumeurs cérébrales sont héréditaires, apparemment –, juste au cas où cette saleté serait dans notre famille.

Grá essaya d'assimiler l'information, les statistiques moroses, le poids des mots « notre famille », mais ensuite elle entendit la porte d'entrée s'ouvrir et sa fille, qui était à deux doigts de fêter son anniversaire, descendre les escaliers en courant.

— Papa, papa, regarde ce que j'ai trouvé en ville !

Grá et Lena se levèrent. Úna était hors d'haleine, tandis qu'elle tirait Cúch par la main pour l'emmener dans la cuisine, son hématome toujours d'un jaune tournesol criard. Tout le monde se figea sur place. Le regard de Grá passa d'un visage à l'autre et elle pensa soudain au dicton. Celui qui dit que toute votre vie se met à défiler sous vos yeux. La scène était très paisible.

Une photographie.

Un Polaroid.

Un portrait de famille.

— Qui êtes-vous ?

— Úna, c'est ma sœur. Elle s'appelle Lena. Nous n'avons pas... Nous nous sommes perdues de vue il y a longtemps, mais cet après-midi, elle a sonné à la porte et maintenant, nous voilà.

Grá regarda sa fille assimiler l'information. Elle regarda sa sœur assimiler sa fille.

Elle ne put se résoudre à regarder son mari.

Malgré leur complicité, malgré les plaisanteries et les rituels secrets qui étaient les leurs et rien que les leurs, de prime abord, Grá ne comprit pas la réponse de sa fille.

— Tu m'avais dit que ça nous rendait encore plus *spéciales* ?

— Comment ça, ma chérie ?

— D'être enfant unique. De ne pas avoir de frères et sœurs. Pourquoi tu m'as menti ?

Elle ne savait pas par où commencer. Mais elle avait oublié que c'était à ça que servaient heureusement les grandes sœurs.

— J'ai bien peur que ce soit de ma faute, ma puce.

Lentement, le corps frêle de Lena se plia vers le bas, jusqu'à ce qu'elle fasse la même taille que sa nièce.

— Quand j'étais un peu plus jeune, j'ai eu l'idée d'embêter nos parents en m'enfuyant avec un non-croyant. Et ça a marché ! Mais tu veux que je te dise la vérité ?

Le visage de Lena se contracta, mais impossible de savoir si la douleur avait à voir avec sa maladie ou avec sa confession.

— À présent, je réalise que j'aurais dû rentrer à la maison en courant.

*

— Tu en as pour longtemps ?

Lena fit tourner ses clefs autour de la serrure en dessinant de petites rayures sur la peinture bleue.

— Une heure seulement. Mais je dois être rentrée avant les garçons. Ils vont devenir fous s'ils m'attrapent – je ne suis pas censée conduire.

— Pourquoi ?

— Je m'apprêtais à t'écrire, mais il fallait que je te voie. Puis j'ai pensé à prendre le bus. Jusqu'à ce que je finisse par me dire tant pis. Et bien entendu, je suis arrivée en un seul morceau, n'est-ce pas ?

— Lena, je vais te déposer.

— Si tu crois que je vais laisser ma petite sœur me donner des ordres après toutes ces années, tu te mets le doigt dans l'œil !

Autour d'elles, l'après-midi avait pris une teinte dorée, avec des nuances sépia, comme sur une bobine de film d'époque. En souriant, Grá abandonna cette histoire de voiture et réalisa qu'elles avaient des choses bien plus importantes à régler – c'est fou ! Elles avaient encore oublié d'échanger leurs coordonnées.

— Attends, tu ne m'as pas dit...

Mais quand elle vit Lena se frotter les tempes, prête à partir, Grá réalisa autre chose encore. C'était la dernière fois. Alors elle changea de question.

— Où est-ce que tu partirais en vacances ? improvisa-t-elle. Si tu gagnais au Loto.

Lena cligna des yeux. Des yeux verts et des vacances d'enfance – c'était ce qu'elles partageraient toujours. Le reste avait peut-être disparu, avait peut-être été sauvé trop tard de la noyade, mais elles auraient toujours, au moins, ces deux choses-là.

— Hollywood Boulevard.

Lena n'avait même pas eu besoin d'un moment de réflexion.

— Le Chinese Theatre, avec les empreintes de main sur la façade – j'utiliserais mes gains pour m'acheter une dalle à moi. Au moins, je saurais que je laisse une sorte de marque sur le monde.

Grá resta devant la maison longtemps après que le bruit du moteur se fut dissipé. Elle enroula ses bras autour de son corps, même s'il ne faisait pas froid. Au loin, elle vit des étourneaux s'approcher puis commencer leur spectacle, projetant leurs formes noires contre le ciel. Une nuée, parfaitement synchronisée, qui descendait en piqué puis remontait à toute vitesse vers les nuages.

Au-delà, elle vit la rive du Connemara, où un cottage de location s'avançait dans la mer ; vit deux fillettes gratter, avec un bâton, le nom l'une de l'autre dans le sable gris et humide. Elle vit une bouteille et un morceau de papier, qu'elle avait, sans la moindre idée de ce qu'il fallait écrire dessus, laissé vierge, et les avait tous deux jetés à l'eau.

— Grá.

Il s'arrêta à quelques centimètres derrière elle. Toujours cette façon de rester un peu hors d'atteinte.

Elle s'empressa de prendre la parole.

— J'aurais dû te le dire.

Elle voulait être la première à se lancer.

— J'aurais dû l'admettre, que j'avais une sœur, mais...

— Je le savais déjà.

Elle hocha la tête.

— Lena a parlé à Sol.

— Non, Grá. Je l'ai toujours su.

Elle eut le souffle coupé.

— Et ça ne t'a pas dérangé ?

— Bien sûr que non.

— Et si j'avais arrêté de croire moi aussi ?

C'était une question stupide. Il y avait des choses qui pouvaient et d'autres qui ne pouvaient pas être défaites.

Les étourneaux volaient au-dessus d'eux maintenant, leurs mouvements beaucoup plus liquides qu'aériens ; leurs houles et leurs flux semblables à de grands raz-de-marée.

— Cúch, il faut qu'on parle.

Elle laissa retomber ses bras le long de son corps.

— Les choses ne peuvent pas rester si immobiles. Il faut que quelque chose change.

Elle l'entendit se rapprocher, et pourtant il était important qu'elle ne se retourne pas.

— La priorité, c'est Úna, bien entendu, mais j'ai besoin... Je ne pense pas pouvoir continuer comme ça si je n'ai pas quelque chose à moi, cette fois.

Elle ne sentit pas qu'elle était en train de pleurer, jusqu'à ce qu'elle goûte la mer sur ses lèvres. Elle se demanda si elle n'aurait plus jamais soif.

— Lena a eu une idée stupide.

Elle ferma les yeux.

— Cúch, elle est en train de mourir.

Quand elle les rouvrit, son mari avait fait le tour de la table, donc ils étaient maintenant face à face. Son visage était gonflé par les larmes, ce qui voulait dire que l'une de ses fossettes était plus creusée que l'autre.

— Grá. Je comprends.

Elle se demanda quels mots elle choisirait si elle avait cette bouteille et ce morceau de papier entre les mains à présent.

— Grá, je n'ai pas de réponse toute faite, mais je sais que nous trouverons un moyen.

Elle se demanda si elle resterait sur la côte atlantique pour toujours, à attendre. Quelque part certaine qu'une bouteille viendrait s'échouer avec une réponse dedans. Elle se demanda si c'était la définition de l'amour ou de la foi, ou peut-être des deux.

— Grá ?

Mais pour l'heure, tout ce qu'elle avait en sa possession, c'était les mêmes mots que son mari lui avait offerts treize ans plus tôt, la première fois qu'ils s'étaient lancés dans une toute nouvelle vie ensemble.

— Je crois en toi, dit-elle. Plus que je n'aie jamais cru en quoi que ce soit.

À les entendre aujourd'hui, utilisés une seconde fois, ils semblaient presque naturels ; presque vrais.

Davey

Comté de Monaghan, août 1996

« Les gros titres ce matin : dans tout le pays, cinquante-neuf mille lycéens attendent avec impatience les résultats de leur examen d'entrée à l'université. Le ministère de l'Éducation a fait état d'une augmentation significative du nombre de A attribués en mathématiques et en sciences, mais d'une diminution significative du nombre de A attribués en littérature. »

Davey se réveilla, puis se rendormit, puis se réveilla pour de bon, le monde se recomposant. Sa chambre était si bien rangée qu'elle paraissait presque vide ; presque comme s'il avait devancé le destin en ayant déjà fait ses valises. Il avait accroché sa tenue du jour sur le côté de l'armoire, les membres en suspension dans le vide. La chemise vert pâle donnait l'impression qu'il allait à un rendez-vous galant et pas juste au lycée pour récupérer une petite enveloppe brune.

« Bien entendu, la plupart des journaux avancent que la cuvée de cette année sera la première à bénéficier d'un enseignement supérieur entièrement gratuit. D'après les politiques, la suppression des frais universitaires générera une main-d'œuvre hautement qualifiée, qui favorisera la transition du pays vers le statut de grande puissance économique mondiale. »

Davey sortit du lit et entra dans la douche, priant pour que le ballon d'eau chaude ait été allumé. Il ferma les yeux et fit descendre sa main, même si une branlette semblait hors de propos ce matin. Il était bien trop nerveux à l'idée de la journée à venir ; de tout ce qui était en jeu, finalement.

Mais il savait qu'il n'y avait pas que ça, parce que la moindre envie ou le moindre désir le ramenait sans cesse à Conor. Et penser à Conor voulait aussi dire penser à Sol, et au terrible sort que les Bouchers avaient, apparemment, infligé à son corps. Depuis la déclaration du Taureau, il n'y avait pas eu un mot de plus sur l'affaire, ni même sur les Bouchers. Davey se demandait parfois si tout cela n'avait pas été un affreux cauchemar.

« Pendant ce temps, dans le secteur agricole, autre coup dur, tandis que le premier cas suspect de MCJ – la variante humaine de l'ESB – vient d'être signalé chez une jeune femme du comté de Clare. »

*

Une fois habillé et aspergé de Lynx, Davey descendit l'escalier, attiré par l'odeur du bacon. Sa mère se tenait derrière la plaque de cuisson. La table était dressée pour une personne. Il ne se souvenait pas de la dernière fois qu'il l'avait vue debout si tôt.

— Bonjour, dit-elle par-dessus le sifflement de la poêle. J'ai pensé qu'il valait mieux que tu n'y ailles pas le ventre vide.

Même si la fenêtre était entrouverte, pendant une atroce seconde, Davey songea à aller se changer. L'odeur de friture allait ruiner sa chemise.

Quand les couennes se mirent à croustiller, sa mère prit des pinces pour les attraper et les draper entre deux feuilles de papier absorbant. La poitrine de Davey se souleva. Il savait qu'elle faisait ça parce que c'était ainsi qu'il préférait qu'on fasse.

— Ton père est dans tous ses états, annonça-t-elle. Apparemment, les inspecteurs vont tester son troupeau pour l'ESB ce matin. Mais si tu veux mon avis, ce n'est pas une si mauvaise chose – pas si le diagnostic permet de toucher les indemnités du gouvernement ensuite.

Elle disposa le bacon sur une tranche de pain beurré et en rajouta une seconde par-dessus, comme si elle assemblait un puzzle.

— Dans tous les cas, je vais nous préparer un repas de fête à tous les trois, quand tu rentreras. Ton père a suggéré que nous décongelions les premiers morceaux découpés par les Bouchers.

Elle appuya, fort ; le beurre brun dégorgea.

— Quelle journée spéciale. C'est bien à midi qu'arrivent les enveloppes ?

Davey savait que la première bouchée serait à la fois nocive et un pur délice ; qu'après ça il ne pourrait plus avaler quoi que ce soit.

*

Quand il arriva au lycée, le parking était désert. Les poubelles, pour une fois, ne vomissaient pas leurs tripes. Les murs avaient été nettoyés de leurs habituels graffitis, ne laissant apparaître que quelques gribouillages délavés.

À l'extérieur de la réception, deux mamans attendaient assises sur un banc. Elles revenaient probablement tout droit d'allumer une dernière bougie à saint Michel pour leur fils. Davey essaya d'attirer leur regard, puis se demanda pourquoi diable c'était à lui de vouloir les rassurer. Il pouvait encore sentir le goût du sel et du gras sur l'arrière de sa langue.

Le silence dans le couloir ressemblait lui-même vaguement à celui d'une église. Il y avait le sol en lino bon marché et les mouches mortes sur le rebord de la fenêtre. Il y avait la vitrine à trophées et le tableau d'affichage en liège qui s'effritait, humide, sur les bords. Les détails, cependant, ne lui étaient plus aussi familiers qu'ils auraient dû l'être – cela ne faisait que deux mois, mais entre-temps plus de choses qu'il ne l'aurait cru avaient changé. Il se regarda. Il renifla sa chemise. Il était tellement soulagé de ne plus être en uniforme.

Pourtant, parallèlement au soulagement, il y avait aussi la peur de recroiser ses andouilles de camarades de classe ; de les voir comprendre en un coup d'œil tout ce que l'été avait fini par faire ressortir. Il pensa aux mamans dehors, et à comment elles allumeraient probablement un cierge rien que pour lui, en espérant que Dieu puisse le guérir de cette terrible maladie.

En traversant les couloirs, il passa devant les exposés délavés sur 1916 et la cause antibritannique. Il repéra des travaux sur la famine – les mauvaises récoltes et les milliers de personnes qui avaient péri, ou étaient parties au loin sur des bateaux. Une affiche montrait des individus émaciés avalant des poignées de terre noire. Une autre donnait simplement à lire les mots « Notre Holocauste ».

Autant qu'il se souvienne, son examen d'histoire s'était bien passé. L'anglais s'était concentré sur Patrick Kavanagh – qui était lui-même natif du comté de Monaghan. Davey avait rédigé une dissertation sur « La Grande Famine » et en avait conclu, plus que toute autre chose, que son talent poétique n'était pas vraiment au rendez-vous. Puis il y avait eu l'examen final de lettres classiques, qui aurait dû être une promenade de santé, mais au lieu de cela Davey avait passé l'après-midi avec les nerfs en pelote. Il pensa à ce pauvre Prométhée, enchaîné à son rocher. À l'ironie d'avoir planté cette matière et de se retrouver enchaîné ici pour toujours.

Sans les rangées de pupitres, la salle de réunion n'était qu'une chose vaste et creuse. Une chambre d'écho pleine de félicitations et de commisération. Trois tables avaient été alignées sur l'estrade, et les sacro-saintes enveloppes, rangées dans des boîtes en carton. Au-dessus d'elles, Jésus regardait la scène avec anxiété, depuis sa croix.

De part et d'autre de l'étage, il y avait quelques grappes dispersées, anciens élèves et enseignants confondus, même si, sans leurs uniformes et sans leurs costumes, il était difficile de distinguer les premiers des seconds. Certains tenaient entre leurs mains une enveloppe ouverte en réfléchissant : *Et maintenant qu'est-ce qu'il se passe ?* Ou encore : *Et s'il n'y avait pas besoin de s'embêter avec l'université ? Et si on faisait un putain de « boom » ?* Mais, chez la plupart, les visages ne laissaient pas transparaître grand-chose – aucun signe de joie ni de déception ni d'augmentation significative du nombre de A ou de B. Au lieu de cela, leurs mâchoires étaient serrées et leur regard vitreux, parce qu'ils étaient maintenant officiellement des hommes du cru, ici où la moindre trace d'émotion ne se laissait jamais trahir.

Davey chercha M. Fitz, mais ne le vit nulle part.

Jusqu'à l'estrade, il semblait y avoir environ un kilomètre de distance. L'enseignante fouilla dans la boîte à moitié vide, du haut vers le bas de la pile. Mais elle avait dû manquer son enveloppe. Elle recommença, du bas vers le haut de la pile, en allant plus lentement cette fois, par précaution. Davey pensa à toutes les représentations auxquelles il avait assisté ici au fil des ans. *Junon et le Paon. Danser à Lughnasa.* Il vit les projecteurs du dessus et l'obscurité des coulisses de chaque côté.

Quand elle lui remit son enveloppe, Davey crut l'entendre le traiter d'« insolent ». Il releva les yeux.

— Je vous demande pardon ?

Elle répéta quelque chose à propos *du collant* ; quelque chose à propos des corps et de la douleur, et de comment il était souvent plus facile de tirer d'un coup sec. Et Davey voulut lui demander si elle avait entendu parler du corps d'un Boucher qui avait été retrouvé pendu à un crochet dernièrement ; si elle pensait qu'on pouvait désirer le contact de quelqu'un au point d'en souffrir vraiment. Mais à la place, il retira la colle de ses lèvres et sortit le document. La colonne de A parfaitement alignés se mit à danser sous ses yeux. La piqûre brûlante des larmes l'envoya à l'aveuglette dans l'escalier de service, puis il dépassa l'armoire à accessoires et la tringle à costumes, les paillettes scintillant au passage de toutes les possibilités de qui il allait enfin pouvoir devenir.

*

La cour de récréation était maintenant plus animée. Les garçons s'étaient rassemblés, les mains dans leurs poches, comme une congrégation après un enterrement. Certains avaient trouvé un ballon et se relayaient pour faire des dribles sophistiqués, comptant les points et rivalisant d'adresse, parce qu'au moins c'était le genre de compétition où ils avaient vraiment leur chance.

T'y crois, toi, que ces putains de Boches ont gagné l'Euro ?

T'as vu qu'ils essayaient de boycotter le lait irlandais ?

T'inquiète – j'ai entendu dire que le Taureau était en train de leur mettre les points sur les i.

On aurait cru entendre leurs pères, ou du moins comment ils pensaient que leurs pères étaient censés s'exprimer. Davey pensa à l'estrade et à eux qui s'apprêtaient tous à jouer leur rôle. Il pensa à combien tout était une question de cycle – la rotation des cultures, la rotation des champs –, une autre génération revendiquant ses droits d'existence, tournant en rond avec chandails d'occasion et rêves de seconde main.

Pour l'heure, pourtant, ces garçons ne semblaient pas revendiquer quoi que ce soit. Au lieu de cela, ils restaient debout, à fumer des clopes et faire rebondir sur leur genou un ballon de football flasque, en direction du ciel. Pour cet après-midi et cet après-midi seulement, ils étaient encore des adolescents – toujours de pures potentialités. Ils s'attarderaient jusqu'à ce que le portail soit verrouillé et enchaîné.

Davey cherchait des yeux M. Fitz une dernière fois, quand il se retourna pour regarder le portail et vit le visiteur. Il faisait face à la route, mais Davey le reconnut instantanément ; les larges épaules et le cou bronzé.

— Conor ?

Sa voix porta trop fort, mais il ne pouvait pas s'en empêcher. Sa joie était sans retenue ni vergogne.

Le Boucher ne réagit pas tout de suite, alors, pendant une seconde, Davey crut qu'il s'était trompé de personne. Et même lorsque Conor se retourna, son visage était légèrement en décalage. Avant le sourire éclatant – avant le bain de chaleur –, il y eut donc un bref moment d'obscurité autour de ses yeux.

— Te voilà, dit-il. Je commençais à avoir peur de t'avoir manqué.

— Conor, répéta Davey en ralentissant le pas. Mais plus il se rapprochait, plus il se sentait devenir timide. Qu'est-ce que tu fais là au juste ?

On pouvait entendre le *dong* du ballon derrière. Davey pensa à une vessie de porc sur le point d'éclater.

— J'ai juste...

Ce fut au tour de Conor de se montrer timide.

— Je savais combien cette journée comptait pour toi.

L'un des garçons avait dû établir un nouveau record, parce qu'une immense clameur se fit entendre ensuite. À moins que l'un d'entre eux ne vienne juste d'annoncer qu'il avait réussi ses examens et qu'il partait étudier le droit à la grande ville. Davey considéra les probabilités. Il considéra, très attentivement, les mots de Conor.

— Eh bien, n'en reste pas là, comment ça s'est passé ?

Davey lui tendit l'enveloppe et regarda Conor sortir le bulletin.

— Bordel de Dieu, déclara-t-il. Espèce d'intello absolu ! Félicitations !

Puis :

— Je suppose que tu tiens ton cerveau de ta mère.

Et, pile au moment où Davey avait réussi à ravaler son incrédulité, la mention de sa mère le déboussola de nouveau. Il repensa à elle dans la cuisine le matin même – il ne l'avait pas vue aussi bien depuis des mois. Il pensa à sa promesse : *je vais nous préparer un repas de fête à tous les trois*. Il pensa au bon vieux temps, et à elle qui l'attendait ici dans sa voiture bleue, avec ses lunettes de soleil immenses.

— J'ai bien cru que je ne te reverrais jamais.

Il fit un pas de plus, comme s'il avait besoin de sentir la chaleur du corps de Conor pour s'en assurer. Il y avait tant de choses qu'il voulait demander ; tant de choses qui devaient être expliquées.

— Viens, dit le Boucher. Je n'ai pas beaucoup de temps.

Davey jeta un ultime coup d'œil derrière lui, mais le ballon de football avait rendu l'âme. Les garçons avaient frappé la peau de l'animal jusqu'à son dernier souffle.

*

Ils prirent le chemin de derrière, où les buissons de sorbier avaient poussé si haut qu'ils s'étranglaient les uns les autres. Les aubépines avaient grossi comme des tumeurs, les baies de douce-amère s'agglutinaient par grappes. Mais quand ils dépassèrent le tournant, le monde s'ouvrit en grand. Le foin avait été coupé et roulé en balles généreuses, si bien que les champs ressemblaient à la tête d'une femme blonde aux cheveux enroulés sur des bigoudis géants. Davey prit une grande inspiration. L'odeur de la deuxième coupe d'ensilage était toujours tellement plus douce que la première. Il pensa à l'expression « doux-amer » ; à l'envie pressante de s'éloigner d'un endroit, tout en étant obligé de laisser tant de beauté derrière soi.

Ils finirent par trouver une balle de foin au bout du monde, assez grande pour les protéger des regards. Davey n'avait pas remarqué la sacoche de Con, jusqu'à ce qu'il la pose et en sorte la bouteille.

— C'est loin d'être du champagne, précisa-t-il en tournant le bouchon. Et il a probablement tiédi.

— C'est parfait !

Le cidre les aspergea tous les deux d'un jet collant et bon marché.

Malgré la théâtralité initiale, il n'y avait plus de bulles du tout, mais Davey en prit tout de même une bonne lampée. Il repassa la bouteille à Conor avant de s'essuyer la bouche. Il essaya de masquer un rot sous son souffle. Après quelques goulées supplémentaires, il sentit que ses nerfs commençaient à se calmer. Ils étaient assis côte à côte, les jambes écartées, scrutant la vue. Aux infos, ils n'arrêtaient pas de parler de « la riposte de la Nature ». À la regarder maintenant, il n'y aurait qu'un imbécile pour venir la contrarier.

— Alors, ça commence quand, l'université ?

Ce ne fut que quand Conor prit la parole que Davey se souvint de ce que représentait véritablement cette journée. Les candidatures n'ouvriraient pas avant le lundi suivant, mais il savait qu'il aurait son premier choix.

— Septembre.

Il changea de place. Il pouvait sentir le foin lui piquer l'arrière de la tête. C'était comme une plume perçant le coton d'une taie d'oreiller, sauf que c'était toutes les plumes à la fois.

— Tu dois être excité.

Comme s'il voulait changer de perspective, Davey répondit en décrivant les photos qu'il avait vues dans les prospectus – les anciens bâtiments en pierre ; les gargouilles léchant les fumées noires du cœur de la ville envahie par le trafic.

— Je me réveillerai tous les matins sans l'odeur de purin au petit déjeuner et sans les gémissements du bétail que l'on trait.

Davey s'interrompit. Il espérait qu'il n'avait pas été offensant. Il remarqua, encore une fois, le cou de Conor.

Ensuite, il décrivit le contenu des cours proprement dits – des séminaires sur le latin et le grec ancien, des conférences consacrées à la littérature et à la pensée romaines –, et Davey était tellement reconnaissant envers Conor de juste l'écouter ; de pouvoir s'autoriser, pour une fois, à se laisser porter par son enthousiasme.

— Puis en dehors des cours, il faudra que je trouve un travail. Mais après le travail, je pourrai voir mes amis. J'ai entendu dire que les bars de Dublin étaient mortels.

Davey hésita, puis il osa aller un peu plus loin.

— J'ai entendu dire qu'il y avait une scène gay très débridée. Bien que n'importe quoi pourrait l'être, non, comparé à une bouteille partagée dans un champ ?

Il jeta un coup d'œil à sa droite. Il était allé trop loin. Il se demanda s'il n'était pas déjà un peu pompette. Une guêpe se mit à bourdonner, attirée par l'odeur, alors Davey essaya de la chasser.

— Je suis content pour toi, Davey…

Quand Conor ouvrit enfin la bouche, le ton de sa voix ne correspondait pas vraiment à ses mots. Davey pensa à cette ombre ténébreuse, celle entrevue sous la porte.

— C'est juste que… Ne te fais pas trop d'illusions, d'accord ?

Davey fronça les sourcils.

— Qu'est-ce que tu veux dire par là ? J'ai les points nécessaires. Ils vont me laisser intégrer, ils ont juste...

— Non, non.

Conor chassa les mots à sa façon.

— Je veux dire, à propos de Dublin. Ne va pas croire que c'est une sorte de Terre promise. Ils aiment se croire beaucoup plus « modernes » là-bas, mais la dernière fois que j'y suis allé, je me suis fait traiter de pédé et casser le nez en deux. C'est quand même toujours cette putain d'Irlande, dont on parle.

Pour conclure, Conor fit un geste emphatique de la main, qui vint renverser la bouteille sur le côté. Il la redressa tout de suite, mais pas assez vite pour éviter qu'une flaque de cidre doré ne vienne inonder l'herbe.

Il finit par pousser un soupir.

— Je suis désolé. Je suppose que je suis juste un peu jaloux de tous tes projets, c'est tout. Tout est dans une telle pagaille.

Davey regarda fixement la flaque. Très bientôt, il y aurait des fourmis.

— C'est fini, Davey. Les Bouchers ont décidé d'abandonner.

Davey pensa à poser sa main sur la sienne, en signe de compassion. Il se demanda où il la poserait exactement.

— Je vais rester avec mon frère le temps de trouver une solution, mais je... Je suis encore tellement en colère à propos de ce qui s'est passé.

Sur ce, pourtant, la main de Davey resta exactement là où elle était.

— Tu veux dire ce qui est arrivé à Sol ?

Conor hocha la tête.

— Tu veux dire... que ce n'était pas vous ?

— Quoi ?

— On nous a dit que c'était une de vos traditions. Un rituel funéraire, pendre un homme mort par les pieds.

Davey était certain que, cette fois, il était allé trop loin. Il pensa à combien Conor était assez proche de lui pour lui casser le nez en deux.

Il pensa à combien Conor était beau quand il riait.

Et le seul son de son rire suffit à confirmer ce que Davey avait toujours soupçonné. Conor rejeta la tête en arrière, et il y eut soudain plus de cou que jamais. Davey voulut, si fort, poser ses lèvres sur cette pomme d'Adam. Pas celle d'Ève ; non, celle d'Ève ne l'avait jamais intéressé plus que ça. Mais quand il ouvrit la bouche, quelque chose d'autre en sortit à la place :

— Je n'arrête pas de penser à ce passage de *L'Iliade*. Quand Achille fait deux trous dans les talons d'Hector et y enfile deux ceintures de cuir. Puis attache les ceintures à son char et traîne le corps dans la boue.

Davey s'interrompit. Il savait qu'il devrait demander ce que les Bouchers comptaient faire maintenant ; qu'il devrait s'excuser d'avoir cru ne serait-ce qu'à moitié aux horribles mensonges du Taureau.

— Pourquoi Achille a-t-il fait ça ?

— Le chagrin, répondit Davey. Son cousin Patrocle venait de mourir, poignardé dans le ventre par Hector. Ou alors, plus vraisemblablement, Achille et Patrocle avaient été amants. Donc, dans sa douleur, Achille a souillé le corps d'Hector pendant que sa pauvre famille n'avait pas d'autre choix que de le regarder faire.

Conor se décala pour éclipser l'éclat du soleil avec sa tête.

Davey fit la même chose pour qu'ils en soient tous les deux au même point.

— Viens avec moi à Dublin.

— Je ne peux pas.

— Je sais.

— Tu vas t'en sortir.

— Je sais, répéta-t-il, comme s'il avait la moindre idée de quoi que ce soit.

Mais quand ils finirent par s'embrasser, Davey sut qu'il était prêt à apprendre ; sut que c'était la vraie raison pour laquelle il se souviendrait toujours de cette journée. Leurs langues se disaient adieu dans leurs bouches respectives, tandis que leurs mains se posaient sur leurs ceintures respectives.

À présent il était prêt à tout essayer.

*

Quand il rentra enfin chez lui, Davey regarda le désordre de la cour comme s'il la reconnaissait à peine. Le tuyau d'arrosage gisait, flasque et déplié. Les fûts rouillés orange étaient remplis des eaux des dernières pluies. La Fiesta bleue était introuvable – son père avait dû la vendre. Davey pouvait sentir une légère brise, même s'il était certain que le rouge sur ses joues ne s'était pas encore tout à fait estompé.

Dans la cuisine, un morceau de viande crue était posé sur une assiette dans une flaque d'eau rosée. Deux mouches se montraient intéressées, s'éloignaient, puis revenaient à la charge en bourdonnant. Davey ravala sa culpabilité, qui avait un goût de pomme. Le repas de fête. Au moins, supposa-t-il, rien n'avait été réellement cuisiné.

Ses membres étaient encore un peu tendus quand il monta les escaliers, persuadé de laisser une traînée de foin dans son sillage. Il alla voir sa chambre, puis celle de sa mère. Le lit était fait. Sur la table de chevet, il n'y avait pas de tasse vide, seulement une Bible, le dos complètement lisse, le ruban rouge dépassant comme une langue.

Au loin, il entendit Blackfoot aboyer. C'était une vieille et honorable bête, qui faisait bien plus partie de la ferme que Davey lui-même.

Quand il repassa par la cuisine, les mouches avaient disparu.

Le ciel avait pâli encore un peu plus, la lumière du jour tirant vers le bas comme si elle pesait une tonne. À l'intérieur de l'étable, il faisait presque noir. L'odeur était un mélange d'avoine sucrée et de savon de selle. Dans un coin, à côté de sa vache adorée, son père était affalé, vêtu d'un anorak et de bottes de pluie. Davey pensa à ce photographe, au O'Connell's, qui essayait de capturer les choses « telles qu'elles étaient vraiment ». Ça aurait fait une photo parfaite.

Il se figea dans l'embrasure de la porte, avant de faire un dernier pas pour s'assurer d'être entendu. Il jeta un coup d'œil à Glassy, aux grandes taches de naissance brunes dessinées sur son flanc blanc et chaud. Elle n'avait pas l'air de prêter beaucoup attention à son père. Un sentiment qui n'était certainement pas réciproque. Pour se redresser, le vieil homme s'appuya si fort sur la balustrade que Davey se demanda s'il était ivre.

— Comment tu t'en es sorti ?

Ses mots arrivèrent bruyamment, bien qu'il les prononçât sans même tourner la tête.

Davey fit un pas en avant et sentit de petits grains de farine se réduire en poussière sous ses pieds.

— Je suis désolé pour le repas de ce midi. J'ai été retenu.

— Ce n'est pas grave, mon garçon. Mais dis-moi – tu es heureux ?

La question parut si profonde que Davey mit un moment à réaliser qu'elle faisait référence à ses résultats d'examen.

— Oui.

Puis il se souvint – *Ton père a suggéré que nous décongelions les premiers morceaux découpés par les Bouchers* – alors il tenta quelque chose de plus avenant :

— Je suis vraiment content, merci.

Il attendit sans trop savoir ce qui était censé se passer ensuite. La vache s'était mise à mâcher, faisant bouger sa mâchoire en de lentes rotations mécaniques. Finalement, son père se leva et se retourna. Un regard suffit pour dire à Davey qu'il était plus que sobre.

— Davey, dit-il en toussant. Davey, mon garçon, elle est partie.

Curieusement, Davey pensa d'abord que son père parlait d'une de ses filles – un test positif à l'ESB lors du passage de l'inspecteur, ce qui voulait dire que la bête avait été conduite à l'abattoir.

— Je faisais les boutiques. Elle m'avait envoyé chercher des trucs de dernière minute pour le dessert.

L'odeur de l'étable se fit de plus en plus forte, les enclos autour d'eux étaient jonchés de mottes de foin humides. Davey sentit les petites égratignures sur sa peau, là où les tiges dorées l'avaient griffée. Il leva les yeux. Le toit de l'étable était à deux doigts de s'effondrer.

— Elle a eu une crise d'épilepsie. Le temps que j'arrive à l'hôpital, il était déjà trop tard. Son cerveau... Les médecins ont dit qu'ils avaient fait tout ce qu'ils pouvaient.

Dans le dos de Davey, le soleil avait fini par s'effondrer. Dans l'obscurité, le silence des hommes avait beaucoup plus de sens, Davey aurait pu rester là pendant une éternité sans savoir quoi dire – ni en anglais, ni en irlandais, ni en latin, ni en grec ancien. Au lieu de cela, il ne pouvait qu'imaginer Achille traînant ce cadavre dans la boue, la poussière s'incrustant dans les blessures, noires et rances. Il savait qu'il aurait fait la même chose à n'importe quel homme, à n'importe quel Boucher, s'il avait pensé que ça pouvait soulager sa propre douleur.

Úna

Comté de Cavan, septembre 1996

Difficile de croire que l'année précédente c'était son tout premier jour d'école. Úna pouvait encore se souvenir des plis de sa chemise blanche, fraîche et rigide dans son emballage en plastique ; se souvenir de ses entrailles gonflées, remplies de porridge et de papillons délictueux. Au milieu de toute cette anxiété, cependant, il y avait aussi eu l'effervescence des possibilités. Celles de nouveaux amis et de nouveaux départs. De trouver quelqu'un qui aimerait l'entendre parler de son père, de ses Lego et de son plan avec la souris.

Et à présent ?

À présent, ses cheveux avaient repoussé juste assez pour couvrir le bout de ses oreilles. Úna les avait peignés par précaution. Par gratitude pour ce peu de chaleur qu'ils lui assuraient. Non pas que ses camarades de classe se soucieraient des détails – ils ne s'intéresseraient probablement qu'à son nouveau look bizarre, la pointant du doigt, la fixant et lui attribuant les mêmes noms que d'habitude.

La cowgirl est allée chez le coiffeur !

Úna frotta l'arrière de son cou. Sans sa queue-de-cheval, elle se sentait nue.

Les Bouchers chauves.

Durant l'été, elle avait essayé de réfléchir à sa rencontre avec Car McGrath dans la cour de récréation. Elle n'arrivait toujours pas vraiment à comprendre ce qu'il s'était passé ; ce qui, à ce moment-là, l'avait envahie. Quand elle était rentrée chez elle, elle s'était brossé les dents pendant des heures, mais le goût étrangement sucré du hamburger était resté sur ses gencives pendant des jours. Elle avait remis les ciseaux dans le tiroir de la cuisine.

Ce matin, pourtant, pendant que ses parents avaient le dos tourné, elle était allée ouvrir le tiroir et les avait ressortis ; avait hésité puis les avait glissés dans la poche de son uniforme. Encore une fois, elle n'a pas vraiment compris pourquoi, mais immédiatement après l'avoir fait, elle s'était sentie mieux. Elle savait que c'était en partie une question d'autodéfense – s'il décidait de venir à l'école aujourd'hui, il n'y avait aucun doute que Car McGrath chercherait à se venger.

Úna atteignit l'entrée principale. À peine à l'intérieur, le bruit était déjà monstrueux, ses camarades de classe discutant de manière effrénée, échangeant des histoires d'été et se hâtant de poser question sur question. Comme qui avait passé les vacances les plus coûteuses ? Qui avait entendu dire que le McDonald's du village allait finalement fermer ? Qui avait écouté ce nouveau groupe mortel, les Spice Girls ?

Moi c'est Scary.

Moi c'est Sporty.

Moi c'est Ginger.

Je n'ai pas le droit d'écouter ces « saletés de Britanniques ».

Úna rasa les murs pour se frayer un chemin le long du couloir. La sonnerie allait bientôt annoncer le rassemblement général, puis deux heures d'anglais, où ils commenceraient à étudier un nouveau livre intitulé *Portrait de l'artiste en jeune homme*. Alors qu'elle atteignait les casiers, Úna trouva tous les garçons attroupés. Ses papillons se mirent à virevolter si fort qu'ils vinrent se cogner contre ses côtes.

Moi c'est Baby.

Moi c'est Posh.

Je suis dans le pétrin maintenant.

En y regardant de plus près, Úna vit que la silhouette de la plupart d'entre eux s'était allongée pendant les vacances, des éclairs furtifs de chevilles et de poignets blancs dépassant de leurs uniformes trop petits. Tandis que leurs visages étaient rehaussés d'éclairs roses, là où de toutes nouvelles constellations d'acné avaient fait irruption. Il y en avait un ou deux avec les prémices d'une moustache sur les lèvres. Impossible de savoir clairement lequel l'avait repérée en premier, mais ça se mit à jouer du coude et, bientôt, tous les regards étaient braqués dans sa direction. Car interrompit le cours de ce qu'il était en train de raconter – quelque chose à propos de son grand frère et d'un soupçon de vodka. Úna vit que les touffes orange avaient à peu près disparu. Quand il jeta un coup d'œil par-dessus son épaule, elle vit que la coupure au niveau de son cou avait presque cicatrisé.

Leurs regards se croisèrent, même si Car ne s'était pas encore complètement retourné.

Dans le silence, Úna se souvint des derniers mots qu'il lui avait adressés.

Je pensais que tu voulais...

La plupart des filles seraient...

Elle n'avait toujours pas compris comment il avait prévu de finir cette phrase. Ni pourquoi il avait soudain pensé qu'elle était comme la plupart des filles.

Mais c'est quoi ce bordel ?

Au moins, Úna pouvait sentir le poids des ciseaux dans sa poche ; se rappeler de ce que ça faisait de les presser contre la gorge de Car. Elle pensa à un Boucher se tenant au-dessus d'une vache, la regardant dans les yeux et lui faisant comprendre qui avait le contrôle.

Elle pensa que la plupart des filles n'avaient pas fait de Car McGrath une petite chose suppliante.

Úna, s'il te plaît...

Úna, je suis désolé...

— La fille dans le garage jette un coup d'œil à ma carte d'identité.

Quand elle entendit de nouveau la voix de Car, ça n'avait rien à voir avec elle. D'ailleurs, il avait détourné le regard et repris le fil de son histoire.

— Et là, elle fait : « Mais, *tu n'es pas* Francis McGrath ! »

Les autres garçons fronçaient les sourcils, confus, leurs yeux toujours rivés sur Úna, jusqu'à ce que la chute attire leur attention.

— Il se trouve que c'était la fille qui l'avait branlé à l'athlé une semaine avant !

La chemise d'Úna resta collée à son dos tandis qu'elle s'éloignait. Dans sa poche, elle avait serré les ciseaux si fort qu'elle avait réussi à se couper. Elle mit son doigt dans sa bouche et sentit le goût du métal sur sa langue. Elle savait qu'elle n'était pas encore sortie d'affaire – Car avait eu le reste de l'été pour préparer sa vengeance, donc il y avait de fortes chances pour qu'il garde son plan bien ficelé pour plus tard. Peut-être devant tout le collège pendant le rassemblement, ou à la pause déjeuner dans la cour.

Elle imagina une bouteille d'eau de javel extra-forte versée sur sa tête jusqu'à ce que des cloques brûlantes se forment sur son cuir chevelu.

Elle imagina une série entière de Big Macs enfoncés dans sa gorge jusqu'à ce qu'elle s'étouffe.

Mais quand la sonnerie annonça la fin de la journée, il n'y avait eu aucun plan, aucun signe de vengeance. En fait, personne ne l'avait vraiment montrée du doigt, n'avait ri ni ne l'avait appelée par un quelconque surnom. Úna n'arrivait pas à se souvenir de la dernière fois qu'elle avait mangé son sandwich sans être interrompue, ou qu'elle avait demandé la permission d'aller aux toilettes sans récolter un chœur de « yiiii ha ».

Elle avait enfin compris ce qui s'était passé cette nuit d'été – elle avait enfin compris que la violence lui avait donné ce qu'elle avait toujours voulu avoir. Elle sourit. Elle soupçonnait qu'ils ne l'ennuieraient plus. Elle ferma son casier et prit le chemin du retour. Déjà, ses tripes ne lui faisaient plus le même effet qu'au matin. Les papillons avaient disparu – on aurait dit qu'elle les avait dissuadés eux aussi. À leur place, une nouvelle sorte de pouvoir avait commencé à grandir.

*

Quand elle arriva à la maison, son père était dans la cuisine, les prémices du dîner étalés sur le comptoir. Le bruit de son couteau sur la planche à découper la fit penser à un marteau-piqueur. La nouvelle configuration voulait que son père se charge des repas les jours où la mère d'Úna se rendait en ville pour travailler. Elle lisait des romans dans le bus pour passer le temps – Úna aimait quand elle ramenait à la maison de nouvelles intrigues. Úna se demandait si elle était retournée à ce club de lecture dont elle avait vu l'annonce dans *L'Anglo-Celt*.

Úna aimait les anecdotes que sa mère rapportait à propos des différents clients de la boutique de fleurs – les gens qui échangeaient leur argent durement gagné contre des choses qu'ils auraient pu se contenter de faire pousser dans la terre. Il y avait les habitués et les clients occasionnels ; les individus étranges, ceux qui dépensaient sans compter et ressortaient aussitôt. Sa mère disait qu'elle soupçonnait que leurs bouquets soient destinés à des excuses ou à des histoires sordides.

Sa mère était devenue un peu étrange elle-même.

Mais, par-dessus tout, Úna aimait cette énergie qu'elle retrouvait progressivement. Elle s'était mise à porter des boucles d'oreilles ; à finir certains de ses repas. Úna aimait aussi l'énergie de son père, qui se précipitait à la cuisine, faisant différentes choses avec différents ustensiles, essayant de trouver une nouvelle voie, une nouvelle route vers le bonheur.

Úna décida de le laisser faire. Elle monta les escaliers jusqu'à sa chambre et referma la porte derrière elle. Elle jeta un coup d'œil à son tout nouvel agencement. Elle était ravie – ça faisait tellement plus mature. Elle avait jeté tous ses Lego à la poubelle et retiré du mur la carte de l'Irlande défraîchie. À la place, il y avait une femme glamour, en robe noire, fumant une longue cigarette.

Diamants sur canapé.

Sa mère l'avait rapportée à la maison en guise de cadeau le mois précédent, avec sa première paye.

Elle lui avait promis qu'elles pourraient regarder le film ensemble quand Úna aurait quinze ans. Pour l'heure, le reste des murs était nu. La blancheur était belle, propre, même si elle semblait aussi un peu vide. Úna devrait bientôt trouver ce qu'elle allait y mettre à la place.

*

Le samedi soir, ses parents annoncèrent qu'ils allaient au restaurant dîner en « amoureux ». Úna insista sur le fait qu'elle n'avait pas besoin d'aller chez Mme P. – elle était plus que capable de se débrouiller seule. Elle était contente que ses parents acceptent, mais au bout d'un moment, elle s'ennuya. Elle alluma la radio pour combler le silence. Les Spice Girls n'arrêtaient pas de lui demander ce qu'elle voulait vraiment vraiment.

La semaine suivante, Car McGrath et le reste de ses camarades de classe la fuyaient toujours comme la peste. La phrase la fit penser à la MCJ. Une autre personne était morte en Angleterre. Apparemment, la maladie rendait les gens dépressifs puis leur donnait d'étranges hallucinations. Les scientifiques étaient encore bien loin d'avoir trouvé le moindre remède.

Le vendredi après-midi, Úna pensa qu'elle-même avait peut-être des hallucinations, parce qu'à son retour du collège il y avait une enveloppe blanche sur la crédence de l'entrée, avec son nom et son adresse écrits sur le recto. Elle essaya de se rappeler si elle avait déjà reçu une lettre de sa vie. Il y avait bien eu les cartes d'anniversaire le mois précédent, mais elles avaient été remises en main propre, donc ça ne comptait pas. Il y avait eu une carte géante en forme de treize, de la part de ses parents, et une plus petite, rose, de la part de Mme P. Úna savait qu'à ce rythme-là il y avait de grandes chances pour qu'il n'y en ait jamais de troisième.

Chère Úna,

Mon nom est Davey McCready, et je crois bien que je suis ton cousin germain. Je ne savais même pas que tu existais jusqu'à il y a quelques semaines. Mais j'ai rencontré ta mère aux funérailles de la mienne et elle m'a tout raconté. Elle m'a semblé être une femme adorable. C'est elle qui a apporté la plus belle couronne de fleurs.

Je t'écris de Dublin, où je viens d'entamer une licence de lettres classiques. Connais-tu quelques mythes antiques ? Mon préféré, c'est celui du Minotaure, une créature mi-homme, mi-taureau. Si tu n'en as pas entendu parler, dis-le moi, et je te raconterai tout.

Les lettres classiques étaient ma matière préférée au lycée. Quelle est la tienne ? Que veux-tu devenir quand tu seras grande ? As-tu déjà visité Dublin ? Un ami m'a dit un jour que ça n'avait rien d'une Terre promise, mais je le soupçonne de m'avoir menti.

Quoi qu'il en soit, j'aimerais beaucoup que tu me parles de toi, et j'espère que tu me répondras à l'occasion.

Amitiés,

Ton cousin germain,

Davey McCready

Après les avoir lus trois fois de suite, Úna connaissait tous les mots par cœur. Ses préférés étaient *germain* et *mythes antiques*. Elle aimait aussi *promise* et *mi-taureau*. Ce qu'elle n'aimait pas, c'était la fin du troisième paragraphe, avec son déluge de points d'interrogation. Elle pensa de nouveau à un marteau-piqueur. Elle avait déjà remarqué que certains adultes vous demandaient ce que vous voudriez *faire* quand vous seriez grand, et que d'autres vous demandaient ce que vous voudriez *devenir*. Úna se demanda si les deux formulations voulaient dire la même chose. Et si oui, est-ce que ça rendait les choses plus faciles ou plus difficiles, pour trouver une réponse ? Surtout quand vous deviez soudain repartir de zéro.

— Alors, tu t'es enfin trouvé un nouvel ami ?

Les boucles d'oreilles de sa mère, aujourd'hui, étaient une paire de tourbillons rouges qu'Úna ne se souvenait pas avoir déjà vus.

Elle attendit d'être sûre de sa logique, puis lança sa propre enquête :

— Tu ne m'as pas dit que ta sœur était morte ?

Sa mère laissa son sourire retomber.

— L'avis de décès est paru dans le journal il y a deux semaines, répondit-elle.

Elle anticipa aussi sur ce qui suivrait :

— Je sais que tu aurais dû m'accompagner à l'enterrement, mais j'avais besoin… J'ai décidé d'y aller seule.

Dans le silence, Úna était consciente qu'ensuite elle était censée répondre « je suis désolée que tu aies des soucis », même si « désolée » donnait l'impression qu'elle avait fait quelque chose de mal. Et puis, c'était étrange que sa mère ait perdu quelqu'un de si important alors qu'elle, apparemment, gagnait quelqu'un de nouveau.

— J'ai discuté avec Davey à la réception après la cérémonie. Il m'a semblé être un garçon adorable. Un autre enfant unique, en l'occurrence, donc il était très intéressé quand je lui ai parlé de toi.

En écoutant, Úna essaya d'égaler l'enthousiasme de sa mère.

Elle savait qu'elle devrait être « très intéressée » elle aussi. Parce que c'était sa toute première lettre ; son tout premier cousin germain.

J'aimerais beaucoup que tu me parles de toi.

Le souci, c'était qu'Úna réalisait de plus en plus qu'elle n'avait pas la moindre idée à son propre sujet – qui elle était ; ce qu'elle voulait faire ou devenir. Elle avait découvert qu'en pressant une lame sur le cou d'un garçon on pouvait parfois obtenir ce qu'on voulait. Mais elle n'était plus si certaine de savoir ce qu'elle désirait. Parce que tout avait changé – tout ce qui l'avait définie jusqu'à présent avait disparu ou avait, techniquement, été « dissous ». En fait, depuis que les Bouchers avaient écrit le point final, elle ne savait plus quel mot on devait utiliser pour parler d'elle. Auparavant, il y avait toujours eu *spéciale* et *croyante*. Il y avait même eu, pendant un court moment, *Boucher remplaçant*. Il y avait eu *monstre* et *cowgirl*, mais maintenant, aucun de ces noms ne lui convenait et elle était aussi vide que le mur nu d'une chambre à coucher.

Úna leva les yeux vers les yeux verts de sa mère. Ses joues roses étaient devenues un peu plus douces, il n'y avait plus d'os qui saillait sous sa peau. Úna supposa qu'elle s'était mise à se faire appeler autrement – *fleuriste* – alors peut-être qu'Úna devrait essayer de faire pareil ? Ou bien elle pourrait être photographe, comme Ronan. Ou journaliste, comme Mme P. avant qu'elle ne devienne une épouse qui faisait sans cesse cuire des gâteaux, puis une veuve du nom d'Aoife qui cirait les bottes des morts ?

Moi c'est Scary.

Moi c'est Sporty.

J'ai décidé de faire bande à part.

Úna plia la lettre puis la remit dans l'enveloppe, qu'elle retourna pour regarder fixement les mots sur le devant. Elle avait envie de prendre les ciseaux et de découper son nom ; de regarder à travers, puis de l'autre côté de la fente.

*

À la fin de la semaine, il y avait bien plus que des lettres qui arrivaient à la maison. Úna était dans la cuisine en train de disposer sept paires de couteaux et de fourchettes ; de plier sept serviettes de manière élégante. Son père venait d'avoir cinquante ans, et les Bouchers – les anciens Bouchers – arrivaient de tout le pays pour se joindre à lui pour le déjeuner du dimanche. Ce serait la première fois que le groupe se réunirait depuis sa dissolution. Úna les soupçonnait d'avoir la bougeotte depuis le temps. L'âge – un demi-siècle ! – semblait exceptionnellement vieux, mais quand son père entra dans la cuisine, il était toujours le même. Il portait une nouvelle chemise à carreaux. La nuit précédente, sa femme lui avait dégagé la nuque à la tondeuse, pendant qu'Úna avait ravalé une surprenante pointe de jalousie.

Sa mère transpirait au-dessus du four, essayant de s'y retrouver entre les différents morceaux de viande en train d'y rôtir. Il y en avait tout un assortiment, aléatoire – un menu spécial, composé à partir de la toute dernière réserve du congélateur. C'était étrange de voir sa mère porter de nouveau un tablier – de plus en plus ces derniers temps, c'était devenu l'apanage de son père. Úna supposa que, juste pour aujourd'hui, il pourrait de nouveau se faire appeler Boucher.

Elle s'était sentie coupable ce matin de ne pas avoir ne serait-ce qu'une simple carte à lui offrir. Sa mère avait promis d'en prendre une pour elle en ville, puis elle avait oublié. Úna avait l'habitude de les faire elle-même en cours d'arts plastiques, mais ça lui semblait un peu enfantin maintenant. Elle supposa qu'elle aurait pu se contenter de lui écrire une lettre.

Elle remplit la cruche avec l'eau du robinet. Elle n'avait pas encore répondu à son cousin. Elle sentit son estomac gronder, pas pour la première fois de la journée. Elle se demanda si elle couvait quelque chose (une autre maladie animale ? Une autre peste ?), ou si quelque chose était en train de l'envahir. Elle pensa à sa tante. Sa mère n'avait pas vraiment expliqué comment elle était morte.

La sonnette de la porte d'entrée annonça l'arrivée du premier invité, le Boucher appelé Wyn. Il avait le visage flasque et un corps gras.

— Úna, je t'aurais à peine reconnue !

Elle fit de son mieux pour afficher un sourire qu'elle ne ressentait pas. Ensuite arrivèrent Mik et Farley, suivis du blondinet nommé Conor. C'était le plus jeune du groupe.

C'était aussi l'un des deux types que l'on avait renvoyés à la frontière le mois précédent, pour essayer d'élucider les détails de la mort de Sol. Quand ils étaient revenus, le fruit de leur enquête avait été chuchoté à l'oreille de la mère d'Úna, qu'on avait chargée d'annoncer la nouvelle. Úna l'avait accompagnée chez Mme P., mais elle avait attendu dans une autre pièce, ce qui voulait dire qu'elle n'avait pas vu le regard de la veuve, quand elle s'était imaginé pour la première fois le corps de son mari suspendu à un crochet par les pieds. Elle avait juste entendu le hurlement traverser le mur – le son guttural, animal – et les sanglots qui avaient suivi, comme si ses poumons recrachaient toute l'eau d'un lac.

Sur le chemin du retour, Úna avait osé poser la question à sa mère.

— Je croyais que tu avais dit que des réponses lui apporteraient enfin la paix ?

— C'est vrai… ma chérie, mais j'ai vraiment été naïve.

Le visage de sa mère était aussi pâle et fatigué qu'autrefois.

— Parce qu'à la place Aoife dit que son chagrin ne fait que redoubler.

— Pourquoi ?

— Parce que, maintenant, elle doit aussi pleurer sur la dignité perdue de son mari.

Úna avait imaginé un deuxième cercueil en osier descendant lentement dans la terre.

Ils n'avaient pas beaucoup revu Mme P. depuis cette terrible journée – le nouveau travail de sa mère ne laissait pas beaucoup de temps libre pour les visites –, Úna était donc contente de voir la veuve se présenter à la maison cet après-midi-là. Puis elle vit la douleur dans ses yeux, et elle ne fut plus contente du tout. Elle lui prit des mains son sac en plastique et jeta un coup d'œil à l'intérieur. Le gâteau éponge acheté en magasin était fendu par le milieu – une grande hachure dentelée, qui ne guérirait sûrement jamais.

Une fois les sept hommes à l'intérieur, la maison sembla pleine à craquer. La mère d'Úna avait mis des bouquets de fleurs partout. Elle n'avait pas précisé si elles étaient offertes ou si Helen les déduirait de son salaire. Úna jeta un coup d'œil au jardin, qui était plus en pagaille que jamais – ces derniers temps, sa mère était tout simplement trop débordée pour s'en occuper correctement. Úna supposa que « jardinier » serait une autre option.

Elles servirent le déjeuner, puis laissèrent les hommes à leurs assiettes et se retirèrent dans le salon. Heureusement, une nouvelle distraction avait été mise en place pour désamorcer la gêne ambiante. La mère d'Úna avait acheté une télévision pour l'anniversaire de son mari ; lui avait montré comment la brancher et se servir de la télécommande. Ç'avait été à son tour à lui d'afficher un sourire qu'il ne ressentait manifestement pas.

Donc maintenant, elles étaient toutes les trois concentrées sur l'écran, où un homme en costume à rayures venait tout juste de faire son apparition. Úna se souvint du portrait en cours d'éducation civique.

— Eion Goldsmith, dit-elle. C'est lui. C'est le Taureau.

Un *garda* le faisait sortir d'une voiture, tandis que les lumières clignotaient et que les caméras étaient braquées tout autour de lui. Parfois, le scintillement métallique des menottes qui dépassaient de ses manches accrochait le regard.

— C'est bien lui, en effet.

Quand Mme P. prit la parole, Úna réalisa que c'était les premiers mots qu'elle prononçait depuis son arrivée.

— La *gardaí* l'arrête pour toutes sortes de raisons : contrats frauduleux, évasion fiscale. Ils pensent aussi que c'est peut-être lui qui aurait produit et vendu les FVO qui ont rendu les vaches irlandaises malades. À cause de lui, beaucoup d'hommes ont perdu leur gagne-pain.

Quand la caméra fit un panoramique, Úna vit qu'il y avait effectivement beaucoup d'hommes, qui eux ne portaient pas de costume, mais une polaire et une casquette. Ils étaient parqués derrière des barrières métalliques, criant à tue-tête et brandissant des pancartes maison :

LE TAUREAU DE L'ESB !
JUSTICE POUR LES AGRICULTEURS !
GOLDSMITH N'AIME KE CE QUI BRILLE !

Tandis qu'Úna observait le chaos qui couvait et les photographes se marcher dessus pour obtenir la meilleure version du même cliché, elle pensa aux hommes qui perdaient leur gagne-pain et leur dignité ; aux gens qui perdaient leur foi et leur identité. Elle se demanda s'il y avait un endroit spécial où toutes ces choses allaient quand elles étaient perdues, et si elles pouvaient être retrouvées un jour. Elle sentit son estomac palpiter de nouveau. Peut-être que ses papillons étaient revenus en rampant, après tout.

— J'ai besoin d'eau.

Elle avait à peine dépassé la porte, qu'elle entendit les deux femmes retenir leur souffle. Elle supposa qu'il y avait quelque chose de choquant à la télé – un homme escaladant les barricades ; un violent coup de poing lancé dans la mâchoire ciselée de Goldsmith. Mais quand elle se retourna, elles avaient abandonné la télé pour regarder fixement la tache sur le canapé. Ensuite, leurs yeux vinrent se poser sur le pantalon d'Úna, alors Úna contorsionna son corps, jusqu'à ce qu'elle puisse elle-même apercevoir la preuve humide.

Elle pensa à la trace laissée par la toute première souris, sur le sol de sa chambre.

Elle pensa à un crochet rouillé, perçant le pied fragile d'un vieil homme.

Elle pensa à une ligne rouge, coulant le long du cou de Car McGrath.

Elle partit en courant dans les escaliers, jusqu'à la salle de bains, où elle s'assit sur le couvercle des toilettes. Elle serra sa tête entre ses mains pour ne pas voir sa mère faire irruption ; pour ne rien voir d'autre que le sol et son pantalon glisser lentement le long de ses jambes ; le machin blanc sorti du tiroir du bas, celui de sa mère.

Elle entendit une explosion de rires – le rire des hommes – venant de la cuisine, en bas. Elle savait qu'elle allait très certainement être malade.

— Ma chérie, tu m'entends ?

Au bout d'un moment, elle entendit sa mère essayer de lui parler, ou du moins de parler à cette créature qu'elle était apparemment devenue.

Sa mère lui proposait de prendre un bain.

Sa mère lui proposait d'aller au lac.

Sa mère lui proposait une explication qu'elle ne comprenait pas.

— Ça y est, ma chérie, tu es une femme maintenant.

Moi c'est Scary.

Moi c'est Sporty.

Je suis une femme maintenant.

Mais juste au moment où elle allait hurler, sa mère posa huit doigts sur sa peau et lui proposa deux dernières choses. La première ressemblait à ça :

— Ils oublient que nous en savons plus sur la mort précisément parce que nous pouvons donner la vie.

Cette fois, Úna n'eut pas besoin de demander ce qu'elle entendait par « ils ». Et puis une seconde – celle qu'Úna aima le plus, celle qui, pendant juste une minute, calma son estomac :

— Laisse-moi te le dire, ma chérie. Nous en savons plus sur le sang qu'ils n'en sauront jamais.

*

Quand elle redescendit enfin, le coussin avait été retourné. Mme P. murmura un « félicitations » avec une toute petite lueur dans les yeux. Mais ensuite elle se leva et annonça qu'il était temps de partir, et ses yeux étaient de nouveau à l'agonie.

— Ces choses-là sont sacrées.

Tandis qu'elle s'éloignait, sa voix devint plus rauque.

— Notre corps, je veux dire. J'ai juste...

Elle secoua la tête.

— Je ne comprends pas comment on pourrait penser le contraire.

En la regardant avancer dans le couloir de l'entrée, recroquevillée de tout son être, Úna pensa de nouveau aux petits ciseaux, ou, mieux encore, au grand couteau à pain dentelé. Elle se jura que si elle découvrait un jour qui avait fait ces choses à Sol – et qui avait causé tant de douleur à cette femme remarquable –, elle utiliserait tous les moyens possibles pour lui faire du mal.

Le fermier se tenait sur le seuil de la porte d'entrée, comme s'il avait attendu là depuis toujours. Dans sa main, il y avait une corde et, au bout de la corde, une vache noire et blanche. Úna remarqua que ses mamelles étaient gonflées et presque aussi grosses que sa tête. Elle remarqua, quand il prit la parole, que son accent n'était pas du coin.

— Je cherche les Bouchers.

Sa mère s'avança et lui sourit exactement comme Úna la soupçonnait de le faire avec ses clients.

— Un instant, dit-elle. Je vais chercher mon mari.

En rôdant dans l'embrasure de la porte, Úna remarqua une odeur, légèrement vinaigrée. Même si elle n'arrivait pas à savoir si ça venait d'elle ou de la génisse.

Quand son père arriva, il avait les joues roses à cause de la chaleur, du vin et de la douceur amère des retrouvailles. Le fermier n'avait pas dit un mot de plus.

— Je cherche les Bouchers, répéta-t-il.

La vache expira bruyamment par le nez.

— Monsieur Larkin, c'est ça ?

Son père s'essuya la main avant de la lui tendre.

— C'est un plaisir de vous revoir, monsieur. Ça faisait longtemps. Vous ne devez pas être au courant, mais nous – les Bouchers, je veux dire – j'ai bien peur que nous ayons été contraints de... prendre notre *retraite*.

Il s'interrompit. Peu importe les mots employés, la réalité n'était pas devenue plus facile à admettre.

— C'était devenu dangereux. Et avec la nouvelle loi sur le traçage des bêtes, c'est impossible de...

— Ma femme vient juste d'accoucher.

Si son père hésita, ce ne fut que l'histoire d'une seconde.

— Félicitations !

Son sourire était parfaitement assorti à celui de son épouse.

— Mais nous ne pouvons toujours rien faire pour vous, je suis vraiment désolé. Nous ne sommes même pas huit à...

— Je veux que ma fille soit croyante elle aussi.

Úna crut voir les yeux de son père vaciller dans sa direction.

Sa mère avait oublié une petite touffe de cheveux sur sa nuque.

Il n'y avait pas un bruit, mis à part la génisse qui faisait lentement tournoyer sa queue.

Très vite, le silence attira d'autres hommes – d'abord Wyn, puis Farley et Conor –, jusqu'à ce que l'encadrement de la porte soit complètement saturé. La mère d'Úna les reconduisit, elle et Mme P., dans le salon où la télévision diffusait toujours les mêmes images du Taureau traîné par des menottes à l'arrière d'une voiture. Ou peut-être, se demanda Úna, que la séquence était en direct, et qu'il était simplement obligé de repasser à l'infini au milieu de la même haie d'honneur – une punition très à propos, dispensée par un juge avisé. Parce que, comme ça, les agriculteurs pourraient lui hurler dessus et cracher leur colère encore et encore ; s'assurer qu'il n'oublie jamais tout le malheur que sa cupidité avait causé.

Úna supposa que la scène se passait à Dublin, ce qui lui fit repenser à son cousin. Elle se promis qu'elle répondrait enfin à sa lettre le soir même, qu'elle admettrait enfin que, fut un temps, elle savait tout d'elle-même, mais que ce n'était plus du tout le cas. Et aussi, qu'elle n'avait jamais entendu parler du mythe du Minotaure – pourrait-il le lui raconter ? –, mais qu'elle avait son propre mythe préféré. Il s'appelait « La Malédiction de la veuve du fermier ». Même s'il n'était pas très connu, il était probablement aussi ancien que le sien. C'était l'histoire d'une femme qui perdait son mari et ses sept fils à la guerre, alors elle lançait une malédiction qui disait qu'aucun homme n'était autorisé à abattre du bétail tout seul. Au lieu de cela, sept autres devaient être là pour honorer la mémoire de son chagrin, sinon il reviendrait empoisonner la terre. Alors pendant des centaines d'années, le peuple irlandais tint compte de ses paroles et s'assura de suivre le bon protocole quand il s'agissait de tuer le bétail. Ensuite, un groupe d'hommes se mit à sillonner le pays pour le faire à sa place ; pour qu'il soit plus facile de maintenir en vie les vieilles habitudes. Mais finalement ils abandonnèrent et, évidemment, la terre tomba malade et tous les animaux commencèrent à devenir fous. Puis les gens commencèrent à devenir fous eux aussi – certains essayèrent de blâmer l'Angleterre ; d'autres de blâmer la nourriture qu'on donnait aux animaux. Et d'autres encore de s'enfuir en Amérique, mais l'Amérique ne les laissa pas entrer, de peur que la folie soit contagieuse. Donc à part de riches barons du bœuf qui avaient réussi à s'exfiltrer en douce, tout le monde commença à mourir et, bientôt, le pays se décomposa jusqu'à ce qu'il ne soit finalement plus un pays. Juste une motte de terre ratatinée qui apparaissait dans de vieilles histoires stupides. Mais même les histoires devinrent contagieuses, alors les gens cessèrent de les raconter elles aussi, jusqu'à ce qu'il n'en reste plus la moindre trace.

Quand elle sortit dans le couloir, les bavardages retombèrent.

— Je vais le faire.

Tous les regards convergèrent sur elle. Dans le silence, elle pouvait le sentir – ce même sentiment qui l'avait envahie dans la cour de récréation avec Car McGrath. Et elle sut qu'enfin elle tenait la réponse à la question de son cousin.

Parle-moi de toi…

Je m'appelle Úna et je suis Boucher.

— Úna, on en a déjà parlé…

— La légende dit juste qu'aucun *homme* ne peut être seul pour abattre le bétail.

Elle jeta un rapide coup d'œil par-dessus son épaule.

— Elle ne dit rien à propos des femmes.

Elle vit Mme P., dont le mari avait été mutilé et à qui on ne dirait jamais pourquoi ni par qui. Elle vit sa mère faire un minuscule signe de la tête.

Ils oublient que nous en savons plus sur la mort précisément parce que nous pouvons donner la vie.

Úna passa devant les corps des bêtes dans la nuit.

— Pourquoi n'iriez-vous pas préparer une tasse de thé à M. Larkin pendant qu'il patiente ?

Elle prit la corde de la main du fermier.

— Nous n'en aurons pas pour longtemps.

La vache la regarda et la suivit aussitôt.

Nous en savons plus sur le sang qu'ils n'en sauront jamais.

Fionn

Dublin, septembre 1996

Tout autour de lui, les odeurs étaient totalement différentes de celles du O'Connell's – moins acides et plus alcalines, s'il devait se prononcer –, mais pas moins désagréables. L'enveloppe était glissée bien au chaud dans la poche de son jean, sous sa fesse droite. Fionn pensa à une poule accroupie sur son œuf.

Il était à deux doigts d'en rire, déjà amusé par le côté loufoque de sa présence ici, sur un tabouret bancal, dans un pub peu familier d'un coin peu familier de Dublin. Il y avait une poignée de breloques festives éparpillée sur les murs et autour des fenêtres. Il remarqua que toutes ces décorations mettaient beaucoup plus à l'honneur le Père Noël que la Sainte Trinité. Il avait aussi remarqué l'absence de télévision. Il jeta un coup d'œil qui alla de l'horloge à la porte, puis de la porte à l'horloge. Il s'était biberonné au Coca et avait sucé le quart de citron de sa pinte jusqu'à l'écorce. Il était encore complètement sidéré par les prix.

Il portait une chemise, bien qu'il n'en ait emporté que trois pour toute la durée de son séjour. Il s'était peigné les cheveux, puis s'était énervé, les avait ébouriffés, puis les avait peignés de nouveau. À la table à sa droite, deux jeunes hommes parlaient de cricket, ou d'un autre sport britannique. Fionn mourait d'envie d'un paquet de chips. Il remua son verre vide en faisant tinter les glaçons contre le verre.

Il regarda une fois de plus l'horloge et la porte, mais toujours rien – pas de signe, pas de saint et pas d'écran de télévision. Fionn poussa un soupir. Pas la moindre trace de son fils unique.

Il se souvenait encore de son tout premier séjour à Dublin, quand il avait douze ans. L'Irlande affrontait l'Espagne pour les qualifications de la Coupe du monde et son père avait réussi à dégoter des billets au marché noir auprès d'un revendeur. Ils avaient pris le train avec Martin Flahey et son père ; emporté des sandwichs au jambon et un sac en plastique rempli de canettes. Résultat, les deux hommes ne tenaient déjà plus sur leurs jambes quand la gare d'Heuston était apparue, trouble, dans leur champ de vision. Leurs deux garçons étaient tout aussi ivres, tout aussi roses.

Il y avait eu de longues heures à tuer avant le coup d'envoi, alors ils avaient entrepris de flâner dans les rues de la capitale, le père de Fionn racontant tout du long des anecdotes de l'insurrection de Pâques 1916. Ils avaient fait un tour à la Poste centrale, avec ses murs criblés d'impacts de balles. À la prison de Kilmainham où les chefs du mouvement avaient été exécutés. Plus d'une fois, Fionn avait cru repérer une larme au coin des yeux de son père. Mais ensuite, ils avaient tourné en direction des quais, rive nord, où soudain ils avaient aperçu du bétail, parqué dans des enclos de fortune. Fionn s'était figé sur place, confus. Il n'y avait pas un brin d'herbe en vue. Apparemment, le bateau pour Liverpool était tombé en panne, le troupeau ne serait pas chargé le jour même, en fin de compte. Le père de Fionn avait remarqué que son fils restait bouche bée et il avait ri à gorge déployée. *Ressaisis-toi un peu, mon fils – on va croire que tu n'as jamais vu une seule vache de toute ta vie !*

Bien entendu, il ne restait plus rien de tout ça – le marché aux bestiaux de Dublin avait fermé en 1973. Désormais, la capitale se sentait, plus que jamais, loin de la boue et des bouses. Fionn avait oublié que cet après-midi-là ils étaient en compagnie des Flahey. Il se souvenait de Martin et lui partageant une glace à l'italienne ; d'avoir été soulagé que l'Irlande gagne, parce que ça voulait dire que son père ne serait pas de si mauvais poil ensuite.

Davey était monté à bord du train à son tour, seulement deux semaines après l'enterrement. Une semaine plus tard, il avait téléphoné de sa résidence universitaire pour dire qu'il était arrivé en un seul morceau. Après ça, le silence dans la ferme avait été si total que Fionn avait l'impression d'être le dernier homme sur terre – même les hirondelles avaient vite fichu le camp cette année-là. Mais ensuite, l'avocat de la partie civile l'avait contacté à propos de l'affaire du Taureau, et Fionn avait réservé un billet sur-le-champ ; avait téléphoné à Davey et lui avait dit de choisir un soir et un pub. Ça lui donnait six semaines pour tout mettre en ordre et pour appliquer le plan auquel il avait d'ores et déjà mûrement réfléchi. Ça l'avait presque tué, mais finalement, ils étaient là, lui et son enveloppe.

Et pourtant, quand il vérifia de nouveau l'heure, il semblait que tout ne serait peut-être pas en ordre après tout. Le cadran de l'horloge était entouré d'une guirlande de Noël – comme toutes les résidences, tous les pubs, et tout ce qui pouvait donner l'heure. Fionn pensa à l'horloge du millénaire et à comment la Liffey continuait d'endommager sa mécanique. Le Conseil avait finalement décidé de l'arrêter pour de bon – deux cent cinquante mille balles, partis dans la cuvette des chiottes, s'écoulant droit vers l'océan.

En parlant de toilettes, Fionn avait besoin d'y aller – le Coca avait trouvé un chemin encore plus direct. Il décida que, s'il n'y avait toujours aucun signe de son fils quand il revenait, il retournerait à son hôtel. Mais à peine s'était-il levé que la porte s'ouvrit en un éclair, laissant entrer un courant d'air aussi glacial qu'un cauchemar en plein hiver.

— Alors, tu m'abandonnes aussi facilement ?

Les charnières se refermèrent et le courant d'air s'évanouit. Fionn sentit la chaleur se répandre dans sa poitrine.

— Je m'apprêtais justement à en prendre un deuxième.

Davey déroula l'écharpe autour de son cou.

— Un Gin To. Et un sachet de noix, si tu es partant.

Fionn dut vite se retourner pour masquer son sourire.

En attendant au comptoir, il fit abstraction de sa vessie et s'efforça de ne pas regarder derrière – de ne pas regarder son fils qui l'attendait, sans lui faire faux bond ni le laisser tomber. Cela faisait moins de trois mois, mais Davey semblait déjà plus mûr. Plus fin. Mais aussi, en toute franchise, plus maigre – il avait toujours eu des pommettes saillantes, mais là, doux Jésus, c'était carrément une méchante paire de jougs.

Fionn commanda les boissons à un garçon avec des cornes de renne. Et un paquet de noix.

— Disons deux, en fait.

Il avait mangé un peu plus tôt, mais il était encore affamé après toute une journée d'entretiens passée dans des pièces sans fenêtres. Il regarda le Coca cracher sa couleur brune du robinet et souhaita à peine que ce soit quelque chose de plus fort.

L'enveloppe était toujours là, contre la courbe de sa fesse.

Il prit son verre d'une main et le gobelet de l'autre, avec la petite bouteille de tonic coincée entre son annulaire et son petit doigt. Parce que faire ça en deux temps, c'était bon pour les abrutis de la campagne incapables de se dépatouiller ou de suivre le rythme. Les noix étaient dans sa poche gauche. Les unes salées et les autres grillées à sec, disaient leurs emballages respectifs, parce que, franchement, qui aurait jamais su faire la différence ?

Une radio s'alluma sur un petit air joyeux. Que Dieu vous garde en joie, messieurs, que rien ne vous consterne[1].

Davey ajouta le tonic dans le verre et le fit tournoyer avec une touillette noire en forme de panneau « stop ». Fionn s'attaqua aux paquets de noix. L'aluminium lui glissa entre les doigts, jusqu'à ce qu'il finisse par céder en envoyant voler quelques cerneaux. Il rougit comme un petit garçon, sentit les regards des types à sa droite et voulut leur dire de s'enfoncer leur batte de cricket dans le cul.

— À la tienne.

Davey leva son verre. Au-dessus de ses pommettes, des cercles noirs se dessinaient sous ses yeux.

— Santé.

Ils échangèrent un signe de tête, bien que leurs verres n'aient pas vraiment fait *cling*. Fionn ne se sentit jamais que l'avant-dernier des abrutis.

1. *God Rest Ye Merry, Gentlemen* – un chant de Noël traditionnel anglais.

Ça n'avait rien d'évident, mais leur discussion commença sans trop de difficulté.

— Ils m'ont installé chez Jury pour la semaine.

Fionn pencha la tête vers la gauche, bien que l'hôtel ait pu se trouver dans n'importe quelle direction.

— Remarque, ils m'ont prévenu hier que ça pourrait être plus long. À cause de nouveaux chefs d'accusation qui continuent de pleuvoir.

Le Coca n'avait plus de bulles. On ne lui avait pas donné de citron cette fois.

— Le premier d'entre eux, évidemment, c'est la production de FVO. Mais il y a aussi l'évasion fiscale, les pots-de-vin versés aux vétérinaires... L'Irlande moderne : la terre des saints, des universitaires et des escroqueries agricoles !

Le rire de Fionn fit de nouveau sursauter leurs voisins, mais cette fois il s'en fichait. Il se demanda s'ils avaient seulement déjà vu un tracteur de leur vie.

Il avait encore du mal à se remettre de l'énormité de ce qu'il avait entendu au cours de la semaine – des éclaboussures de sang sur de faux documents pour qu'ils aient l'air vrais ; de faux tampons islamiques pour vendre aux Pakistanais de la viande halal qui ne l'était pas le moins du monde. Fionn avait répondu à quelques questions à propos des virées frontalières ; à d'autres à propos de l'utilisation de fausses étiquettes. Et à plus d'une question sur le rôle de Fergus Hynes. Il s'était montré prudent au début, mais il avait vite réalisé le peu d'énergie qu'il lui restait pour le silence et la dissimulation – Dieu sait qu'il y en avait eu assez dans ce pays pour toute une vie. D'autant que le gars qui s'occupait des entretiens avec les témoins semblait être un type décent, même s'il était de Dublin. Il n'arrêtait pas de prononcer le mot « tribunal » comme s'il était censé faire impression. Il n'arrêtait pas de dire qu'ils allaient faire tomber le Taureau de son piédestal.

Fionn se méfiait, cependant – pas des jambes cassées ni des appels téléphoniques l'avertissant de fermer son clapet –, oh non, ça, il s'y attendait au moins. Ce qui le rendait méfiant, c'étaient les alibis ; les boucs émissaires bien pratiques, qui se mettaient déjà à pointer le bout de leur nez. Certains disaient que le Taureau criait à l'ignorance la plus totale. D'autres, qu'il s'appuyait sur des amis au bras long. Il avait des contacts au Dáil[1], qui tiraient pour lui toutes les bonnes ficelles.

Fionn entama son Coca. Une vraie éclaboussure de sang.

Et Fionn aurait cru que les Bouchers auraient déjà été mis sur le tapis. Les procureurs avaient posé des questions sur l'entrepôt frigorifique abandonné ; montré un intérêt particulier pour les détails *irréguliers*. Mais encore une fois, peut-être que l'absence de commentaires à leur sujet était de rigueur, puisque, d'après les rumeurs, le groupe s'était enfin dissous – la fin d'une époque. Certains racontaient qu'ils avaient émigré ; d'autres parlaient des îles d'Aran. Fionn essaya d'imaginer le tableau – sept hommes coincés au fin fond du cul de l'Inisheer, à tricoter des chandails de Noël, sous le poids de l'ennui en guise de fin mot de l'histoire. Il se rappela que Sol avait dit qu'il avait une femme, alors Fionn s'imaginait lui écrire une lettre pour lui dire qu'il était en deuil lui aussi. Il se rappela que Sol avait dit qu'il n'avait pas d'enfants, alors Fionn regarda son fils à l'autre bout de la table. Il ouvrit le second paquet de noix avec avidité.

1. Le Dáil – l'équivalent de l'Assemblée nationale.

— Et dis-moi, Davey, comment tu t'en sors avec les cours ?

Sur ce, Davey s'illumina, égrainant des mots comme « disserts » et « tutos » ; des expressions fantaisistes comme « rigueur intellectuelle » et « enquête philosophique ». Il disait qu'il avait sa première session d'examens juste après Noël, ce qui voulait dire qu'il passerait probablement toute la durée des vacances dans sa résidence universitaire.

Fionn hocha la tête ; sentit la pression de l'enveloppe. Il ne dit pas à son fils qu'il n'aurait de toute façon nulle part ailleurs où aller.

— Ce n'est pas facile, cependant.

Son éclat sembla alors faiblir un peu. Fionn posa son verre, puis trouva sa main superflue alors il la plaça entre ses genoux.

— Je trouve ça... Pour moi, poursuivit Davey, c'est un grand pas en avant depuis le lycée, tu sais ?

Puis il lança un regard à travers la pièce, en direction du comptoir. L'homme derrière le comptoir le regarda aussi. Il s'était doté d'un nez de renne rouge qui clignotait.

Fionn fit oui de la tête même si, bien entendu, il ne le savait pas vraiment. À la place, il se surprit à penser, comme il le faisait si souvent, au jour où Davey avait reçu ses résultats. Le temps que Fionn revienne des courses, la Fiesta avait déjà disparu. Il avait compris tout de suite – elle avait dû partir chercher son fils, pour honorer leur vieux rituel une toute dernière fois. La voiture avait été retrouvée broyée dans un fossé à huit cents mètres du lycée. Fionn avait dit à Davey que sa crise avait eu lieu à la maison. Ce n'avait pas été facile, mais Fionn était déterminé à l'épargner. Il savait que la culpabilité pouvait parfois se montrer encore plus vicieuse que le chagrin.

*

Il fallut attendre la tournée suivante pour qu'il finisse par sortir l'enveloppe. Il vit qu'il avait écrit le nom complet de son fils sur le recto : *Davey McCready*. Même si l'idée était que la partie McCready n'ait plus aucune importance. Fionn avait appris, au moins, que prendre soin des siens voulait parfois dire les laisser partir.

— Qu'est-ce que c'est ?

Davey revenait du comptoir avec son gin et le dernier Coca de Fionn. Ce serait l'envie de pisser qui, plus que toute autre chose, l'empêcherait de fermer l'œil cette nuit.

Fionn attendit que son fils s'asseye et tendit sa main à travers la table.

Le chèque semblait si fragile entre les doigts.

— Je me suis débarrassé de tout.

Et même si ce n'était pas clair, Davey sembla comprendre tout de suite.

— Mais cette terre appartenait à ton père. Et encore avant, à ton grand-père. Et...

— Je sais...

Derrière eux, la radio jouait maintenant « Gold River » des Firefall. Fionn esquissa un petit sourire. Des rivières d'or – oui, c'était bien le cas de le dire.

Mais Davey continua.

— Et les filles ? Tu ne les as pas vendues aussi, c'est impossible ?

La poitrine de Fionn déborda de joie en l'entendant utiliser ce mot. Ce n'était pas « troupeau », ou « bétail » ; ce n'était même pas « bêtes ». Il lui avait au moins appris quelque chose.

Mais la joie fut immédiatement étouffée quand Fionn se mit à penser à elles ; à ce qu'en fin de compte il avait fini par faire. Il baissa la tête. Les noix fugueuses gisaient à ses pieds, écrasées, ressemblant à de petits grains de farine.

Ça faisait des années qu'il n'avait pas participé au Championnat national des labours. Cette année, ç'avait eu l'air encore plus costaud que d'habitude. Il y avait des banderoles partout : « LE BŒUF IRLANDAIS EST LE MEILLEUR DU MONDE. » Les aliments illégaux avaient été détruits jusqu'à la dernière miette. On disait que l'industrie agroalimentaire ne s'en sortirait peut-être pas si mal, après tout. Mais Fionn n'avait prêté attention à rien de tout ça ; il s'était efforcé de mettre la main sur ces raclures de revendeurs dont il avait eu vent par les rumeurs. En fin de compte, ils lui avaient proposé un marché plus que correct ; remis une boîte en plastique remplie d'un liquide épais et gris. Fionn l'avait cachée dans sa boîte à gants et avait filé jusque chez lui sous une pluie battante. L'Irlande moderne : la terre des saints, des universitaires et des escroqueries agricoles.

Il savait qu'il suffisait qu'une seule de ses filles soit testée positive pour être éligible au programme d'indemnisation du gouvernement. Mais il savait aussi, quelque part, qu'il fallait que ce soit elle. Il soupçonnait que c'était une question de sacrifice, ou peut-être un moyen de lui rendre hommage – sinon ce serait un inconnu qui se chargerait d'elle, dans l'un de ces abattoirs stériles, où l'on envoyait tous les animaux infectés.

Fionn avait fait de son mieux pour ne pas respirer quand il avait ouvert la boîte en plastique, mais même le peu qu'il s'était procuré était redoutable. Les yeux de Glassy avaient roulé à l'intérieur de sa tête, comme si elle pouvait voir la substance que l'aiguille injectait – la pulpe de plaques d'autres cerveaux plus faibles. Fionn n'avait pas pleuré à l'enterrement d'Eileen – il avait seulement regardé fixement la Vierge Marie et la femme aux yeux verts qui s'était glissée à l'arrière du cortège. Cette nuit-là, dans l'étable vide, il s'était recroquevillé en sanglotant. Au matin, le toit s'était finalement effondré.

— Et maintenant, tu vas faire quoi ?

Mais ici, dans le pub, ses yeux étaient secs. Il lécha le sel sur le bout de ses doigts.

— Peut-être voyager un peu. Ta mère parlait tout le temps de Los Angeles. Qui sait – je t'enverrai peut-être une carte postale de moi assis sur le O de Hollywood.

Puis il n'ajouta rien. Mentionner Eileen lui avait fait mal, la douleur lui avait parcouru les os et bloqué la mâchoire.

Mais il vit Davey lui sourire :

— Merci, Fionn.

Alors il s'efforça de répondre :

— C'était le moins que je puisse faire.

*

Il y eut le va-et-vient des dernières commandes, et peu après, les lumières s'éteignirent. Fionn envisagea de faire une blague sur le manque d'endurance des citadins, mais secrètement, il était soulagé.

Davey partit aux toilettes et Fionn se rappela sa propre envie, impérieuse, mais il n'y avait aucune raison de faire le voyage en tandem. Au lieu de cela, il attendit dehors, boutonna la veste qu'il n'avait d'ailleurs pas enlevée – un bel exemple de comment gaspiller une chemise décente.

La lueur jaune des taxis se confondait avec l'halogène des guirlandes. Plus haut, les grues avaient été agrémentées de scintillements elles aussi. Sur l'arrêt de bus, l'affiche du moment était celle d'un nouveau film avec Liam Neeson : *Michael Collins*. À croire que, de nos jours, même Hollywood avait envie de goûter à des histoires rebelles.

Fionn rentrerait à l'hôtel et se préparerait une tasse de thé, avec un nuage de lait UHT. Les avocats voulaient qu'il soit là le lendemain à neuf heures. Même si ça voulait simplement dire plus de temps assis sur une chaise à attendre – les Irlandais ont un don pour l'inefficacité, et les préparatifs de l'audience ne faisaient que commencer. Il était persuadé qu'ils prolongeraient son séjour ; qu'ils l'embarqueraient pour une autre tournée d'interrogatoires. Il essaya de se souvenir du visage du jeune protestant qui les avait rejoints à la frontière. Il se demanda si Mossy et Briain jouaient les imbéciles. Il se demanda s'il allait devoir se rendre chez Penneys pour acheter une autre chemise.

Mais en vérité, peu importe le temps que ça prendrait, le nombre de nuits écoulées sur ces oreillers synthétiques – le nombre de fois où il mangerait ces biscuits au gingembre continuellement réapprovisionnés par une main invisible et bienveillante. Parce que qu'avait-il après ça ? Qu'est-ce qui remplirait ses journées ? Rien qu'un vide s'étendant à perte de vue, comme l'obscurité roulant le long d'une frontière, puis au loin, jusqu'à ce qu'elle rencontre l'océan.

— Eh bien voilà.

Fionn se tourna vers son fils, qui tenait dans ses mains une cigarette qu'il avait roulée lui-même.

— Est-ce que je peux...

— Je vais...

Ils se turent tous les deux. Aucun d'eux ne poursuivit. Au lieu de cela, ils restèrent debout, leur souffle se mêlant l'un à l'autre jusque dans un ciel un peu plus brumeux que chez eux, mais malgré tout, on ne pouvait pas passer à côté de ses étoiles.

— Tu sais, la façon dont je t'ai toujours parlé de Glas Ghaibhleann. Le lait offert aux multitudes, et tout le toutim ? Eh bien, il existe d'autres versions de l'histoire. J'ai... Elles m'ont pas mal trotté dans la tête cette dernière semaine.

À côté de lui, Davey ne répondit rien, mais il ne s'éloigna pas non plus. À présent, Fionn ne pourrait plus se contenter que de ça.

— Évidemment, quelques escrocs voraces ont voulu profiter de l'abondance de la vache. Exploiter ses pouvoirs, faire du profit, ce genre de choses. Dans le Donegal, une poignée de types ont essayé d'enfermer la pauvre bête. Mais elle a vite commencé à s'agiter, puis à léviter dans les airs, pour finalement disparaître dans les cieux. On dit que, depuis, il n'y a plus jamais eu de lait gratuit sur l'île d'Irlande.

Derrière eux, il y eut un *bang*, qui les fit sursauter. Le barman verrouilla la porte. Il avait retiré ses cornes et son nez. Ses yeux passèrent d'un homme à l'autre, puis il fit un clin d'œil à Davey.

— En espérant vous revoir chez nous bientôt.

Fionn voulait que son fils réponde à son clin d'œil.

— Mais on dit aussi qu'on peut encore voir son lait répandu dans le ciel. C'est pour ça que la Voie lactée, en irlandais, se dit *Bealach Bó Fionne.*

Fionn fit une petite pause avant de traduire.

— *La Voie de la Vache blanche.*

— Elle t'aimait beaucoup.

Fionn essaya de ne pas sursauter une nouvelle fois.

— Elle t'aimait beaucoup aussi.

Puis il se mit à rire.

— On avait au moins ça en commun.

— Absolument.

Et tandis qu'il regardait son fils s'éloigner pour la toute dernière fois, Fionn essaya de repérer un autre trait commun, une caractéristique ou un lien génétique qui lui aurait été transmis. Quand il réalisa qu'il ne trouvait rien, il ferma les yeux et sourit, goûtant déjà à la friture du lendemain. Il y aurait des tranches de bacon, des saucisses et des pommes de terre rissolées, bien croustillantes. Il s'assurerait de demander un supplément de boudin. Il avait toujours préféré le noir au blanc, même s'il savait que c'était mauvais ; même s'il savait que c'était surtout une question de sang.

Épilogue

New York, janvier 2018

— Un verre ?

Il tend la main vers le buffet avant même d'avoir posé la question, parce que, de toute façon, il connaît sa propre réponse. Il pose le Jameson sur le comptoir pendant qu'elle retire enfin son manteau. Il n'avait pas remarqué ses bottes avant, les nœuds géants. Elle les garde.

Elle n'a pas arrêté de parler de l'après-midi, mais dans le taxi, elle est restée étrangement silencieuse. Même quand le chauffeur a essayé de lui poser des questions sur son séjour ici, elle s'est contentée de marmonner quelque chose à propos d'une cousine qui vivait avec son compagnon dans le nord de l'État, tous les deux journalistes. Ronan réalise qu'il ne lui a pas vraiment demandé ce qu'elle faisait dans la vie. Il écarte d'un coup de pied le rouleau de papier bulle et se dirige vers le réfrigérateur, qui fait la taille d'une cabine d'ascenseur. Le distributeur de glaçons fait remonter les cubes depuis le fin fond de ses entrailles.

Elle lui prend son verre de whisky des mains sans même un mot de remerciement, trop occupée à regarder par la verrière au design industriel. L'immense grille découpe le paysage de neige fondue en une série d'images, comme une planche contact en noir et blanc. Il finit son verre, puis le remplit de nouveau.

— D'accord, concède-t-il. D'accord. C'est par ici.

Dans sa chambre noire improvisée, il allume la lumière de sécurité. Un faible bourdonnement s'enclenche aussitôt, avec une couleur rouge sombre oppressante. Il branche la minuterie et l'agrandisseur, tandis qu'elle reste près de la porte. Elle n'a toujours pas dit un mot. Sur le fil sont accrochés deux tirages qu'il a pris récemment, dans le cadre d'une commande pour la National Portrait Collection. Le premier, c'est le sénateur Mitchell, l'Américain qui a aidé à négocier l'accord du Vendredi saint. Cette année, ça fera deux décennies que l'Irlande du Nord a retrouvé la paix. Le sourire du sénateur dévoile ses dents du haut. Une lamelle de blanc peroxydé.

Ronan mélange le révélateur, le bain d'arrêt, le fixateur. D'habitude, il ne s'autorise pas à boire ici, mais ce soir, il fait une exception.

La deuxième photo sur le fil, c'est Eion Goldsmith – ou le « Taureau », comme on l'appelle encore parfois. Elle a été prise à Dublin, peu après la cérémonie de remise du Freedom of the City. Ronan n'avait jamais vu une ovation durer aussi longtemps ni résonner aussi fort. Il n'avait jamais vu autant de froideur sur un seul visage.

Il pose son verre et fouille dans le tiroir, à la recherche de la bande de négatifs. Il sait qu'il l'a enterrée dans le recoin le plus sombre.

Le discours du maire faisait l'éloge du rôle fondamental qu'avait joué Goldsmith dans la formation de « l'Irlande moderne ». Il citait quelques chiffres, pour illustrer la contribution continue de Goldsmith à la croissance économique du pays. Il ne faisait pas mention des trois années de procès ni de la controverse, quand le juge avait, en quelque sorte, abandonné les charges qui pesaient contre lui.

Quand il remet enfin la main dessus, il la nettoie et la met à charger dans l'agrandisseur, manipulant l'objectif pour obtenir la bonne mise au point. Il retire le papier, mais avant de le tremper dans le révélateur, il regarde Úna une dernière fois. Il pourrait encore tout arrêter, lui dire qu'elle fait erreur et qu'il n'a pas la moindre idée de ce dont elle lui parle.

Il pourrait prendre une ou deux pilules et faire disparaître tout ça.

Mais quelque chose le pousse à aller de l'avant – la perspective de partager enfin ce secret qui s'est envenimé pendant toutes ces années. Il place le papier sur le plateau. Il y a de la science et de la magie ici, à chaque fois. Il le berce d'avant en arrière, comme un bébé dans un berceau en disant *shhh shhh*, et *mon petit*, tandis qu'Úna se dévisse le cou, curieuse de savoir s'il y a vraiment un bambin qui barbote dans la flaque juste en dessous.

Dans l'obscurité, il n'y a que le son de son cœur qui bat la chamade. Il ne reste plus qu'une seconde pour faire demi-tour.

Quand Sol apparaît, Ronan retire sa main du plateau de développement. Mais le liquide continue de clapoter d'avant en arrière, Úna de faire le pied de grue et le portrait de Goldsmith de les regarder de haut. Ronan se demande si, depuis le fil, le Taureau peut reconnaître son entrepôt sur la photo. Ronan se demande ce qu'il a vraiment su de cet incident.

L'angle de la chute semble bizarre, mais il n'y aucune trace de sang ni même de bleu. Le cœur de Sol a dû lâcher suffisamment lentement pour qu'il se laisse tomber très délicatement sur le seuil de la chambre froide. Ses yeux ne sont pas vides, ils sont simplement grands ouverts ; les yeux d'un homme qui a vu la mort toute sa vie. Ses bottes ont l'air solides et ont désespérément besoin d'être cirées.

Les lacets avaient été un cauchemar à enlever ; trois nœuds chacun pour deux mains maniaques.

— Je suis tombé sur lui juste après l'aube.

Entre les quatre murs resserrés, la voix de Ronan est beaucoup trop forte. Certains photographes écoutent de la musique dans leur chambre noire. Lui a toujours été superstitieux à propos du silence.

— Je n'avais pas dormi. J'étais tellement excité après la bagarre au O'Connell's que j'ai dû prendre un cachet pour me calmer. Et un autre ensuite pour remonter à la surface.

Les détails apparaissent, ils sortent du liquide. Le crin d'un sourcil gris. L'affaissement d'une mâchoire pâteuse et fatiguée. Ronan veut passer une main dessus et rincer l'image, mais bien entendu, il n'arrive plus du tout à bouger à présent.

— À l'époque, j'étais dans un sale état. Le projet ne décollait pas – je n'avais toujours pas trouvé l'image qui se démarquait. Je l'ai photographié tel quel, mais je savais que je pouvais faire beaucoup mieux. Puis j'ai eu une idée.

Il prend une inspiration, prêt à prononcer cette même réplique qu'il se répète en boucle depuis plus de deux décennies. Il se demande combien l'obscurité en a assez d'elle.

— Il était déjà mort. Je n'ai pas… J'ai vérifié son pouls, mais il était déjà mort.

Il la regarde pour s'assurer qu'elle le croit.

— Je l'ai traîné à l'intérieur et j'ai descendu les cordes. Ce n'était pas facile. Ce n'était pas personnel. C'était juste...

Les derniers mots sont aussi cruciaux que pathétiques.

— C'était juste de l'art.

Quand il a enfin terminé, il fait un pas en arrière et, instantanément, elle vient prendre sa place. Elle se penche sur le plateau pour avoir la meilleure vue possible. La lumière bourdonnante lui fait des épaules écarlates. En attendant qu'elle dise quelque chose, Ronan regarde encore une fois la photo de Goldsmith ; pense à la cour qui a décidé qu'il n'avait rien fait de mal – pas de farines animales, pas de fraude fiscale, pas d'escroquerie de haute voltige. Ronan ne l'avait jamais réalisé auparavant, mais ces deux-là ont quelque chose en commun – deux hommes qui portent sur eux une vie entière de péchés.

Après une minute de plus, elle n'a toujours rien dit ; n'a même pas réagi à sa confession. Alors il décide de tenter une dernière chose. Il n'a vraiment plus rien à perdre.

— Je n'ai jamais montré cette photo avant. À quiconque. Je pensais que comme ça personne ne comprendrait ce que j'avais fait. Mais dites-moi, Úna, vous, comment avez-vous su ?

Enfin, elle se redresse et roule ses épaules rouges vers l'arrière. Ses cheveux sont toujours attachés en queue-de-cheval. Sa voix n'est pas trop forte, elle est parfaite.

— Ma mère m'a dit un jour que les femmes en savaient plus sur le sang que les hommes n'en sauront jamais.

Il hoche la tête, bien qu'il n'ait pas la moindre idée de ce qu'elle veut dire par là. Au lieu de cela, il attend, sachant qu'il y aura une suite. Mais quand elle se remet en mouvement, c'est pour retourner dans le salon, où les éclairages semblent stupéfiants de luminosité comparés à la pénombre de la chambre noire.

— Où est-ce que vous allez ?

Il la voit attraper son manteau sur le dossier du canapé.

— Il faut que vous restiez, lâche-t-il. On doit... Il y a tellement de choses à dire.

Il peut entendre le désespoir s'insinuer en lui, mais maintenant, il ne peut plus s'en empêcher.

— S'il vous plaît, un autre verre ? Parlez-moi de vous. Vous ne m'avez pas dit ce que vous faisiez dans la vie ?

C'est une question stupide – comme s'ils étaient passés de la plus grande à la plus petite discussion de sa vie. Ou du moins, ce serait la plus grande si elle voulait bien se donner la peine d'y participer ; de reconnaître le poids du fardeau qu'il vient de décharger.

— Dans la vie ?

Et pourtant, étrangement, c'est ce qui l'arrête.

— La même chose que vous, dit-elle.

Il ne sait pas si cela apporte plus ou moins de sens à la situation.

— Vous êtes photographe ?

Elle rit.

— Non, je veux dire que je fais aussi la chose que j'ai toujours voulu faire. J'ai aussi réussi à prouver que mes parents avaient tort.

Tandis qu'il avale l'information, Ronan se demande comment il a pu être assez stupide pour ne pas s'en douter dès le début.

— Je croyais que les Bouchers s'étaient séparés en 96 ?

— C'est ce qu'ils ont fait.

Elle commence à s'approcher. Ses pas sont lourds à cause du poids de ses bottes.

— Mais pas moi. Vous voyez...

Ses yeux rencontrent les siens. Ils sont plus verts que jamais.

— C'était personnel.

Ce n'est que quand elle est proche, très proche, qu'il remarque qu'elle n'a toujours pas remis son manteau. Au lieu de cela, elle tient quelque chose qu'elle a dû pêcher dans sa poche. Il la regarde retourner l'objet, très doucement, puis recommencer, un peu plus vite, et enfin une troisième fois, dans la direction de son cœur.

*

À l'aube, le gros de la neige a fondu et le monde est de nouveau ruisselant. Le soleil au-dessus de l'Hudson brille d'un vert clair et blafard. Un héron se tient en équilibre, patiemment, puis transperce la surface de l'eau en un éclair, les écailles de sa proie accrochant la lumière comme une pièce de monnaie fraîchement frappée.

Remerciements

Merci tout d'abord au meilleur conteur de Tipperary, Donal Comerford, qui a fait naître le projet des Bouchers lors d'un *road trip* pendant un jour férié, il y a des nombreuses années de cela ; à Anthony Good et Daniel Bennett pour les premiers retours, et à la merveilleuse Margaret Stead pour les délicieux déjeuners, et bien d'autres choses encore. Merci à Grace O'Connell pour les discussions médicales, à John Connell pour les discussions sur les vaches, à Garett Car pour les discussions sur la frontière, à Gerry Blake pour les discussions sur la photographie, à Sinéad Brady et à sa famille pour les discussions et les visites de fermes ; aux nombreux chercheurs dont j'ai consulté les travaux, en particulier Maxime Schwartz, Christopher Booker et Fintan O'Toole.

Merci à mon agent, Sophie Lambert, pour sa chaleur et sa détermination incroyables ; à James Roxburgh, pour ses révisions follement intelligentes ; à Karen et à toute la bande de l'Atlantic, à Masie et à toute la bande du Tin House. Merci à Luke Kennard et à mes merveilleux collègues de l'Université de Birmingham ; à tous ceux de la colonie MacDowell et du Tyrone Guthrie Centre à Annaghmakerrig, pour les semaines de solitude inspirantes, et la cuisine gloutonne.

Merci à mon frère David, d'avoir toujours su fournir la bande son ; à mes parents, qui se sont bonifiés avec l'âge ; aux Lovet, qui m'ont permis de garder la raison et, bien sûr, à Debbie, qui m'a gardée près d'elle malgré la distance qui nous sépare.

Un dernier merci à Alex, pour ses conseils clés sur l'Euro 96 – je ne peux pas imaginer ce que serait ce livre, ou ma vie, sans ta connaissance spectaculaire du football, ni ton âme spectaculaire.

RÉALISATION : NORD COMPO À VILLENEUVE-D'ASCQ
ACHEVÉ D'IMPRIMER SUR ROTO-PAGE
PAR L'IMPRIMERIE FLOCH À MAYENNE
DÉPÔT LÉGAL : MARS 2023 — N° 149949 (101900)
Imprimé en France